인생 시간표

전세중

글앤북
Geul&Book

나를 들여다보지 못한 마음

거슬러 오른다는 것은 지금 보이지 않는 것을 찾아간다는 의미다. 꿈을 찾아가는 것은 힘겹지만 아름다운 일이다. 거슬러 오르는 인생 길에서 만난 문학은 내게 설렘이요, 때로는 두려움이다. 견뎌온 세월만큼 내 마음 중심에 자리 잡은 오랜 친구이다.

30여 년간 소방관 생활을 마치고 퇴임한 지 1년이 훌쩍 지났다. 읽어도 읽어야 할 책이 쌓이는 것처럼 나는 퇴직 후 30년을 어떻게 사용할 것인지 해결 방법을 모색했다. 정신없이 달려온 삶을 느리게 가는 수레 위에 싣고자 일주일 단위로 시간표를 짰다.

요즘 들어 퇴직 후 바빠졌다는 말을 자주 듣게 된다. 일에 매인 것이 없으니 사람들과 약속할 일이나 모임에 참석할 일이 많아졌다. 세상의 바다를 3분의 2쯤 건넌 나이지만 아직 하지 못한 공부를 하느라 분주해진 탓도 있다. 매일 출근하는 일이 없어 심신이 자유로웠는데도 오히려 시간이 모자란다니, 역설이지만 자연스럽다.

도서관에서 책을 읽기도 하고 카메라를 둘러메고 못다한 여행을 다니느라 행동 반경이 넓어졌다. 그리고 인문학 강의를 들으려고 문화공간을 찾아다니는 것도 일상이 되었다. 예술의 중심 공간 미술관과 박물관을 찾아다니며 행복의 옷을 갈아입기도 한다.

　　모든 면에서 부족한 점이 많아 매사에 배우는 자세로 임했다. 그리고 이러한 과정을 통하여 글을 썼다. 들판에 스스로 피어나는 수수하고 청아한 야생화처럼 마음속 창문을 활짝 열고 바깥을 의식했다.

　　그러나 가벼운 나의 문장들은 진척의 기미를 보이지 않고 있다. 생각만 어지러울 뿐 머리는 몽롱하고 손은 나아가지 않았다. 세계 속으로 내 언어를 끌어 올리는데 미숙했다. 문학의 길로 안내하는 이정표 앞에서 유려한 문장이 아니더라도 한 줄 한 줄 더듬어가며 기록하는 나는 외로워할 틈이 없다.

　6번째 책을 내놓으며 손수건 크기 만한 얇고 가벼운 내 마음을 의식한다. 그러나 공직을 퇴임하고서 첫 번째 나와의 약속을 지켜 흐뭇하다. 글을 쓴다는 것은 나를 비우고 채우는 일이요 이상이기도 하다. 내가 살아 있음을 증명하기 위해 나는 글을 쓴다. 문학은 내 욕망의 크기를 잘 알고 있어서 함께 마음을 나누면서 산다.

　이번에 내놓은 『인생 시간표』 원고를 바쁜 중에서도 처음부터 끝까지 읽으시고 추천사를 흔쾌히 써 주신 이근식 장관님께 진심으로 감사를 드립니다.

2015년 7월 5일
서울 송파구 문정동 자택에서
전세중

왕성한 작품 활동을 기대하며

이근식 전 행정자치부 장관

작가 전세중은 아름답기로 소문났으며 대나무가 유난히 우거진 바닷가 죽변면 봉평의 어느 가풍 있는 가문에서 태어났다. 소 꼴 먹이며 논밭 갈이 써레질도 이따금 하면서 청소년 시절을 보낸 그야말로 순도 백 프로의 촌사람이다.

그래서 그런지 농심과 시원한 해풍이 몸에 배어 연초에 먹은 마음 연말까지 변함없고 온화한 성품에다 사물을 보는 눈이 치밀한 가운데 사실적이고 자애로우며, 근검절약이 몸에 밴 시쳇말로 "참 괜찮은" 책임감 있는 사람이다.

작가 전세중은 1984년 서울 강남소방서에서 공직의 첫발을 내딛은 후 서울 강남소방서 구조진압과장, 서울 시민안전체험관장을 거쳐 2013년 서울 강동소방서 예방과장을 끝으로 30년 공직을 마감한 올곧은 방재전문 공무원이었다.

　항상 긴장 속에서 초조하게 대기하며 상항 발생 시 그야말로 사선의 현장으로 달려가야 하는 여건 속에서도 맡은 바 일들을 우직하게 완수해 내면서 틈틈이 생각의 진수를 누에가 면주실 뽑아내듯 빚어 내었다.

　2002년 공무원 문예대전에서 시조부문 최우수상을, 2004년에는 농민신문 신춘문예에서 시조로 당선되었고 2007년 공무원 문예대전에서 동시 부문 최우수상 (국무총리상)을 받은 바 있으며 그동안 수필집 "아름다운 도전", "어느 소방관의 이야기" 등 5권의 주옥같은 작품을 낸 바 있고, 이번에 6번째로 "인생 시간표"를 출간하게 된 것이다.

　진주는 역시 그 연약한 조갯살이 상처의 아픔을 인내로 이겨냄으로써 만들어지는 것임을 작가 전세중을 통해 재인식하게 되었다.

작가 전세중이 쓴 시를 처음 대한 것은 공무원 문예대전 수상 작품집에서였다. 행정자치부에서는 전국 공무원을 대상으로 공무원 문예대전을 시행하고 있는데, 2002년 본인이 행자부 장관으로 재직했을 때 작가가 응모한 시조 '불타는 인형'이 최우수상으로 선정되었기 때문에 지금까지 기억하고 있다. 수많은 작품 가운데서 군계일학으로 단연 돋보였다.

전세중 작가의 문학에 대한 사랑과 그 집념은 가히 "열정적"이라고 표현하고 싶다. 공무원 문예대전에서 여섯 번에 걸쳐 수상한 것만 보아도 알 수 있다. 한 번 입상도 어려운 편인데 이쯤 되면 그의 문학적 역량과 열망을 가늠할 수 있지 않은가.

이번에 내놓은 "인생 시간표"는 작가 전세중이 소방관으로 근무하면서 틈틈이 안전에 대하여 쓴 글도 있지만, 공로연수 중에 있었던 일, 퇴직 후 국내외 여행하면서 있었던 일과 느낀 소감, 그리고 문학 공부를 하면서 깨친 점 등을 기록한 것이 대부분이다.

이 작품 속에 그의 60평생 삶이 오롯이 녹아있다. 풋풋한 바다 내음과 싱그러운 풀 냄새가 함께 배어 있는 그런 작품이다.

이제 작가 전세중의 작품과 그의 활동상을 보면서 크게 깨닫게 되었고 내 자신을 아니, 나의 게으름을 탓하게 되었다. 몇 년 전부터 한

가해지면 나의 경험과 삶의 궤적을 글로서 남겨야지 생각해 오면서도 이것을 실천에 옮기지 못했는데 이젠 다른 사람들의 출간에 축하의 글만 쓸 것이 아니라 정말 내 글을 써야겠다는 다짐을 하는 것도 전세중 작가 덕분이라 생각하니 고마운 마음이 새록새록 솟아난다.

아무쪼록 전세중 작가의 건승을 빌며 지속적이고 왕성한 작품 활동을 기대하면서 본서의 출간을 진심으로 축하해 마지않는다.

2015년 7월 1일

[목차]

제1장
인생 시간표

삶의 걸음걸이

생활용품의 수명은 어떻게 환산해야 할까. 함부로 버리는 습관이 환경 파괴범이라는 것을 우리는 잊고 사는 것 아닐까.

오랜만에 신발장을 정리하다 보니 신지 않는 신발들이 비좁은 신발장을 차지하고 있었다. 버리기에는 아까운 운동화 한 켤레가 나를 망설이게 했다. 구입한 지 십여 년 된 것 같은데 밑창 부분의 접착이 떨어졌을 뿐 아직 멀쩡했다. 수선하면 더 신을 것 같아 먼지를 털어내고 있는데 아내가 말했다.

"오래 신은 것 같은데 버리세요. 요즘 운동화 수선하는 사람이 어디 있어요."

내 구두쇠 근성을 나무라는 아내의 말에도 몸에 굳은 삶의 철학을 버릴 수가 없었다. 신발을 들고 다시 한 번 자세히 살펴보았다. 고무 접착제로 수선하면 2, 3년은 더 신을 것 같아 구매했던 백화점에 맡기기로 하였다. 점원에게 신발을 보여주었더니 친절하게 안내를 했다.

"2003년에 구입 하셨네요, 본사에 보내 수선하겠습니다."

이름과 전화번호를 적어주고 수선비에 관하여 물었더니 무료이고 이 주일 후 연락을 하겠다고 말하였다. 한때 아나바다 운동으로 자원을 아끼자는 목소리가 높아지면서 합리적이라는 생각을 했는데 언젠가부터 쓸 만한 물건도 버리는 것에 익숙해졌다. 나는 아내에게 확인이라도 하듯 한마디 던졌다.

"그것 봐, 가져오길 잘했지."

아내는 맞다고 수긍하며 꼬리를 내렸다. 신발도 내 선택에 기뻐하지 않았을까. 쓸 만한 물건을 버리기 전에 다시 한 번 생각해 볼 일이다. 우리나라 서비스에 내 기분도 좋아졌다. 신발을 어떻게 수선하여 줄까 어린아이처럼 기대하였다. 얼마 후 백화점에서 전화가 왔다.

"신발이 오래되어 수선할 수 없습니다. 신발 찾아가세요."

전화를 받는 순간 맥이 풀렸다. 신발 수출국인 우리나라 기술 수준으로 간단한 운동화 수선도 못 한단 말인가. 나는 아내의 판단이 옳았다고 시인할 수밖에 없었다. 신발은 신든, 안 신든 십여 년이 되면 수명이 다한다고 종업원은 말했다. 나의 절약 정신이 설득력을 얻지 못하는 이 시대였다.

몇 해 전 '천국의 아이들'이란 영화를 본 일이 있었다. 남매가 헌 운동화 한 켤레를 교대로 신고 학교에 가는 것을 보면서 많은 생각을 했다. 운동화 가치는 돈으로 환산할 수 없었다. 운동화는 생활용품이 아니라 자존심이고 가난의 슬픔까지 달래주는 친구였다. 가난 속에서도 사랑하며 화목하게 살아가는 그들의 삶이 진정한 행복이 아닐까. 행복은 모든 것이 풍부한 가운데서만 얻는 것이 아니기 때문이다.

사람들은 멀쩡한 가구나, 옷가지, 전자제품, 신발을 내다 버린다. 우리 집도 이사를 하면서 아내의 성화에 20년 된 장롱을 새것으로 바꾸었다. 아내와 내가 마음을 조율하며 살아온 지 30여 년이 지났지만, 가치관의 차이는 넘을 수 없는 벽이었다. 몇 번 이사하면서 장롱에 흠집이 있긴 하나 멀쩡했다. 아마 그 장롱은 지금쯤 소각장에서 사라졌을 것이다.

나는 신혼의 때가 묻은 소품들이 하나둘 사라지는 것이 아쉽다. 씁쓸한 내 마음을 아내는 모를 것이다. 아내가 새것을 고집하는 이유는 무엇일까. 몇몇 이웃 사람들과 친척들에게 꾸며진 행복을 공개하고 싶은 마음이 앞선 탓이리라.

반대로 내가 옛것을 버리지 못하는 데는 이유가 있다. 새로운 것을 사기 위해서 선택하고 관리하는 것에 필요 이상의 인생을 허비하는 것은 아닐는지. 내 삶의 철학은 생각을 깊게 하되 생활은 단순하게 하자는 것이다. 맑은 유리컵에서 자라는 양파 뿌리 같이 범주를 벗어나지 않는 삶이었으면 하는 바람이다.

멀쩡한 것을 버리는 것은 남을 배려하지 않는 이기주의에서 비롯되는 것은 아닐까. 그런 사고는 함께 지켜야 할 환경을 오염시키면서도 깨닫지 못한다. 공장에서 생산되는 생활용품이 늘어나면서 우리나라도 쓰레기로 몸살을 앓고 있다. 그것만이 아니다.

오래된 물건일수록 애정이 남아있다. 행복했던 순간을 떠올리는 노스텔지어의 삶처럼 물건은 그 이상의 정서를 전해준다. 힘들 때 오래된 물건만큼 미소 짓게 하는 친구는 없다. 그래서 나는 낡은 운동화를 들고 서성이고 있는지도 모를 일이다.

자두

올림픽공원에는 한성백제박물관이 있다. 그 주위로는 조형물이 잘 조성되어 있고 박물관에서 동쪽으로 오래된 나무 몇 그루가 있다. 나무 그늘에는 벤치가 세 개 놓여 있다.

나는 주말마다 그 나무 그늘 벤치에서 글을 써보기로 마음먹었다. 몇 번 가서 미리 써온 원고를 놓고 공부를 하면서 나무그늘의 고마움을 알았다. 처음에는 그 나무가 무슨 나무인지 몰랐다. 하루는 아침 일찍 공부하러 벤치에 앉아 위를 올려다보니 우거진 나뭇잎 새 사이에 붉게 익은 과일이 주렁주렁 달려 있었다. 자두였다. 도심에 저렇게 붉게 익은 자두가 달려있다니 먹고 싶은 생각에 군침이 돌았다.

그때 저쪽에서 여성 몇 명이 오더니 탐스럽게 달린 자두를 보고는 소곤거렸다.

"맛있겠다."

"아직 푸르뎅뎅한 것이 많은 데 덜 익었어."

"저 위를 봐, 얼마나 붉은지. 지금 먹기에 딱 좋아 보여."

두런두런 바람결에 섞이어 들려오는 목소리에 나도 고개를 추켜들었다. 그런데 주위에 막대기는 없고 자두를 향해 돌팔매질하는 사람들이 있었다. 그중에 몇 사람은 과일에 명중하여 자두가 떨어지기도 하였다. 한 건장한 남성은 아예 나무 위에 올라가 나뭇가지를 흔들어 댔다. 가지가 출렁거리더니 잘 익은 자두가 후드득 떨어져 내렸다. 사람들이 서로 앞다투어 줍느라 소란스러웠다.

그것도 잠시 무전을 받은 경비원이 호루라기를 불면서 쫓아왔다. 온종일 서서 나무를 지키기 바쁘다면서 경비원 두 사람이 소리를 쳤다.

"시장에 가서 만 원어치만 사면 실컷 먹을 수 있을 텐데, 그걸 따먹어요. 이 나무는 자연 관찰용이에요, 관람객들 감상용 과일이란 말이요."

한 여성이 이 말을 듣고 항변을 한다.

"따먹는 재미도 있지요."

참을 수 없었던지 경비원은 파란 셔츠를 입은 여성에게 언성을 높인다.

"당신만 입이요. 어제도 온종일 지켰는데, 화장실에 가면 그사이에 따먹고 경비원 교대 시간에도 따먹는 걸 보면 기가 막힐 노릇이야."

나무를 훼손하는 시민들의 배려가 의심스럽다며 다른 경비원도 목소리를 높였다.

"농약을 쳐서 따먹고 배탈이 나 봐야 아는데, 뭐라고 혼을 내려고 해도 민원이 뜰 것 같아 그러지도 못해."

경비원들이 아주머니를 향해 질타 반 하소연 반 하는 모습을 보면서 우리의 문화 수준이 몇 점이나 될까를 생각했다. 아마도 우리의 배려심은 경제발전과 반비례하는 듯싶었다.

문득 내 어릴 때 시골에서 수박, 사과, 배, 과일 서리를 한밤중에 친구들과 했던 기억이 난다. 비가 오던 어느 날, 폭우를 맞으면서도 배를 따 먹었던 기억은 지금 생생하다. 주인의 입장에서 보면 절도이다. 지금은 공원에도 과실나무를 심어 과실이 흔한 세상이 되었지만, 당시만 해도 유실수가 귀했다. 농부들은 과일 농사를 지어 자식들 학비에 보탰는데, 그걸 장난삼아 훔쳐 먹었지만 눈감아 주었다. 한국전쟁 후 너무나 가난했던 시절에는 남의 농작물을 생계용으로 훔치는 것에 대한 관대했다.

하지만 이 배부른 시대에 공원 관람객들을 위한 관상용 서비스를 하지 못하고 과실나무 밑에 서서 지켜야 하는 현실이 아이러니하다. 한바탕 소란이 지난 뒤 사람들은 떠나고 노부부가 벤치에 앉았다. 산책을 나온 모양이었다. 붉게 물든 자두를 보고 신기한 듯 이야기를 나누었다.

"나무에 열려있는 자두를 보네요. 도심에서 이런 풍경을 보다니 오늘 여기 오길 잘했네요."

"그러게, 입으로 먹는 자두보다 눈으로 먹는 자두가 더 맛있어, 여보."

그들은 조형물을 가리키면서 조각물이 다정하게 서 있다며 조예를 나눈다. 자두나무 아래에서 부부는 아주 행복해 보였다. 노부부의 행동과 자두를 따 먹던 사람들의 모습이 오버랩 되었다. 자연을 감상할 줄 아는 사람과 자연을 소유로 여기는 사람의 한계는 극과 극이었다.

내가 벤치에 앉아 원고를 쓰는 내내 경비원은 자두나무를 지키고 있었다. 네 그루의 나무에 자두가 달려있는데 지키지 않는다면 단 몇 시간 만이면 모두 털릴 것 같았다. 따먹는 재미도 있겠지만, 노부부의 말처럼 벤치에 앉아서 보는 재미도 얼마나 좋은가. 경비원 몰래 과일을 따 먹는다면 몇 사람만 좋겠지만, 산책 나온 수천 명의 시민에게 행복을 선물할 수가 없을 것이다.

행복이란 위대한 것에만 있는 것이 아니라 일상의 소소한 곳에도 있었다. 그런데 우리는 자신의 행복을 위해 남들이 누려야 할 행복까지 뺏고 있지는 않은지. 평소 바쁜 일상 속에서 산책하고 우거진 나무숲을 보거나 그 숲에서 열매를 볼 수 있다면 우리 삶이 얼마나 풍요로운가.

나는 자두나무 그늘 아래서 오랜만에 눈으로 자두를 맛보는 호사를 누리는 중이다.

인동초

올해는 일찍 꽃을 피웠다. 기온이 갑자기 높아진 날씨 탓인가. 개나리가 길가에 늘어져 노란 웃음으로 봄을 만끽하고 있다. 겨우내 홀로 다져온 뿌리로부터의 고독을 견디지 못하여 꽃샘바람이 깨울 틈을 주지 않았나 보다.

계절 따라 피는 꽃들은 서로 다른 특성을 보이고 있다. 봄에 피는 매화, 여름에 피는 백일홍, 가을에 피는 국화, 겨울에 피는 인동초를 나는 좋아한다. 꽃들은 숨죽인 채 겨울을 보내다 따뜻한 봄날에 일제히 만발하건만 인동초는 어쩌자고 혹한의 추위를 무릅쓰고 기어이 피는 것인가. 우리들의 삶을 꽃에 비유하자면 대부분 이른 봄에 피는 매화가 되려고 한다. 차가운 눈과 매서운 바람을 이겨내고 피는 인동초가 되고자 하는 사람은 없을 듯하다.

인동초는 어떤 불의에도 타협하지 않는 굳센 절개를 지니고 있다. 옛 어른들이 시문에 인간정서를 표현할 때 물망초, 상사초와 함께 즐겨 썼던 초목 가운데 하나이다. 북풍한설에도 푸른빛을 잃지 않는 곧은 기개로 표현되었다. 선비 정신이라고 할까. 혹독한 시련에도 굴하지 않고 참된 길을 걷고자 하는 올곧은 선비들의 표상이라 할 수 있을 것이다.

인생 여정 가운데 악과 독은 우리를 쓰러뜨릴 기회를 노린다. 악에게 삶의 행복을 빼앗기고 살아가는 사람들을 주변에서 쉽게 볼 수 있다. 악의 그늘에서도 꿋꿋하게 이겨내며 살아가는 사람들을 인동초 같다고 표현하기도 한다. 네 손가락의 피아니스트 이희아, 두발이 없는 육상선수 피스토리우스, 오체불만족을 쓴 오토다케 히로타다는 인동초처럼 견디고 살면서 불편한 몸으로 정상인에게 용기를 준다. 그들은 마음의 등불을 무엇으로 켤까.

히로타다는 선천성 사지절단으로 팔다리가 없어 전동 휠체어를 타고 다니지만, 누구보다 밝고 건강하게 살고 있다. 그의 다 자란 팔다리는 고작 10cm에 불과하다. 그런데 그런 팔다리로 달리기, 야구, 농구, 수영 등 못하는 운동이 없다. 어렸을 때부터 보통사람과 똑같이 교육을 받은 그는 자신의 신체가 지닌 장애를 결코 불행한 쪽으로 바라보지 않는다. 오히려 '초개 성적'이라 생각하며 장애는 행복과 아무런 관계가 없다고 말한다. 그는 자신을 사랑하는 마음을 글로 옮겨 독자들에게 용기를 나눠주고 있다.

건강하다는 것은 육체가 건강한 사람일까. 그가 가장 안타까워하는 것은 건강한 몸으로 태어났지만 울적하고 어두운 인생살이를 보내는 사람이라고 했다. 그는 팔다리가 없는데도 매일 활짝 웃으며 소리 높여 외친다.

"장애가 있긴 하지만 나는 인생이 즐거워요"

당당하게 행복을 전도한다. 그의 용기는 설산에서도 굴하지 않는 푸른 인동초 같다. 비장애인은 장애인의 삶이 불행할 것이라 생각하지만, 몸을 마음대로 쓸 수가 없어 조금 불편할 뿐이라고 말한다. 불편한 몸으로도 인생의 꽃을 활짝 피우기 위하여 끊임없이 노력하는 모습은 생명의 신비에 가깝다. 그래서 땀과 눈물로 힘들게 일구어낸 꽃밭은 더 향기롭다. 삶은 결과의 열매보다 과정의 역경이 더 값지다는 생각을 해본다.

내 삶은 어떤 꽃으로 비유될 수 있을까. 지금까지 살아오면서 어려움 앞에서 나는 얼마나 용기가 있었는가. 잘못된 가치관을 잣대 삼아 남을 원망하기도 하였다. 때로는 나의 허물을 숨기기에 바빴다. 조그만 일에도 쉽게 굴복하고 포기한 적이 한두 번이 아니다.

나는 가시덤불을 피하여 쉬운 길로만 가려고 몸부림치며 살아왔다. 뒤돌아보니 향기로운 꽃 한 송이 피우지 못한 삶이라는 생각이 든다. 길이 아니라는 것을 알면서도 순간의 이익과 욕망을 이기지 못하고 덥석 손을 잡아버리는 얄팍하고 타산적인 마음으로 살아왔다. 그렇지만 나의 육신은 아직 건강하다. 시퍼런 강이 앞을 가로막을 지라도 건너지 못할 이유가 없다.

강의 너비와 깊이를 가늠하면서 온몸으로 비늘을 세워 보리라. 고통 속에서도 자신의 꽃을 피우기 위해 모든 시련을 이겨내는 인동초를 스승으로 삼고 싶다.

선택의 기로에서

나이 육십에 수영을 배웠으니 좀 늦은 편이다. 어릴 적 뛰어놀던 마을 앞에는 동해가 펼쳐져 있어 여름이면 바다에서 살았다. 하지만 수영 실력은 고작해야 물에 겨우 뜨는 정도였다. 바쁜 사회생활을 하며 물놀이를 잊고 산 지도 상당히 오랜 시간이 흘렀다.

생활의 리듬을 위하여 가끔 탁구를 치며 여가를 즐기곤 했다. 탁구를 쳤다고는 하나 실력은 변변치 못했다. 언젠가 나보다 나이가 한참 젊은 친구와 탁구를 쳤는데 허리에 통증이 오기 시작하더니 몸을 가누기조차 어려웠다. 간혹 뼈마디가 으스러질 것 같은 중압감으로 내 온몸은 정신을 거의 놓고 가물가물 진땀으로 흠뻑 젖기도 했다. 준비운동을 충분히 하지 않은 나 자신을 탓했다. 다음날 아침 허리가 아파 겨우 출근할 정도였다. 직장 근처에 있는 정형외과에서 이 주가량 약을 먹고 물리치료를 받았지만 큰 효과를 보지 못했다.

대학병원을 찾아가서 허리 상태를 이야기했더니 재활의학과로 안내해 주었다. 의사는 허리 사진을 보더니 약 드실 필요는 없고 한 달간 물리치료를 받으면 된다고 무성의한 듯 대했다. 찜질과 기구를 이용하여 매일 허리를 늘였다 폈다를 반복하는 물리치료를 받았는데 하루는 무슨 일인지 간호사가 바뀌었다. 이번 간호사는 다른 방법으로 기구를 이용해서 허리 늘리기만 15분간이나 진행하였다. 그런데 몸이 묵직하며 기분이 별로 좋지 않았다. 늘리기만 계속하였으니 허리에 무리가 간 것이었다. 물리치료실에서 간호사가 치료하는 도중에 진행과정을 점검하지도 않아 일어난 일이었다.

나는 담당 의사에게 항의하였다. 담당의사도 잘못했음을 인정하는 눈치였다. 아무리 생각해 봐도 기구를 이용해서 오래도록 허리를 늘인다는 것은 이해가 되지 않았다. 뚱뚱한 허리도 아닌데 말이다. 허리 물리치료를 잘못하면 오히려 병을 악화시킬 수 있다는 생각이 들어 의사를 바꾸어서 진료를 받았다. 이 의사는 허리 사진을 보더니 못마땅한지 고개를 가로저으며 입술을 실룩거렸다.

"물리치료를 받을 필요는 없고 약만 잘 드시면 됩니다, 약을 드시다 허리가 아프지 않으면 복용을 중지하셔도 됩니다."

무슨 영문인지 정형외과 의사는 물리치료도 권하지 않고 약만 먹으라 했다. 환자인 나로서는 어떤 처방에 따라야 할지 의문이었다. 같은 병원 내에서도 의사에 따라 치료 방법이 다르니 말이다. 일단 약만 먹어 보기로 하였다. 약을 복용한 지 한 달가량 되었을 때 좀 나아진 것 같았다. 그러나 소화기능이 약해져서 더는 먹기 힘들어졌다.

다시 의사에게 가서 허리에 좋은 운동이 무엇이냐고 물었다. 자전거 타기, 등산, 수영 세 가지를 추천하였다. 자전거야 어릴 적 많이 타 보았고, 등산은 지금도 가끔씩 다닌다. 하지만 수영은 정식으로 배워본 적이 없다. 물속에서 하는 운동은 척추에 큰 무리를 주지 않기에 특히 좋다고 하여 큰 맘 먹고 수영을 배워보기로 한 것이었다.

며칠 지나 등록을 했다. 수영교실에는 나보다도 연세가 훨씬 많은 여성들이 '아쿠아로빅'을 배우고 있었다. 음악에 맞춰 열심히 운동하는 모습을 보면서 좋은 선택을 했다는 생각이 들었다. 수영 강사는 내게 수영을 할 줄 아느냐고 했다. 그래서 '개헤엄'을 조금 칠 줄 안다고 했더니 해보라고 했다. 25m가 그렇게 먼 거리일 줄 상상도 못 했다. 가다 서기를 반복하며 겨우 도착했다. 강사는 초급반을 추천해주었다. 그렇게 시작한 수영은 상당히 재미가 있었다. 두 달 만에 기초와 자유형을 마쳤다. 허리만 좋아지면 그만둘까 하였는데 이제는 완전히 수영에 빠져버렸다. 허리 통증도 물론 사라졌을 뿐 아니라 몸이 예전보다 더 좋아졌다. 4개월을 보내며 배영과 평영을 배웠다. 시작한지 6개월 만에 접영까지 마치게 되었다. 수영의 기초를 어느 정도 배운 셈이다. 접영은 양팔을 물속에서 모두 사용하여 상체를 끌어올리려니 무척 힘이 들었다. 그나마 50m를 완주한다는 게 다행이었다. 모든 운동에서 나이의 한계는 뛰어넘을 수가 없는 것 같았다. 젊은이들은 나를 앞질러 가곤 했다. 자유형 영법을 할 때 몸이 굳어 있는 나를 보고 강사가 소리쳤다.

"어깨를 좀 더 올려요. 어깨를."

그런데 그게 말처럼 쉽지 않다. 한 바퀴 돌고 난 뒤 어깨가 제대로 올라가는지 물어보면 강사의 대답은 내 기대를 완전히 벗어났다.

"잘 올라가지 않네요"

허탈한 마음으로 내 또래의 자유형 영법을 유심히 지켜보면 역시 유연하지 못하다는 생각했다. 어깨가 굳어 있는 모습이 초보자인 내 눈에도 보이니 말이다, 무엇이든지 시기가 있다는 말이 실감이 났다.

모든 운동 또한 마찬가지이리라. 사람의 몸은 20세까지 가장 유연하고, 이후에는 관절 기능이 서서히 쇠퇴하기 시작한다고 한다. 세계적 수준의 단거리 육상선수나 수영선수를 보면 대개 10대 후반에서 20대 초반이기 때문이다.

수영하면서 몸에 많은 변화가 왔다. 체중이 몇 킬로그램 줄었다. 조금 작았던 옷을 입어도 불편하지 않은 것이 뱃살이 좀 없어진 것 같고 시력 또한 좋아졌다. 남들은 수영장의 물이 독하여 염려하지만 나는 개인적으로 눈의 피로가 많이 줄었다. 책을 두 시간 정도 보면 눈이 피로하고 두통이 왔지만, 지금은 4시간 이상을 보아도 전혀 눈의 피곤함이 없다. 땀 흘린 후의 상쾌함이란 이루 말로 표현할 수 없었다. 스트레스도 제로로 만들어 주어 활력이 넘쳤다. 처음에는 초보라 운동의 효과를 보지 못했지만, 6개월 지난 지금은 수영을 잘하지는 못하지만, 흉내라도 낼 수 있으니 얼마나 다행인가.

인생은 선택의 연속이라는 말이 생각난다. 우리가 살아가는 동안 수많은 선택의 기로에 놓이기 때문이다. 탁구를 치다가 허리를 다치고 수영을 배우면서 얻어진 경험이기도 하다. 이제 나에게는 남은 시간보다는 지나간 시간이 더 길다. 어떻게 살아왔는지가 중요해지는 시기이다.

수영강사의 다그치는 소리가 들린다.

"어깨를 좀 더 올려요. 어깨를."

편견

사람들은 자기가 보고 싶어 하는 것만 본다.

편견 때문일까. 나는 살아오면서 한쪽으로 치우친 생각으로 일을 그르친 경험을 많이 했다. 다양성을 놓쳤기 때문이다. 한 가지를 보고 열 가지를 알 수 있지만 한 가지 때문에 열 가지를 놓칠 수도 있다.

나는 겨울에 대한 편견을 가지고 있다. 계절 중에서 겨울은 유난히 힘들다. 추위를 많이 타는 나는 어릴 때 얼굴에 핏기가 없어 원기가 부족하다는 말을 듣고 자랐다. 혈기 왕성한 20대는 그런대로 지낼만 했으나, 나이 들어가면서 점점 추위를 탄다. 봄이 다 가도록 내복을 입고 산다. 각박한 도회지 생활을 하느라 몸을 제대로 돌보지 못함인가. 운동이 부족한 것도 원인이 될 수 있다는 생각이다.

올봄 건강검진을 받았다. 표준 체중이다. 혈압은 약간 낮은 편이나 정상 수치다. 수치상으로 건강에 특별히 이상이 없지만, 추위와 맞서 싸울 에너지가 부족하다. 해마다 가을 지나 찬바람이 불기 시작하면 옷을 겹겹이 입고 보온에 힘써야 감기를 막을 수 있다.

겨울의 즐거움을 모르고 겨울을 난다는 것은 슬픔이다. 그래서 상대적으로 여름을 좋아하는지도 모른다. 겨울이 되면 나는 흰색 내복을 즐겨 입는다. 늘 입던 흰색이라 다른 색상은 없는 줄 알았다. 지난 겨울 아내와 함께 백화점에 들렀는데 점원이 신축성이 좋은 기능성 밤색 내복을 권했다. 흰색이 아니라 그다지 마음에 들지 않았지만, 한 벌에 11만원하는 옷값이 3만원이란다. 겨울이 지나가는 철이라 떨이로 싼 가격에 구매했다. 집에 와서 입어보니 가볍고 따뜻했다. 그동안 내복은 흰색이란 고정관념이 아내를 얼마나 귀찮게 했던 것일까. 흰색 옷은 조금 입으면 색이 누렇게 변해 가끔 삶아야 제 빛깔을 낸다. 늦게라도 아내의 일손을 덜어주게 되어서 다행이다.

친구에게도 편견이 있다. 자기 자랑만 늘어놓는 말이 많은 친구를 싫어하는 편이다. 생각해보면 나는 얼마나 그 친구의 입장에 서 보았는가. 포용할 수는 없는 일인가. 평상시 좋게 생각했던 친구도 어려운 일이 생기면 외면하는 경우도 있다. 내가 먼저 손을 내민다면 얼마든지 가까워질 수 있지 않을까.

편견은 욕심이다. 그 욕심은 사회에도 자라고 있다. 우스꽝스러운 편견은 미혼 남자의 몸값이다. 적령기 남녀의 비율이 기울어진 것도 아닌데 오래전부터 값 비싼 신랑감은 부류가 정해져 있다. 법관 지망생의 고시 합격자와 의사 지망의 의과 대학생은 순위가 여전하다. 일명 '사'자가 붙은 신랑감이다. 이미 오래전부터 우리 사회에 만연되어 무감각해진 이 풍습은 사람은 동등하다는 생각을 무너뜨렸다. 애정보다는 조건을 따지는 정략결혼을 한 사람들은 과연 행복할 수 있을까.

동양적인 관습과 충효를 근간으로 꾸려 나가는 가정을 세우는데 흥정을 하는 이기주의 앞에서 말을 잃게 된다. 사람의 인품보다는 조건을 앞세워 사람의 값을 매기는 만연된 풍토가 아쉬울 뿐이다.

삶이란 우리의 인생 앞에 어떤 일이 생기느냐에 따라 결정되는 것이 아니라 우리가 어떤 태도를 취하느냐에 따라 결정된다. 오래된 관습을 버리는 것은 물길이 방향을 바꾸는 만큼 어렵다. 과거에 길들여진 버릇은 새로운 것을 수용하기 꺼린다. 그래서 생각을 바꾼다는 것, 습관을 바꾼다는 것은 결단이 필요하다. 편견을 버리는 순간 새로움이 태어난다.

자신을 변화시키면 세상과의 관계가 변할 것이다.

무궁화의 기품

"무궁화 꽃이 피었습니다."

지금 생각해보면 그것은 행복이었다.

할아버지께서 화단에 심은 무궁화 한 그루가 지금도 눈에 선하다. 하얀 바탕에 불그스레한 줄무늬, 벌들이 꿀을 따고 있는 조용한 한낮이었다. 혼자 핀 무궁화 꽃은 벌을 향해 손짓하는 듯했다.

자연의 조화는 섬세하다. 꽃은 몽우리 질 때보다 활짝 피었을 때가 아름답다. 무궁화를 보고 있으면 함부로 대할 수 없는 콧대 높은 여성을 마주하고 있는 느낌이다. 자세히 들여다보면 볼수록 우아하고 소박하다.

나는 한때 '수많은 꽃 중에서 하필이면 국화를 무궁화로 선택했을까'하는 생각을 했다. 내가 아는 지인은 "우리에게 친근한 진달래를 국화로 선택해야 한다"고 주장한다. 물론 흔히 볼 수 있는 꽃이 진달래임은 틀림없으나 꽃이 질 때의 여운이 없다. 무궁화는 필 때부터 질 때까지 단아하고 깨끗하다.

우리 민족은 예로부터 깨끗한 순백색을 사랑하였다. 어쩌면 화려하지 않고 수수한 모습이 겨레의 심성과 닮았을 것이다. 백색 꽃 중심에 붉은 줄무늬는 단일민족을 자랑하는 한국인의 의리와 절개를 상징하는지도 모른다.

무궁화의 꽃말은 일편단심이다. 자연환경에 민감하지 않아 아무 곳에서나 잘 자라 우리 민족의 상징으로 안성맞춤이다. 한여름 삼복 더위를 끈기와 인내로 잘 견뎌내는 것과 우리 국민의 검소하고 부지런함은 닮았다. 그래서 숭고한 기품마저 느껴진다.

무궁화는 국화로서 손색이 없다고 나는 생각한다.

댄스 해프닝

    요즘 만나는 사람마다 어떻게 지내느냐고 묻는다. 정년퇴임 후 사는 모습이 각양각색이라 도대체 저 사람은 어떻게 살까 궁금한 모양이다.

    정년을 맞이한 뒤, 지금까지 해오던 대로 집안에 틀어박혀 글을 썼다. 계획했던 시집도 마무리 지어야 했고 산문집도 매듭을 지어야 했다. 내 딴에는 인생을 알차게 마무리하고 싶었다. 그런데 문제가 생겼다. 왠지 우울한 기분이 들었다. 글을 써야 한다는 강박 관념일까, 아니면 퇴직 후유증으로 생활의 리듬이 깨진 것일까. 언제부턴가 나는 끼니도 놓치고 잠을 설치면서 글쓰기에 집중하고 있었다. 이를 빼고 임플란트를 시술하느라 몸의 에너지가 소진된 탓일까. 두통약을 삼키며 9개의 머리뼈로 연결된 치아의 구조를 생각했다

    이래서는 안 되겠다 싶어 좀 색다른 취미 활동을 하기로 했다. 내가 아는 노래라곤 30년 전에 유행한 두세 곡 정도였다. 가끔 노래방에서 잘하지도 못하는 옛날 노래나 부르는 나 자신이 민망하기도 해서 최신 노래를 부르고 싶었다. 대중가요를 부르는 음악교실을 찾았다. 요즘 관광지에서나 고속버스 휴게소에서 한창 유행하는 '내 나이

가 어때서'와 '안동역에서'를 배우기도 했다. 몇 번 나가 보았으나 신명이 나지 않았다. 그냥 앉아서 노래를 부른다는 것이 따분하기도 하고 지루했다. 그래서 문득 떠오른 것이 댄스였다. 유연한 나뭇가지에 새들이 날아 다닌듯하고 코스모스가 바람에 흔들리는 듯 가장 부드러운 운동이기도 했다. 남녀의 신체활동으로 얻어지는 즐거움은 무엇과도 비교할 수 없으리라는 생각에서였다.

댄스교실을 노크했다. 남녀가 어우러져 추는 모습은 상상만으로도 멋지다. 빼어난 미모의 여성도 볼 수 있을 것 같고, 지인들과 노래방에 갈 때면 남들이 흥에 젖어 춤을 추는 모습을 지켜볼 수밖에 없었던 나 아닌가. 인생의 황혼 역에서 남과 어울리자면 춤도 출 줄 알아야 한다는 것이 내 등을 떠밀었다.

송파문화원 댄스 교실을 찾아갔다. 왈츠를 처음 접하였는데 스텝이 복잡하여 엄두가 나지 않았다. 젊었을 때부터 춤을 배운 사람들은 복잡한 스텝을 리드해 나갔다. 나는 감히 주제도 모르고 고급 운동을 넘보는 것 아닐까 싶기도 했다. 머리에서 꾸물거리던 글감이 다 날아가는 것 아닐까 하는 두려움도 생겼다. 무엇이든 배움 앞에서 용감해야 한다는 내 철학으로 열심히 스텝 연습을 했다. 기초 댄스라고 우습게 보았는데 지르박도 그리 쉽지 않았다. 나이 지긋한 부부가 함께 배우고 있었는데 어정쩡한 나를 보더니 움직이는 동작을 가르쳐 주었다.

"앞으로 열심히 나오세요, 좋은 운동입니다, 암 좋고 말고요."

두 분의 표정이 무척 밝았다. 노부부가 건강하게 나이 들어가는 모습이 아름답게 보였다. 미끄덩하고 나긋나긋한 스텝을 밟는 블루스가 좋지만, 그것은 꿈같은 일이었다. 스텝을 익혀야 하는 것이 문제였다. 며칠 만에 숙달되는 것도 아니고 시간을 많이 빼앗겨 글쓰기에 집중할 수 없었다. 아무리 열정이 있어도 두 마리의 토끼를 잡을 수 없다는 것을 알았다. 며칠 만에 춤을 그만두었다.

톨스토이의 말이 생각난다.

"참으로 중요한 일에 종사하는 사람은 그 생활이 단순하다. 그들은 쓸데없는 일에 마음을 쓸 겨를이 없기 때문이다."

그렇다. 노래를 배우고 댄스를 생각해 낸 것이 치통으로 인한 우울을 해소하기 위한 외로운 몸부림이었다. 팔자에도 없는 춤 타령을 하다가 온 삭신이 쑤시고 아팠다. 안 쓰던 근육을 써 몸살을 앓았다. 사람은 자기 적성에 맞는 일이 있는 것 같다.

산다는 것은 친구 따라 강남 가기처럼 유연하지 않다. 남들이 댄스를 잘 춘다고 해서 따라할 일이 아니었다. 이번 일로 내가 무엇을 하며 시간을 저축해야 할지 알게 되었다.

인생 시간표

인생은 시간으로 그리는 그림이다. 시간을 어떻게 관리하느냐에 따라 삶의 질이 결정되기 때문이다.

나의 책상 위는 언제나 지저분하다. 글을 쓰는 사람이라 책을 읽거나, 신문을 보는 일이 잦은데 신문은 자료가 될까 하여 모아둔다. 며칠이 지나고 보면 책상 위에 수북하게 쌓이게 된다. 최대한 미루고 나중에 해결하려는 나쁜 습관 때문이다. 책상 위에는 너절하게 쌓인 온갖 잡동사니들은 그때그때 생명을 부여하지 못하여 쓰레기가 된 것들이다.

쓰레기통으로 갈 줄 뻔히 알면서도 모아두는 걸 보면 집착성 노이로제에 노출된 것 아닐까 싶기도 하다. 책상을 깔끔하게 치우면 좋겠지만, 말처럼 잘되지 않는다. 며칠에 한 번씩 쌓인 것을 내다버리곤 하는데, 그렇게 한번 치우고 나면 마음이 홀가분해진다. 치우고 나서 다시 며칠 지나면 어질어지는 과정을 반복하게 되지만, 역시 책상 위를 깨끗하게 정리하고 보면 마음도 새로워지는 것을 느낀다.

어느 날 내 책상을 보고 직원이 말하길 "연구원 책상 같아요."라고 한다. 남의 속도 모르고 책이 수북이 쌓여 있으니까 하는 말이다. 무엇인가를 머릿속에서 창조해내는 것은 그것에 얽매이는 것이다. 많이 갖고 있다는 것은 그만큼 많이 얽혀 있다는 뜻이다. 그래서 크게 버려야 크게 얻을 수 있다는 말이 있는 모양이다.

생활 속에서 길들여진 습관은 욕망보다 더 강력한 것 아닌가 싶다. 나는 잠자리 들기 전에 종종 과일을 먹는데, 이것은 내가 건강을 위해서 조심해야 할 일이다. 하지만 먹는 음식을 절제한다는 것이 그리 쉽지 않다. 작은 것도 실천에 옮기지 못하면서, 더 큰 일을 어떻게 할 수 있을까 하는 자괴감이 들 때가 있다.

내 식성은 까다롭지 않다. 꺼리는 음식 없이 잘 먹는 편이나 채식을 주로 한다. 육류는 한 달에 2, 3번으로 충분하다. 문제는 잠자리 들기 전에 먹는 과일이다. 사과나 복숭아 2, 3개는 기본이다. 자기 전에 속을 비워야 건강에 좋다는 것을 알고 있지만, 뜻대로 잘되지 않는다.

그러나 새벽에 일찍 일어나 하루 일과를 시작하는 좋은 습관을 갖고 있다. 나는 새벽 4시 30분에 일어나 근무지인 보라매 안전체험관으로 출근한다. 버스와 전철을 번갈아 타며 직장까지 1시간 20분이 소요된다.

보라매공원에는 조깅 트랙이 잘 조성되어 있어서 근무지에 도착해서 운동을 한 시간가량 하는데 걷기와 생활 체조를 한다. 그런 다음 사무실 책상에 앉아 기본업무를 챙기고 칼럼을 쓴다. 저녁 운동을 간단히 하고 8시에 퇴근을 하면 9시 20분경 집에 도착한다. 10시 경이면 내일을 위하여 잠자리에 든다.

나의 라이프 스타일은 강남스타일 못지않은 인기 스타일이다. 그런데 얼마 전 여느 날과 다름없이 아침 일찍 출근하여 보라매공원에서 생활 체조를 하다 쓰러질 뻔했다. 아침 운동을 하는 사람들을 따라 호흡을 길게 들어 마시고 숨을 참는 단전호흡을 하다 하늘이 빙 돌면서 머리가 어지럽더니 몸이 두서너 발 앞으로 비틀거렸다.

내가 왜 이러는가. 이런 경험을 처음으로 했기 때문에 정신이 멍멍했다. 출퇴근 거리가 멀어 과로한 것 같았다. 고심 끝에 근무지를 집에서 가까운 쪽으로 옮겼다.

하루 일과표도 그 사람의 나이와 출퇴근거리, 교통수단의 이용관계, 업무량을 고려해서 자기 몸에 맞게 설계해야 한다는 것을 깨달았다. 목욕탕에서 몸무게를 재 보았더니 4kg이나 줄었다. 몸에 피로가 온 것이다.

1706년 미국의 사회개혁가, 과학자, 정치가, 문필가로 활동하여 수많은 업적을 남기고 간 벤자민 프랭클린은 철저한 자기관리를 하였다. 아침 5시에 일어나 밤 9시에 잠자리에 들 때까지 규칙적으로 생활했다. 시간표를 짜고 자기관리 수첩을 만들었다. 타고난 성실함으로 각 분야에서 최고의 자리에 올랐으며 무수한 공익사업을 주도했다. 화재에 대한 경각심을 불러일으켜 사전에 방지하는 방법을 제안하였다. 부주의로 발생하는 화재에 대하여 논문을 발표하고 유니온 소방대를 조직하였다.

자기 아들에게 편지 형식으로 쓴 프랭클린 자서전은 오늘날 산문 문학을 대표하는 작품으로 손꼽힌다. 그의 메시지는 열악한 환경에 굴하지 않고 자신의 의지만으로도 얼마든지 아름답게 꽃피우는 인생을 살 수 있다고 말한다. 자라나는 청소년들은 물론 내 아들들에게도 권하고 싶은 책이다.

나의 삶도 이제 내리막길에 접어들었다. 앞으로 70세까지 산다면 10년이 남았고, 80세까지 산다면 20년이 남았다. 생각하기에 따라 다르겠지만, 남은 기간이 그리 길지 않다.

나는 좀 늦은 감이 있지만 뒤늦게 글을 쓰면서 나름대로 보람을 느끼며 산다. 문학의 길에 들어선 것은 잘한 선택이고 생각한다. 좀 더 일찍 쓰지 못한 것을 후회한다. 50세부터 글을 쓰기 시작하였지만 주옥 같은 글이 아니더라도 글을 쓴다는 자체가 나를 즐겁게 한다.

글을 쓰기 위하여 많은 책을 읽으면서 인생의 지침서를 새로 썼다. 오래전부터 생각해온 일이지만 이제야 완성되었다. 열 가지 인생 지침을 나의 아들들도 지켜 주었으면 하는 바람이다.

첫째, 가정을 화목하게 하자. 둘째, 독서를 하고 글을 쓰자. 셋째, 배불리 먹지 말자. 넷째, 시간을 낭비하지 말자. 다섯째, 해야 할 일은 바로 실행하자. 여섯째, 남에게 피해를 주지 말자. 일곱째, 언행을 조심하자. 여덟째, 사람들에게 진실하게 대하자. 아홉째, 항상 처음이자 마지막이라는 마음가짐을 갖자. 열째, 감언이설에 흔들리지 말자.

나는 어릴 때 아버지의 취중 교육이 싫었다. 그래서 화목한 가정을 동경하기도 했다. 그런 이유인지 가정이 화목해야 무슨 일을 하든 마음의 여유가 생긴다. 가정이 화목하지 않은 상태에서 무엇을 이루었다 할지라도 얼마만 한 가치가 있겠는가. 그래서 '가정을 화목하게 하자'는 문구를 첫 번째로 넣었다. 두 번째로는 '독서를 하고 글을 쓰자'로 했다. 독서는 자신을 살찌우는 양식이다. 좀 힘들겠지만 자기의 일생을 한편의 글로 남긴다는 것은 중요한 일이다.

지금 손에 쥐고 있는 시간이 인생이다. 철저한 시간 관리야말로 인생을 낭비하지 않는 일이다. 시간은 인생의 스승이다.

휴머니즘적인 이별

시 「하관」은 박목월 시인이 아우를 떠나보내는 형의 애절한 심정과 통곡이 가슴에 절절히 배어 나온다. 인간으로 태어나 인생을 어떻게 살아가야 하는지를 묻고 있다. 이승과 저승의 경계를 구분하고, 저승으로 간 동생에 대한 종교적인 구원을 하고 있다. 한 사람의 죽음은 자연의 이치일 뿐 세상은 변함이 없다.

너는 어디로 갔느냐 / 그 어질고 안쓰럽고 다정한 눈짓을 하고 / 형님! / 부르는 목소리는 들리는데 / 내 목소리는 미치지 못하는 / 다만 여기는 / 열매가 떨어지면 / 툭 하고 소리가 들리는 세상

인도의 고대 서사시 「마하바라타」에는 '세상의 하고많은 놀랄 일들 중에서 가장 놀라운 것은 무엇인가. 사람이 주변에서 남들이 죽어가는 것을 보면서도 자신은 죽지 않으리라고 믿는 것이다'라는 문구가 있다. 인간은 태어난 순간부터 죽음이 시작된다고 할 수 있다. 출생에는 위아래 순서가 있지만. 죽음에는 순서가 없다. 내일을 예측

할 수 있는 사람은 누구나 죽는다는 사실을 알고 있지만, 자신은 절대 죽지 않는다고 자신한다.

내가 어릴 때 할머니는 어디서 듣고 오셨는지 내가 84세까지 산단다. "그렇게 오래 살아 무엇하나." 그 말씀 하실 때가 60대 중반으로 기억된다. 세월이 지나 할머니 연세 80이 되셨을 때 세상이 좋아져 그런지 "살고 또 살고 싶다"고 말씀하셨다.

이태준은 무시록에서 "오래 살고 싶다. 좋은 글을 써보려면 공부도 공부려니와 오래 살아야 할 것 같다. 적어도 천명을 안다는 50에서부터 60, 70, 100에 이르기까지 오래 살고 싶은 새삼스러운 욕망을 느낀다."고 하였다. 이토록 인간의 삶에 대한 욕망은 질기고도 질기다.

진시황이 불로초를 찾았듯, 중세 서양 연금술사들이 불로장생약을 만들기 위해 불철주야 노력했듯 인간의 생명 연장의 꿈은 인류의 역사와 함께했다고 할 수 있다. 현대에 와서는 뇌사상태에 빠진 사람조차 생물학적으로 살아 있게 만들 수도 있어 우리의 생명은 확실하게 연장되었다고 할 수 있다.

역사상 가장 오래 살았던 사람은 프랑스 여성으로, 1997년에 122세로 세상을 떠났다. 우리가 아무리 소식하고 운동하고 건강하게 살아도, 125년 이상 살 수 없다는 게 중론이다. 인간이 천년만년 살 수 없고 언젠가는 죽음을 맞이하게 된다.

일본에서 상영된 한 60대 가장의 죽음을 그린 '엔딩 노트ending note'라는 영화가 있다. 정년퇴직한 아버지가 암을 선고받고 삶을 정리해가는 과정을 딸의 시각에서 그린 다큐멘터리 영화이다.

엔딩 노트란 언제 일어날지 모르는 죽음에 대비해 유서처럼 적은 책이다. 이 리스트 안에는 장례절차, 유품 처리방법, 매장 장소 등이 포함돼 있다. 공증한 유언장과 같은 법적 효력은 없으나 특별히 형식에 구애받지 않고 쓸 수 있다는 장점이 있다.

죽음을 삶의 일부로 이해하고 받아들이며, 죽음을 객관적으로 바라보는 안목을 갖추는 것이다. 속수무책으로 죽음을 '당하지' 않고 편안하게 '맞이하기' 위해서이다. 죽음에 대한 준비는 그것을 생각하면서 '바로, 지금, 여기서' 내가 무엇을 해야 할지 생각해보게 함으로써 현재의 삶을 더욱 열심히 살아가는 원동력이 된다.

죽음의 순간 삶은 완성된다. 명예로웠든 비참했든, 충만했든 부족했든, 그릇이 컸든 작았든 모든 것을 버리고 떠나는 순간 죽음은 이 세상 삶을 완성의 반열에 올려놓는다. 이토록 삶이 아름답도록 노력해야 한다. 사람은 일을 시작했으면 끝맺음을 짓는 법을 알아야 하고, 그것은 인생에서도 마찬가지이다.

죽음을 두려워하고 거부감을 갖고 있는 사람에게 이런 말을 전하고 싶다. "모든 형태의 소유에 대한 갈망, 자아의 속박을 버리면 버릴수록 죽음에 대한 공포는 약해진다. 잃어버릴 것이 아무것도 없기 때문이다."

우리가 오래 살고 싶어도 죽음이 기다리는 것은 막을 수가 없다. 어제 죽은 사람이라도 몇 달 전, 몇 년 전 죽은 사람보다 죽음 후의 시간은 짧을 수가 없다. 죽음은 누구에게나 두렵다. 죽음을 두렵지 않다고 말하는 사람이 몇이나 될까, 긍정적인 삶으로 위안을 찾을 수밖에.

나도 오래 살면서 좋은 글을 써보고 싶다

산책 단상

    산에 오릅니다. 계곡 품은 물소리, 그 산을 품은 짐승 소리, 새소리, 바람 소리, 바람이 뿌려 놓은 나뭇잎 소리, 고요 속에 나뭇잎들이 어깨를 비비는 소리가 들립니다.

    숲은 거저 숲이 된 게 아닙니다. 바람이 쓰다듬고 햇볕이 쬐어주고 짐승들이 서로 보듬어주고, 그렇게 서로 숲을 이루고 산을 이루는 것이 아닐까요.

    산의 자락인 아늑한 곳에서 노루를 만났습니다. 발걸음 소리에 놀라 반대 방향으로 후다닥 뛰어갔습니다. 노루가 얼마나 빨리 뛰었는지 그 모습을 더는 볼 수 없었습니다. 산이 품고 있는 것 중 하나를 나타내었습니다. 다음에 또 볼 수 있기를 기대했습니다.

    이따금 새가 지저귀며 이 나무에서 저 나무로 폴짝폴짝 날아다닙니다. 새 울음이 떨어진 그곳에 진달래도 피어있었습니다. 가까이 가보았습니다. 향기도 있었습니다. 별 모양이었습니다. 별은 밤하늘에 피고 꽃은 산과 들에 피어 마음을 밝혀 주고 있었습니다.

어떤 꽃이든지 곱기만 합니다. 이들이 향기로, 웃음으로 부르는데 우리는 무심히 지나갑니다. 그들 속에 하늘이 있고, 우주가 있다고 생각했습니다. 별들이 내려와 꽃들로 피어난 산길, 시간만큼 칭칭 올라간 숲을 지나며 나무가 되기도 하고 별이 되기도 하고 우주가 되어 보는 날입니다.

크고 깊은 산은 그 깊이와 높이만큼의 소리를 간직합니다. 나이테만큼 굽어진 저 소나무는 늘 그 자리에 있으면서도 자유로울 것입니다. 그들은 움직이지 않아도 우주의 시간을 자기 자신으로 삼아 그리 너그러울 수 있겠지요.

우리도 자신의 크기만큼 뭔가를 품고 살아갑니다. 산은 오라고 손짓하지 않아도 가까이 다가가면 자리하나 내어줍니다. 더 크고 많은 존재들이 그 품 안에 머무를 것입니다.

저녁 무렵 산은 온 세상을 낮추었습니다. 안갯길 사뿐히 밝고 차분히 무게를 내려놓았습니다. 산과의 어우러짐을 생각하는 날, 산은 내게 많은 것을 가르쳐주었습니다.

제2장

리더는 무엇을
공부해야 하는가

사흘만 볼 수 있다면

봄이 왔다.

햇볕 사이로 실바람이 살랑거린다. 내 사무실 앞에는 몇 그루의 나무가 서 있다. 주변의 벗나무는 움이 트는데 한 나무는 감감무소식이다. 지난 겨울에 말라 죽었는가 싶다. 직원에게 이 나무 죽은 것이 아니냐고 물은 적이 있다.

갈색빛이 도는 거친 나무껍질 때문인지 메말라 보였다. 그런데 며칠이 지나자 조그만 것이 꼬물 그리며 움트고 있는 것 아닌가. 어둠을 뚫고 돋아나는 빛이 이렇게 선명할까. 살아있어 다행이다. 초록 잎 새 사이로 순백색의 꽃이 활짝 피었을 때의 아름다움을 무어라 표현할 수가 없다. 생명이 있는 꽃은 그 자체로 감동이다.

알고 보니 언젠가 다른 곳에서 지나쳐 보았던 이팝나무였다. 아래에서 쳐다보는 것보다 사무실에서 내려다볼 때 푸른 잎과 하얀 꽃잎이 더 아름답다. 내가 출퇴근길에 지나는 문정동 로데오거리에도 가로수로도 심어져 있다. 푸른 잎과 하얀 꽃을 보는 재미는 열흘간 이어진다. 푸르면서도 순백의 빛은 내게 일이 잘 안 풀릴 때나 어려움이 있을 때 위안이 되기도 한다.

나이가 들고 보니 삶에 있어 가장 소중한 것은 인연이란 생각이 든다. 자연과 인연이 우리에게 주는 행복이 얼마나 큰가. 나는 문학과 인연이 닿아 그 속에서 살고 있다. 세상을 관조하는 마음으로 펜을 들었지만 글쓰기가 쉽지 않다.

좋은 수필 한편, 쓴다는 것이 얼마나 어려운 일인가. 흔히 말하기를 잘 다듬어진 문장, 선명한 주제와 적절한 짜임새, 체험과 철학을 절묘하게 혼합한 글을 좋은 수필이라 한다. 수필의 작법을 말하는 것처럼 쉽게 글을 쓸 수 있다면 얼마나 좋을까. 어리석게도 나는 읽어서 재미가 있고 감동을 줄 수 있는 글과는 아직 먼 듯하다. 오늘도 나는 시적 정서와 감흥을 일으킬 수 있는 글을 쓰기 위하여 하루의 3분의 1을 할애하며 산다.

문학사에 큰 발자취를 남긴 헬렌 켈러가 생각난다. 그녀는 태어나 열병을 앓고 난 후 열아홉 달 만에 시각과 청력을 잃었다. 그녀는 보지도 듣지도 못하는 상태였지만 인간승리의 표상이 되었다. 23살 되던 해에 『내가 살아온 이야기』라는 자서전을 출간하였다. 세계적으로 유명한 수필로 우리에게 널리 알려진 '사흘만 볼 수 있다면'은 그녀의 작품으로 많은 사람들에게 읽혔다.

"때로 내 마음은 이 모든 것을 보고 싶은 열망으로 가득해집니다. 그저 만져보는 것만으로도 이렇게나 큰 기쁨을 얻을 수 있는데, 눈으로 직접 보면 얼마나 더 아름다울까" 하는 문장을 읽으며 많은 생각을 하였다.

볼 수 있는 눈을 가진 사람들은 사물의 아름다움을 거의 보지 못하는 것 아닌가 싶다. 우리는 세상을 가득 채운 색채와 율동의 파노라마를 그저 당연한 것으로 여기면서 감사할 줄 모르고 산다. 갖지 못한 것만 갈망하는 그런 존재가 아닐는지.

빛의 세계에서 '시각'이란 선물은 우리의 삶을 풍성하게 한다. 단지 편리한 도구로만 사용되고 있다는 건 유감스러운 일이다.

빛의 세계를 상상으로 그리고 있는 헬렌 켈러의 간절한 기도가 떠오른다. 그녀는 광명의 나날을 어떻게 보낼지 계획표를 작성했다.

첫째 날에는 친절과 겸손과 우정으로 내 삶을 가치 있게 해 준 사람들을 보고 싶습니다. 오후에는 오래도록 숲을 산책하며 자연의 아름다움에 흠뻑 취하렵니다. 거기에 찬란하고 아름다운 저녁놀까지 볼수 있다면 더 바랄 게 없을 듯합니다.

둘째 날, 나는 새벽같이 일어나 밤이 낮으로 바뀌는 그 전율 어린 기적을 바라보겠다. 장엄한 빛의 장관은 얼마나 경이로울까요. 나는 이날을 분주하게 돌아다니며 세상의 과거와 현재를 바라보는 일에 바치고 싶습니다.

이렇게 이어지는 켈러의 사흘간의 '환한 세상 계획표'는 언제나 듣고 볼 수 있는 우리들에게 많은 것을 깨닫게 한다. 우리는 이 아름다운 세상을 얼마나 무심코 흘려버리며 사는가. 아름다운 세상을 보고도 느낄 줄 모르고 표현할 줄 모른다.

헬렌 켈러는 우리에게 묵시적인 주문을 하고 있다.

"내일 갑자기 장님이 될 운명에 처한다면 여러분의 눈은 이전에 결코 본 적이 없는 것들을 보게 될 것입니다. 자신의 눈을 이전과는 전혀 다르게 사용할 것이며, 눈에 보이는 모든 것들이 소중하게 느껴질

겁니다. 당신의 눈은 시야에 들어오는 모든 사물들을 어루만지고 끌어안을 것입니다. 그때서야 비로소 새로운 미의 세계가 당신 앞에서 그 문을 열 것입니다."라고 말한다.

우리는 보고 들을 수 있는 것을 당연시한다. 그녀의 말대로 우리는 모든 감각을 최대한 활용하지 못하고 산다.

나는 얼마나 축복받은 인생인가. 꽃을 볼 수 있고 새의 지저귐을 들을 수 있다. 이순의 나이에도 안경을 쓰지 않고 책과 신문을 읽을 수 있으니 얼마나 고마운 일인가. 헬렌 켈러가 단 사흘만이라도 봤으면 좋겠다고 염원하는 세상을 나는 매일 보며 사는 부자다.

등창

　고등학교 1학년 때 갑자기 등창이 났습니다. 점점 커지더니 주먹만큼 자랐습니다. 아버지는 내 등을 보시더니 이것 때문에 죽은 사람도 있다면서 혀를 찼습니다. 등창으로 죽을 수 있다는 말에 겁이 났습니다.

　아버지는 치질 고치는 약물을 주사기에 넣더니 부풀어 반질반질한 내 등창에 푹 찔렀습니다. 얼마나 아팠던지 펄쩍펄쩍 뛰다가 비명을 지르며 뒷산 대나무 숲으로 뛰어 올라갔습니다.

　구름 사이로 드문드문 쏟아지는 빛, 푸른 대나무가 노랗게 보였습니다. 면허증도 없는 아버지는 등창에 주사기로 찔러놓고 "잘 나을 거야, 괜찮을 거야." 허허허 웃으시며 대수롭지 않게 여겼습니다.

　그 약은 환부를 썩혀 문드러지게 하는 것입니다. 등창이 화끈거리고 욱신거리는 바람에 밤잠을 설쳤습니다. 뒷산에서 짐승 울음소리가 들렸습니다. 할머니는 장손자가 염려되어 밤새 이마를 짚어주었습니다. 나는 기대 반 우려 반으로 토끼처럼 눈만 껌뻑껌뻑 거렸습니다.

　며칠이 지나자 등에서 검은 피고름이 줄줄 흘러내리더니 다 나았습니다. 무면허 의사인 아버지가 내 병을 고쳤습니다. 그리고 2년간 다른 환자를 돌봤습니다.

한때 아버지는 치질로 고생하셨습니다. 아버지는 훤칠하고 미남인 돌팔이 치질 전문가에게 당신의 치질을 고치자 재미를 붙였습니다. 돌팔이 의사 꼬드김에 넘어가 큰 소 한 마리를 팔아 치질 고치는 기술과 약물을 전수받았습니다. 당시만 해도 소가 큰 재산이었습니다.

소 값보다 더 많은 돈을 벌어 볼 생각도 하신 것 같았습니다. 돈을 벌기는 커녕 주위 사람들에게 치질을 공짜로 고쳐 주었습니다. 지인들과 입소문을 듣고 찾아온 환자들이 의술의 혜택을 보았습니다만 손가락에 꼽을 수 있는 정도였습니다. 환부가 오래되어 못 고치고 슬픔에 잠겨 돌아간 환자도 더러 있었습니다.

치료 중에 부작용을 호소한 환자가 한 명 있었습니다. 항문 수축이 잘 안 되고 통증이 있다는 것이지요. 아버지는 환자가 주의사항을 이행하지 않고 환부 관리를 잘못해서 그렇게 되었다는 말을 했습니다. 치료가 끝날 때까지 따스한 물에 좌욕을 자주 해주어야 하는데 소홀히 했다는 것이지요. 소동은 몇 달이 지나자 잠잠해졌습니다.

내가 아버지로부터 들은 이야기로는 치질에도 암치질이 있고 수치질이 있다나요. 약물로 치료할 수 없는 치질도 있다고 그랬지요. 노란 액체를 치질에 맞으면 며칠 지나 뿌리째 빠져 완쾌되었습니다. 요즘 병원에서 수술로 치료하는 방법과는 완전히 달랐습니다. 그런데 큰 문제 없이 지나간 것이 참 희한했습니다.

아버지는 의사가 된 것처럼 어깨에 힘을 주었습니다. 자신을 얻은 아버지는 치질 고치는 약으로 나의 등창에 시술한 것입니다. 그 실험은 다행히 성공적이었습니다. 그리고 기회 있을 때마다 말했습니다.

"니는 그 주사 아니면 죽었데이." 평생 그렇게 자랑하며 사셨습니다.

애주가의 주법

　나는 술을 좋아하지 않는다. 꼭 필요한 술자리에서도 소주 석 잔이면 충분하다. 때로 취기가 오르면 술을 좀 더 했으면 하는 아쉬움이 있지만, 몸에서 받지 않는다. 술을 마시면 혼자서 술독을 비운 것처럼 얼굴이 붉어진다. 아마도 술은 내 체질이 아닌 모양이다.

　언젠가 병원에서 진찰 순서를 기다리다 책꽂이에 있는 책 한 권을 펼쳤다. "술 잘 먹는 법"이라는 글귀에 내 눈의 초점이 모아졌다. "좋은 안주와 함께 먹어라"는 조언과 술과 안주에는 궁합이 있다고 쓰여 있었다.

　소주를 마시면 떠오르는 게 삼겹살이다. 하지만 소주에는 과일이나 채소류가 좋다고 하였다. 맥주도 프라이드 치킨이나 감자튀김, 땅콩보다는 신선한 과일이나 채소, 육포 생선포가 어울린다고 했다. 양주는 위장에 부담을 주기 때문에 물을 많이 마시고 와인에는 고기가 어울린다는 것이다. 막걸리에는 김치찌개가 좋다는 정보를 얻었다. 그 뿐만 아니라 술자리 침묵은 독이라면서 말을 많이 하라고 했다. 마신 술의 10%는 호흡을 통해 빠져나간다는 것은 나의 주량과 비례한다. 술자리에서 나눈 대화는 가끔 입에 오르내리는 일이 있어 덕담을 나누는 것이 좋을 듯하다. 술을 적당히 마시면 우울한 마음이 가벼워지지만, 과음을 하게 되면 더욱 더 우울해진다는 말이 있다.

술을 즐기는 송강은 죽을 때까지 끊지 못했다. 술을 줄이고 말을 삼가라는 율곡의 충고를 들을 만큼 술 때문에 실수도 잦았다. 근무 중인 대낮에 술에 취해 사모가 삐뚜름하게 기울여진 적도 있었다. 뒷날 선조가 은잔을 하사하며 하루에 이 잔으로 한 잔만 마시라고 하자 술잔을 두들겨 사발만큼 크게 늘려 마시기도 하였다. 그는 대사헌에 임명되었으나 동인들이 술 때문에 실수한 일까지 트집을 잡았다. 성격이 편협하여 감정에 치우쳐 매사를 그르치는 인물이라며 조정에서 쫓아내야 한다며 참소를 당한 인물이기도 하다. 당쟁에 휩쓸린 정치적 풍운아였으나 아름다운 수많은 시가를 남김으로써 국문학사에 불멸의 금자탑을 세운 위대한 문인이다. 술을 권하는 장진주사라는 작품이 있다.

한 잔 먹세그려 또 한 잔 먹세그려 /
꽃 꺾어 산算 놓고 무진무진 먹세그려 /
이 몸 죽어지면 지게 위에 거적 덮어 졸라메여 지고 가나 /
화려한 꽃상여에 만 사람이 울며가나.

"술"하면 나는 아버지 얼굴이 떠오른다. 아버지는 애주가로 매일 술에 취한 모습이었다. 남자는 술을 할 줄 알아야 큰 일을 할 수 있다는 것이 아버지의 평소 지론이었다. 젊었을 때는 한 되들이 소주 한 병을 숨도 쉬지 않고 단숨에 마셨다 하니 주량을 알만 하다. 아버지

생전에 아는 지인을 만나면 "자네 아버지는 어떠한가. 요사이도 술을 그렇게 하는가?". 어떤 사람은 "자네 아버지는 창자에 철판을 깔았는가. 술을 그렇게도 마시고 견뎌내니" 대단하다고 입을 모았다.

아버지의 술 때문에 가족이 힘들었다. 많이 취하신 날은 소리를 질러 우리는 잠을 설쳤다. 주위에서 술 때문에 40세를 넘기기 힘들다고 말했다. 가슴 쓰라리고 어둡고 기나긴 터널을 지나왔지만 그런 아버지가 돌아 가신 지도 어언 십 년이 지났다. 그렇게 술을 좋아하셨어도 76세까지 사셨으니 당시 평균 나이를 더 사신 셈이다. 그것은 술을 마시고 말을 많이 하고 안주는 김치로 만족하였고 채소 위주로 소식하셨기 때문이라는 생각이 든다. 절제했더라면 여든을 훨씬 넘겼을 것이다.

술은 사람을 어렵게 만들기도 한다. 술에 노예가 되어 가산을 탕진하고 가정이 파탄 나는 경우를 우리 주위에서 가끔 본다. 어느 정치인은 술을 마시면 멀쩡한 사람이 개가 된다는 말을 했다가 구설수에 올랐다. 얼마 전 군사령관이 폭탄주를 마시고 추태가 노출되어 품위 손상이 뉴스에 오르내리는 것을 보았다. 연말이 되면 송년회 자리에 과다한 음주로 뇌사 상태가 돼 사망에 이르는 보도도 자주 접하였다. 음주로 인한 교통사고는 얼마나 자주 일어나는가.

이젠 술 문화도 바뀌어야 하지 않을까. 우리가 술자리에서 지켜야 할 매너가 있다. 남에게 술을 지나치게 권하지 말아야 한다. 사람마다 체질이 다르기 때문이다. 술을 좋아하는 사람도 있고 싫어하는 사람도 있다. 가능하면 식사를 하면서 1차에 끝내는 것이 술에 끌려다니지 않는 방법이다. 2차를 가고 그것도 부족해서 3, 4차를 가는 것은 술에 자신을 내 맡기는 것이다. 술의 횡포를 알면서도 행동으로 옮기지 못하는 것은 미련한 일이다. 술은 자신의 주량에 맞게 적당히 마실 줄 알아야 한다.

로마 속담에 첫 잔은 갈증을 면하기 위해, 둘째 잔은 영양을 위해, 셋째 잔은 유쾌하게 마신다고 했다. 하지만 넷째 잔부터는 발광하기 위하여 마신다고 봤다. 과음하면 이성을 잃게 된다는 말이다.

진정한 음주의 풍류란 취하더라도 몸가짐이나 마음자리를 절대 흐트러뜨리지 않으며 남에게 무례를 저지르지 않는 예절이 주도이다. 가끔 술자리에서 많이 마실 수 있다며 주량을 큰 자랑으로 여기는 지인을 본다. 술에 취하여 아무 말이나 마구 해대면 그를 다시 만날 생각이 없어진다. 취중 진담이라는 말도 있지만, 술자리에서 허튼소리를 하지 않는 게 술을 잘 마시는 것 아닐까.

신 결혼 풍속도

　나에게는 두 아들이 있다. 어느덧 결혼 적령기가 되어 다른 부모들이 다하는 걱정거리가 생겼다. 어떤 처자를 데리고 올지, 결혼식은 어디서 할지, 신혼살림은 어떻게 장만해줘야 할지 부모로서 고민이다. 옛날의 결혼 풍습이나 분위기가 사라졌기 때문인지도 모른다.

　내가 결혼할 때는 마을 잔치를 하듯 많은 이들이 축하해주고 해가 질 때까지 음식을 나눠 먹으며 잔칫집 분위기였다.

　신붓집 마당이 예식장이고 피로연장이며 놀이판이었다. 친척과 이웃들은 형편에 따라 술 한 단지, 식혜 한 동이, 떡 한 시루의 정을 선물로 준비하곤 하였다. 하지만 요즘의 결혼은 그때와는 전혀 다르다. 신부 측은 어떤 드레스를 입고, 어떤 반지를 받았으며 어떻게 예단 준비를 해야 할지 고민인 듯하다. 반면 신랑 측은 어떤 신혼집을 장만해야 하는지, 하객이 많이 오는지, 식장은 어디로 정할지 관심이 쏠려있다.

　2년 전 일이다. 큰아들이 세무공무원 시험에 합격해서 아들 이름으로 조그마한 집을 마련해주었다. 송파구에 있는 아파트 중에서 제일 싼 아파트였음에도 가격은 만만치 않았다. 다행히 시골에 있던 땅이 하수처리장 부지에 편입되어 보상받은 돈으로 사줄 수 있었다. 천문학적인 집값에 혀를 내둘렀던 기억이 난다. 그런데 요새는 결혼을 위한 신혼집을 장만하려면 서울 변두리 지역에 전셋값만 해도 최소 1억 5천만 원이란 돈이 필요하다. 집값이 저렇게 비싼 데다 예식을 호텔에서 한다면 예식비만 최소 4천만 원에서 1억이 든다.

해가 갈수록 결혼비용이 천정부지로 높아지고 있다. 그렇다면 한국 남자 평균 결혼연령을 32세로 보았을 때, 그 비용이 어디서 나오는 것일까. 결국, 부모에게 기대지 않고 스스로 결혼식을 한다는 것은 불가능한 일이다. 대학을 졸업하고 군에 갔다 와서 2년 열심히 벌어야 3천여만 원 정도 모을 수 있다.

어느 29세 청년의 결혼 이야기이다.

"연봉 높다는 대기업에 2년 다니며 2,500만 원을 모았습니다. 하지만 결혼하려니 그 돈으론 아무것도 할 수 없었어요. 결국, 부모님이 노후 자금을 헐어 1억 5,000만 원짜리 전셋집을 얻어주셨어요. 어차피 자기 힘으로 결혼할 수 있는 사람은 아무도 없으니 부모님 도움받는 건 당연하다고 생각해요. 솔직히 지금 제가 부모님에게 느끼는 감정은 미안함보다는 부담감에 가깝습니다. 부모님이 노후 자금을 털었으니 부모님이 은퇴하면 제가 지원해 드려야 하잖아요."

지난번에 내가 다녀온 결혼식을 떠올려 본다. 날씨 좋은 주말, 교통체증에 경적소음으로 가득한 도심 내 예식장에 도착하였다. 엘리베이터를 기다리기 수 십분, 겨우 올라가 아는 지인들과 눈인사를 마치고 나서 축의금을 전달했다. 방명록에는 꼭 이름을 써야 내가 온 줄 알 것이 분명하다. 보통은 식권을 받자마자 아는 사람들과 인사를 나누고 곧장 식당으로 향한다. 늦게 가면 자리가 없기 때문이다. 하지만 가까운 지인의 결혼식이라면 절대 그럴 수 없는 법. 얼굴도장만으로는 부족하기 때문이다. 입장 후 인사와 혼인서약문 낭독, 주례와 축가를 부르고 나니 20분이 흐른다. 신랑 신부가 퇴장을 하는 순간 온통 아수라장이 된다. 친척부터 친구까지 모두 사진을 찍어야 하기 때문이다. 그리고 나서 식당에 가면 이미 다음 예식을 기다리는 다른 하객들이 식당에 둘러 앉아 식사를 한다. 혼주들은 체면 때문에 하객이 너무 없으면 초라해 보이지는 않을까, 누구는 부르고 누구는 안 불렀다고 욕 먹지 않을까 하는 걱정을 한다.

나라마다 결혼의 문화는 다르다. 하지만 유독 한국의 결혼문화는 결혼식의 내용보다 남들의 이목에만 신경을 쓴다. 누구는 얼마짜리 식장에서 얼마짜리 식사를 대접했는가가 결혼식을 다녀온 사람들 대부분의 관심사인 듯하다.

많은 하객들이 모인 잔치자리에 앉아보면 너무 허무하다. 신랑 신부의 개성이 전혀 없고 모든 예식이 엇비슷하다. 단지 보여주기 식일 뿐이라는 생각을 감출 수가 없다

내가 아는 캐나다 친구가 이런 말을 했다. "결혼식이 너무 짧아 놀랐어요. 교통 상황이 안 좋아 조금 늦었더니 결혼식이 끝나버렸지 뭡니까." 새로운 다짐을 하는 자리가 형식에 밀려 쫓기듯 끝나는 것 같다.

다른 나라의 결혼문화는 어떨까. 이웃 나라 일본은 최근에 와서 결혼식 문화가 많이 간소화되었다. 결혼식 자체가 중요한 것이 아니라 두 부부의 결혼 사실이 중요한 것이다. 같이 혼인신고를 하고 소박하게 결혼식을 마치면 둘이 여행을 다니거나 추억을 만드는 것이

일반적이라고 한다.

캐나다는 가까운 분들만 초대하고 결혼식보다는 부부가 결혼을 맹세하는 반지에 의미를 둔다고 한다. 비싼 반지이기보다 둘이 함께 반지를 고르고 간단히 교회에서 예식을 마치고 나면 밤늦게까지 신혼집에서 하객들과 피로연을 한다.

결혼은 축제이다. 그것은 그들만의 축제가 아니라 참석하는 모든 이들의 축제가 되어야 한다. 하지만 매 주말 비슷한 결혼식장에서 비슷한 순서, 비슷한 옷을 입은 신랑 신부들을 본다는 것이 마냥 즐겁지만은 않다. 결혼식이 끝나고 나면 대부분의 신랑 신부들은 이렇게 말한다.

"어떻게 했는지도 모르겠어요. 시간이 금세 지나가 버렸어요."

언젠가 그들이 결혼식을 돌이켜 보았을 때 무엇을 기억하겠는가. 결혼은 인륜지대사이다. 인생의 가장 큰 기억 중 하나가 되어야 한다. 잘 나온 사진첩이나 넘기면서 기억해야 할 부분은 아니라고 생각한다.

누구나 욕심은 있다. 좋은 집에 살고, 좋은 모습을 보여주고, 좋은 음식을 대접하고, 좋은 기억만 주고 싶은 욕심 말이다. 하지만 그것이 허울 좋아 보이는 예식장에서 멋진 예복을 입고 2~30분 만에 마치는 그러한 결혼식일까. 부모의 눈물로 구입한 신혼집에서 단꿈을 꿀 수 있을까. 누구나 그런 과정을 거치니까 그것이 당연한 절차인 줄로 생각할지 모른다.

이제는 생각을 바꿔야 한다. 욕심을 줄이고 진심을 다하는 것이 더 중요하다. 예를 들어 호텔이나 호화스러운 예식장만 고집하기보다

교회나 성당 등 성스런 공간도 있고, 구청이나 공공도서관, 야외 공간도 있지 않은가. 혼수도 값비싼 예물에 치중하기보다 둘 만의 사랑의 징표를 교환하는 것으로 답례하는 것은 어떨까.

현재 집값이 국민소득에 비하여 너무 비싼 편이다. 신혼집을 구할 길이 없어 결혼조차 못 하는 젊은이들도 있다. 자기들만의 보금자리를 스스로 구할 수 있도록 제도가 마련되어야 할 것이다.

결혼은 둘만의 인생에서 가장 값진 기억이 되어야 한다. 사람들은 결혼식을 떠올리면서 함께 행복해져야 한다. 남들이 그렇게 하니까 따라서 하는, 허영에 휘둘리지 말라는 것이다.

결혼은 두 사람이 만나 조화를 이루며 살아가는 종합예술이다. 그래서 소통과 대화의 기술도 배워야 한다. 행복한 결혼생활은 사치스러운 결혼식장이나 아파트 평수와는 비례하지 않는다. 소박하고 조촐하더라도 정신적 혼수를 풍족하게 장만한 준비된 결혼이 진정 아름다운 것이다.

아이에게 원하는 것을 물어보라

누구나 어린 시절 어른들로부터 "너는 커서 뭐가 되고 싶니"라는 질문을 받은 적이 있을 것이다. 초등학교 다닐 때는 딱히 무엇을 하겠다는 구체적인 생각을 하고 있지 않다. 그때는 장래희망 중 가장 많이 되고 싶은 것이 대통령이었지만 나같이 무엇을 꼭 해야겠다고 생각하지 않은 학생들도 있었다. 고등학교 졸업반이 되어 선생님이 물었을 때 경찰관이라 답했던 기억이 난다.

요즘 학생들은 그때와는 좀 달라진 것 같다. 어떤 사람이 되고 싶은지 구체적인 생각을 하는 경우가 많다. 꿈이 너무나 현실적으로 바뀌어 버렸다. 모험심이 사라진 지극히 현실적인 꿈이다. 판검사며 의사, 변호사, 공무원 같은 안정적인 직업이 일반적인 꿈이 되어 버렸다. 내 먼 기억 속에는 그러한 꿈들보다는 좀 더 새로운 세상을 향한 꿈이 많았다. 로봇을 만드는 박사라든가 운동선수, 어떤 친구는 지구를 정복하겠다는 재미난 꿈을 가지고 있었다.

이러한 재미난 꿈들이 사라져 버린 가장 큰 이유는 각박한 경제논리가 세상을 지배한 것이 아닐까. 경제적으로 어려운 다문화 가정이나 결손가정, 생활이 어려운 가정에서 재능은 있으나 돈은 없어 배울 기회가 없는 아이들이 있다. 예를 들면 성악의 재질은 보이나 경제적인 어려움으로 배움을 놓치는 경우가 있다. 정부에서 이런 아이들을 위해 재능기부 프로그램 운영하고 있다.

　다문화문학도 생각해 볼 수 있다. 조만간 다문화가정에서 태어나 성장한 작가들이 한국 문단에 나올 것이다. 베트남어나 중국어 등 모계 언어로 한국에서 작품 활동을 할 수 있느냐는 것이다. 능력을 발휘하려고 해도 기회를 얻지 못해 좌절하지 않도록 하자는 것이다. 다문화가정이 꿈을 펼칠 수 있도록 공정한 기회를 줘야 한다. 한국문학은 한글로만 써야만 하는가에 대해 외국어로 작품 활동을 시작하는 시점이 오면 고민해야 할 부분이다. 필리핀 출신 이자스민 씨가 국회의원에 당선된 뒤 일부 누리꾼들이 보인 거부반응은 외국인 혐오증이라 할 수 있다. 외국인이라 해서 기회를 박탈할 필요가 있을까.

　아이들은 이 세상의 미래다. 미래를 짊어질 아이들이 가지는 꿈을 보면 다음 세상이 어떻게 될지 예측할 수 있다. 미래에 대한 부담감이 심해져서 그럴까. 아이들 장래에 관심 있는 부모 밑에서 자라나는 아이들은 그렇지 못한 가정에서 자라난 아이들보다 안정적이고 위험 부담이 적은 직업을 선택하는 것은 어찌 보면 당연한 결과일 수 있다.

　학교에서 선거를 치르는 아이들을 보라. 우리 어릴 적과는 너무나 다르다. 반 아이들이 플래카드를 만들고 각 반을 돌아다니며 유세를 한다. 본인이 당선되면 어떠한 학교 분위기를 만들겠다가 아니라 어떤 것을 해주겠다고 말한다. 봉사보다는 실리에 치중하고 있는 모습이다. 이는 현실 정치판과 크게 달라 보이지 않는다.

　세상이 바뀌고 있다. 하루가 다르게 변하고 있다. 어른들보다 아이들은 더욱더 빠른 세상을 살고 있다. 그뿐 아니라 빠른 속도만큼이나 배워야 할 지식도 많다. 우리의 미래는 어떻게 바뀔지 아무도 모른다. 당장 앞의 일도 알 수 없는 세상이다. 지금의 상황만 보고 꿈을 갖지 않는다는 것은 어찌 보면 뒤처지는 일이 아니겠는가. 모험하고 싶은 아이들의 꿈이 사라지는 것이야말로 가장 두려워해야 할 미래이다.

모험은 미래를 위해 투자할만한 가치가 있다. 물론 많은 위험이 따를 수 있지만, 젊어서는 사서 고생을 해도 좋다는 속담도 있지 않은가. 지금 세상은 실패를 용납하지 않는다. 실패하고 넘어져 있을 아이들에게 따뜻한 손길을 내밀지 않는다. 꿈 많은 어린이에게 실패는 가장 큰 위험이라고 가르치는 것이야말로 우리가 경계해야 할 세상이다.

경험 없는 청소년들의 미래는 불안전하다. 경험이야말로 가장 큰 스승이기 때문에 두려워하지 말아야 한다. 인생의 반환점을 돌아선 이 자리에서 내가 바라본 실패는 인생의 큰 재산이라는 생각이다.

아이에게 원하는 것을 물어보라. 진정 원하는 것이 있다면 막지 마라. 그리고 그들이 실패하고 돌아왔을 때 따뜻하게 안아줘라. 어른들이 할 수 있는 것은 그것이 최선이다.

리더는 무엇을 공부해야 하는가

세상을 눈으로만 보지 못하고 돋보기로 들여다보아야 적성이 풀리는 세상이 되었다. 자세히 들여다보면 봄비 내린 뒤 우우 튀어나오는 씨앗들처럼 위태로워 보이는 것들뿐이다. 요즘 선거철이 다가와 거리가 시끌벅적하다. 공무원 생활을 오래 하다 보니, 주변에 정치인, 혹은 정치를 하고자 하는 사람들이 많다. 다행스럽게도 내 주변에는 부정부패를 일삼는 이는 없다.

인터넷에서 정치인이라고 하면 못된 일 잘하고 부정을 밥 먹듯이 저지르는 사람이라고 서슴없이 말을 한다. 내 지인들 역시 그런 의혹의 시선을 받는 듯해서 안쓰럽기 그지없다.

어떤 개그맨은 정치인이 되기 참 쉽다는 유행어를 만들어 냈다. 선거철 시장에 나가 악수를 하고 평소 안 먹던 국밥 한 그릇 뚝딱 해치우면 정치인이 된다고 비아냥거리는데, 그 프로그램 시청자들은 어떤 생각을 할까.

국회의원 선거가 공천제로 바뀌고 나서, 여기저기에서 공천을 받아 정치에 나선 후보들의 면모가 여실히 드러나고 있다. 지난날 저질렀던 잘못이나 비리가 들통 나 순식간에 다른 사람으로 바뀌기도 한다. 그런 것을 보면 과연 정치하는 데에서 뻔뻔함은 기본적으로 지니고 있어야 하는 것은 아닌가 싶기도 하다. 품위 없는 생활로 막말을 일삼지만, 요행히 지지를 받는 사람도 있다. 유명세를 타고 공천되어 후보에 올랐다가 막말 논란에 휘말리기도 한다. 코미디언 같이 쇼맨십에 능한 그들에게 국가의 미래를 맡길 수 있겠는가.

국민들은 바보가 아니다. 아찔한 벼랑 끝에 몰렸다 할지라도 비상할 것인지 추락할 것인지 안다. 정치에 나서는 사람들이 내거는 솔깃한 공약이 그대로 이루어질 거라고는 생각하지 않는다. 선거운동을 하고 있을 때만 서민들을 찾아가 위로하고, 봉사활동도 서슴지 않는 사람을 알아볼 수 있는 정보가 풍부하다.

한번 감투를 쓰고 나면 개구리 올챙이 적을 잊게 마련인 모양인 심리는 컴퓨터 메모리칩에 저장되어 있다. 공약을 지킬 것을 요구하면 내가 언제 그랬냐고 발뺌하기식은 너무 위태롭다. 선거철에는 한 표라도 더 얻기 위해 서민들의 삶을 들여다보지만, 막상 당선되고 나면 고개를 갸우뚱한다. 어쩌면 서민을 잊어버리는 그들 때문에 블랙 코미디가 등장하는 것이리라.

임기를 마친 사람들도 우스운 꼴을 자아내기는 마찬가지다. 다음번 선거를 위해, 혹은 은퇴 후를 위해 업적을 쌓는 것에 매달려 무리해서 추진하다가 오히려 망신만 당하고, 신뢰감을 잃는 정치가도 있다.

정치가란 국민을 위해서 일하는 시종의 역할을 해야 한다고 생각한다. 임금들은 백성 위에 있되 백성 아래에서 그들을 살피며, 백성 없이는 임금도 없다는 군주론을 가졌다. 하지만 요사이 정치가들은 어떤가. 그들은 한번 의원의 자리에 오르게 되면, 스스로가 국민을 섬기는 위치에 있는 것이 아니라 무슨 특권이라도 가지고 있는 것처럼 국민을 이용하려 한다.

정치는 윤리적 가치에 기반을 두어야 하는데 국민들 앞에서 국회 의사당 안에서 서로 패싸움을 하는 모습이 전 세계적으로 방송된 적도 있다. 백발에 수염이 성성한 어떤 의원은 계룡산에서 내려온 도인처럼 공중부양을 하며 많은 정치인을 제압하기도 했다. 불을 끄라고 있는 소화기를 멀쩡한 사람에게 살포하는 일도 있었다. 수 없이 벌어지는 국회 폭력은 대한민국의 국민으로서 부끄럽다.

정치인들이 스스로 생각하기에 정치인이란 어떤 사람일까.

어떤 이는 말하기를, 총만 안 든 강도와 다를 바 없다고도 했다. 사람을 만나고, 정책을 위해 사람을 설득하여 투자와 도움을 권한다. 그러나 도움을 받은 후에 볼일이 없어지면 등을 돌리고 연락조차 안 되는 경우도 많다. 감언이설과 혹세무민을 동시에 설파하는, 전대미문의 화술(話術)이 아닐는지.

정치인들은 노인성 치매에 걸리지 않는다는 우스갯말도 있다. 독설가들은 주야장천으로 남의 주머니에 든 돈을 자신의 돈처럼 쓰기 위해 수단과 방법을 고안하느라 대뇌 신경세포가 쉴 틈이 없기 때문이란다. 세상에는 두 가지의 사람이 있다. 생각하고 행동하지 않는 사람과 행동하고 생각하지 않은 사람이다.

다산 정약용은 목민심서에서 이르기를, 지금의 지방장관들은 이익을 추구하는 데만 급급하고 어떻게 백성을 다스려야 할 것인지는 모르고 있다. 이 때문에 백성들의 삶은 곤궁하고 피폐해 굶어 죽은 시체가 구렁텅이에 가득하다. 반면에 지방장관들은 한창 좋은 옷과 맛

있는 음식으로 자기만 살찌우고 있으니, "어찌 슬픈 일이 아니겠는 가"라고 말했다.

세월은 흐르고 현실은 변하지만, '공직자는 백성을 위해 존재한다' 고 했던 다산의 말은 과거나 현재나 다름이 없다. 목민의 길은 백성을 섬긴다는 마음가짐에서부터 시작해야 한다.

우리나라의 정치는 조선 시대의 붕당정치에서부터 시작되어 오늘날의 폐단을 초래하고 말았다. 성호 이익은 붕당론에서 '붕당은 싸움에서 생기고 그 싸움은 이해관계에서 생긴다.'라고 했다. 당쟁의 본질을 따지고 보면 밥그릇 싸움이다.

현재도 겉으로는 국민을 위한 것처럼 하지만 결국에는 당파 간의 이득만을 챙기려 하는 것은 아닐까. 주위를 자세히 살펴보면 위대함을 지닌 것은 사소하고 작은 것에서 시작되는 것을 발견하게 된다.

국민들이 정치가라 하면 등을 돌리고, 그들이 무엇을 한다 하면 우선 험담부터 하는 이유는 서로의 마음 읽기가 되지 않은 탓이다. 국민을 위해 작은 믿음이라도 심어준다면 국민들이 정치가를 보는 눈도 조금은 부드러워지지 않을까 싶다.

물론 모든 정치인들이 부패했다고는 생각하지 않는다. 늙었거나, 젊었거나, 보수건, 진보건 간에 그중에는 진실로 국민의 안녕과 국가의 미래를 생각하고 일하는 정치가들도 얼마든지 있다. 매스컴에서 문제가 있는 사람들만을 들춰내기에 상대적으로 문제가 있는 사람이 많아 보이는 것이지, 오히려 대다수의 정치가들은 올바른 정치관을 지닌 사람이라고 믿고 싶다.

리더가 무엇을 공부해야 하는지 다산은 밝혀 놓았다. 군자의 학문은 수신이 그 반이요, 반은 백성을 다스리는 것이다. 목민관 자신이 몸을 어떻게 닦아야 하는지를 밝힌 대목이기도 하다. 목민과 수신은 청렴에 그 뿌리를 두고 있다. 청렴이란 목민관의 기본 임무이며 모든 선의 원천이요 덕의 근본이다. 수신과 목민이 서로 다른 것이 아니라, 수신이 곧 목민이요 목민이 수신이다.

다산의 말을 생각하면 인생이라는 빈집에는 채워 넣을 것이 참 많다.

세금이라는 단어에는
책임이라는 의미가 들어 있다

어느 한 도지사가 목소리를 높였다. 정치권이 무책임하게 무상보육 정책을 덜컥 통과시키는 바람에 지방자치단체들이 죄다 거덜이 나게 생겼다. 국고 지원이 뒤따르지 않으면 사실상 무상보육을 할 수 없다는 것이었다. 전국 시·도지사 협의회는 지자체 예산만 가지고는 무상보육을 위한 재원 마련은 도저히 불가능하다고 한다.

민주주의를 잘못 수용하면 필연적으로 포퓰리즘에 빠질 수밖에 없다. 지금 우리가 겪고 있는 현실이 바로 그렇다. 선거를 앞두고 모든 정당에서는 수백 조 예산이 들어가는 복지를 내세우고 있다. 무료급식은 물론이요, 교육도 보육도 노인복지도 다 공짜로 해주겠다고 한다. 과연 공짜는 다 좋은 건가. 이런 식의 민주주의가 어떤 결과를 가져오겠는가. 최근 그리스의 파멸을 매스컴을 통해 뻔히 보면서도 관계자들은 생각을 바꾸지 않고 있다.

우리나라는 교육비가 가계지출의 상당 부분을 차지하고 있다. 이런 현실에서 정부가 발 벗고 나서 지원을 해 준다는 것이니, 한창 자라는 자녀를 둔 부모 입장에서는 두 팔 벌려 환영할 일이다.

복지 정책을 실행하는 데에는 돈이 필요하다. 그 돈은 어디서 나오는 것인가. 복지 사업은 갖지 못한 자들을 위해 정부에서 베풀고 나누는 행위이다. 필요한 자본은 가진 자들이 내는 세금으로 충당된다. 물론 세금이라는 것이 복지 사업에만 쓰이는 것은 아니다.

한 해 국가 예산을 관리하는 사람들은 정해진 세금을 여러 분야에 고루고루 나누어 쓰기 위하여 고뇌한다. 만약 예산이 초과되어 버린다면 다른 대책이 필요하다. 다른 분야에 들어가는 예산을 삭감해서 더 나가는 곳에 메우거나, 이듬해의 세금을 늘리는 방법이다. 전자의 경우는, 세금이 당장 늘어나지 않으니 국민들은 반길 만하다. 하지만 다른 곳에서 구멍이 난 예산은 그만큼의 허술한 부분을 드러내게 된다.

머지않아 어떠한 방식으로든 사고가 터져서 모두가 알게 된다. 그렇게 되면 국민들이 입을 모아 정부를 비난한다. 그렇다고 해서 예산을 늘리게 되면, 국민들은 당장 지불하는 돈이 늘어나게 되어 싫어한다. 예산을 편성하는 사람들의 딜레마이다.

복지 사업에 드는 예산이 늘어나게 되면, 정부로서는 좋든 싫든 한가지 방법을 쓴다. 다른 부서에 들어가는 돈을 줄이는 것은 위험천만한 일이기 때문에 세금을 늘리는 방법을 택할 것이다. 각종 복지에 반대하는 사람들의 의견은 여기에서 파생한다. '내가, 혹은 내 아이가 혜택을 받는 것도 아닌데 내가 왜 세금을 더 내느냐.'

당연한 이치이다. 내가 혜택을 보는 것도 아닌데 자신의 재산을 내놓는 것은 싫어한다. '정책'이라는 간판을 걸고 있을 뿐, 비교적 다수의 해당하는 수혜자들의 공짜 심리를 반영한 듯하다.

세상에 공짜만큼 무서운 것은 없다고들 하지 않는가. 세금을 더 걷어서 복지 사업을 운영한다고 하더라도 국가에서 관리한다는 것이 현실적으로 불가능하다.

현재 전국 학교에서 관리되고 있는 급식 시스템을 보자. 상당수의 급식 시스템은 민간회사에 위탁하는 식으로 운영되고 있다. 이것은 위에서도 말한 자본주의의 논리를 기반으로 삼고 있다. 학생들의 만족도 보다는 이윤을 추구하는 것을 우선한다. 이러한 급식이 맛이 있을까. 한 번쯤 생각해 보아야 한다.

그리고 복지도 우선순위를 따지고 상황을 보아 가며 시행해야 한다. 최근 무상보육에 관한 안건이 국회에서 통과되었다. 도대체 어디서 세금을 어디에서 거두어들일 것인지 의문이다. 정책을 통과시키면서 재원을 마련하고 시행하는 것은 서로 떠넘기기만 하고 있다.

전면적인 무상급식을 시행하는가, 혹은 빈민 자녀 층에만 시행하는가. 굳이 잘 사는 계층까지 무상급식을 할 이유가 있는지 의문이다. 무상보육에 관해서도 마찬가지인데, 0~2세는 다 지원하고, 3~4세는 일부만 하고, 5세는 다 지원한다는 정책이다. 도대체 기준이 없다. 이렇다 보니 어린이집은 모자라고 집에서 아이를 키우던 어머니들도 너도나도 어린이집에 보내겠다고 난리다.

무상복지 수혜자는 가계부의 예산을 짤 때 조금 더 많은 계획을 세울 수 있어 즐거울지 모른다. 그러나 얼마 지나지 않아 그 추가 예산은 다시 어린이집 복지를 위한 세금으로 나가게 되지 않을까.

무상급식이나 무상보육이 결코 '공짜'가 아니라는 사실이 분명히 드러났다. 앞으로 무상복지 확대로 인한 부작용과 폐해는 갈수록 더 늘어날 것이다. 무분별한 무상복지는 지양해야 한다. 정부 재원은 한정되어 있고 우선순위로 집행해야 할 돈을 어디서 마련할 것인가.

성장과 분배는 조화를 이룰 때 극대의 효과가 난다는 생각이다.

돌고래의 자유

　서울대공원에서 돌고래 쇼 공연을 위해 사육되던 '제돌이'를 바다로 돌려보내기로 했다. 제돌이는 멸종위기종인 남방 큰돌고래로, 3년 전에 제주도 근해에서 불법으로 포획되었다. 환경단체들은 멸종위기종인 돌고래를 사람이 사육하는 것은 동물 학대라고 방류를 요구하였다. 그들의 요구에 따라 서울대공원은 야생화 훈련을 시켜서 바다로 돌려보내기로 하였다.

　자연을 보존하기 위하여 불법 포획된 고래는 물론이고, 다른 고기를 잡다가 포획된 고래도 자연의 품으로 보내고 있다. 도덕적으로 옳은 일이다. 식용으로 쓸 수 있는 고래는 '죽은 고래를 우연히 건졌을 때'라고 법을 정했다. 고래 고기를 즐기는 일본 사람들은 어떻게 할까. 식습관을 버리지 못하여 고래를 마구잡이로 포획하는 바람에 세계적으로 지탄을 받고 있다.

　사람들은 돌고래의 온순함과 귀여운 모습에 반해 좋아한다. 그래서 돌고래 쇼 관람장은 늘 만원이다. 관광객들은 수족관에 갇힌 돌고래가 조련사에게 죽은 먹이를 얻어먹기 위해 점프를 하는 모습을 보며 어떤 생각을 할까.

저 돌고래들은 어디서 어떻게 왔을지, 돌고래들은 행복할까라는 의문을 던지는 사람이 몇이나 될까. 전시·공연용 돌고래 포획과 쇼는 동물 학대다. 돌고래를 포획하는 장면은 영화 더 코브(슬픈 돌고래의 진실)에서 본 적이 있다. 돌고래 학살지로 묘사됐던 일본 와카야마和歌山현 다이지太地와 솔로몬제도 연안에서 포획이 이뤄지고 있다. 돌고래 쇼는 미국과 일본, 동남아시아의 몇몇 국가와 우리나라에서만 거리낌 없이 진행되고 있다. 영국에선 규제 강화로 1993년 돌고래 수족관이 자취를 감췄다.

아름다운 돌고래를 콘크리트 수조에 가둔 후 겨우 죽은 물고기를 주기 위해 후프를 뛰어넘도록 가르치는 것이 인간적인가. 제돌이는 사육사들과 함께 훌라후프를 돌리고 물 위로 솟구치는 재주를 부리며 쏟아지는 박수 속에 정어리를 받아먹는 것에 익숙해졌다. 다시 넓은 바다로 가기 위해 적응훈련을 받으며 얼마나 스트레스를 받을지 걱정스럽기만 하다.

에스키모인을 강제로 아마존에 데려다 놓고 죽을 고비를 넘기면, 다시 북극에 데려다 놓는 것과 다를 바 없다.

동물원은 국민의 휴식과 재충전의 장소를 제공한다. 동물에 대한 지식을 알려주는 교육의 역할, 동물의 행동·생태·영양·질병 등을 연구한다. 멸종위기에 처한 야생동물의 증식과 복원에 기여하는 종 보존의 역할도 하고 있다. 동물원에 있는 동물들은 그들의 서식지에 비하면 좁은 면적에서 경쟁자나 포식자의 위협 없이 주어진 사료를 먹으며 생활한다. 그렇기 때문에 무료함을 느껴 건강에 문제를 일으킨다. 사육사는 이런 문제를 방지하고 활동성을 높이기 위해 동물들의 습성에 맞춰 갖가지 방법을 총동원한다.

사육공간에 시설물을 설치해 환경에 변화를 주고, 다양한 방법으로 사료를 급여해 활동성을 높이고, 탐색 심리를 자극하며 친화훈련으로 동물과 교감을 나눈다. 사육사가 동물과 친화훈련을 하는 것은 동물을 관리하는 데 매우 중요하다. 친화훈련은 상호 신뢰를 바탕으로 수행되는 것으로 동물에 대한 사육사의 깊은 애정이 없으면 불가능하다. 훈련 과정에서 일어나는 동물들의 특징적인 행동은 보는 이들에게 동물을 사랑하는 마음을 일깨워준다.

현재 문제가 되는 제돌이는 남방 큰돌고래로 제주도에 114마리가 살고 있는데 조만간 20마리 이하로 떨어져 사실상 멸종 단계에 접어들게 된다고 한다. 영화 프리윌리에 출연했던 범고래는 동물보호협회의 강렬한 요청에 따라 재활훈련을 통해 바다로 방류되었는데, 10년 간 놀이공원 생활을 하던 범고래가 자연의 혹독함을 이기지 못하고 수족관으로 돌아온 이야기는 유명하다. 만약 제돌이를 방류했는데 야생에 적응하지 못하고 죽거나 다시 돌아오게 되는지도 모른다.

일본 홋카이도에 있는 아사히야아 동물원은 갑갑한 철장을 최대한 줄이고 관객과 동물과의 거리를 좁혔다. 동물들의 행동 특성을 파악하여 스트레스를 줄임과 동시에 관람객이 가까이 관찰할 수 있도록 새롭게 시설을 설치하였다. 가장 대표적으로 하늘을 나는 펭귄 터널이라는 곳은 수중에 투명터널을 만들어 펭귄이 자유로운 공간에서 헤엄치는 모습이 마치 하늘을 나는 모습이다. 현재 동물원은 서식지인 고향을 연상시키는 환경으로 꾸며져 있다. 동물의 향수를 달래 주기 위해서라기 보다는 관객들에게 야생에 와있다는 착각을 불러일으키기 위함이다.

창립 140년을 맞은 코펜하겐 동물원은 입주 동물들의 '삶의 질'을 높이기 위해 재건축을 시작했다. 요즘 동물원들이 갖춘 야생 환경은 초기 동물원의 모습에서 발전된 것이다. 거주 동물들 대다수가 동물원 안에서 탄생한다. 가본 적도 없는 고향을 복제하는 이런 동물원 디자인은 효과적일까. 과거 동물원이 자연 교육과 여가 활동을 위한 공간이었다면 미래의 동물원은 멸종 위기에 처한 동물들을 보호하고 연구하는 기능을 하게 될지도 모른다.

야생동물 보호운동 활동가인 로브 레이들로는 '동물원 동물은 행복할까?'라는 책에서 동물원의 현실을 고발하고 있다. 전 세계 수만 개의 동물원이 황량한 환경 속에서 야생동물들을 가두고 있다. 반면 갇힌 동물들에 대한 연민과 존중의 마음을 가지고 미래의 동물원에 대한 희망을 전하고 있다.

제돌이를 둘러싼 논쟁은 돌고래의 쇼를 보는 것과 같이 사람들도 쇼하고 있는지도 모른다. 야생 동물의 생존과 자유라는 명제 아래 우리는 진정한 제돌이의 자유를 보장해줄 수 있을까. 미래의 동물원은 어떤 모습일까.

집중력

집중력이란 마음이나 정신을 집중할 수 있는 힘이다.

우리는 흔히 산만한 사람을 보면 집중력이 없다고 한다. 요새 아이들은 멀티미디어가 발달함에 따라 집중력이 분산되는 경향을 보인다. 컴퓨터 게임에 빠져 밤잠을 세우는 청소년들은 정신장애를 겪기도 한다.

지금 생각해보면 필자도 어릴 때 집중력이 부족했다. 이런저런 막연한 생각만 할 뿐 확실한 꿈을 가지지 못했다고나 할까. 불확실한 진로문제로 방황한 시절도 있었다.

우리의 삶은 집중력에 의지할 수밖에 없다. 한 가지 집중력이 없으면 모든 일에 시달리느라 삶을 즐길 수 있는 능력을 제대로 발전시키지 못하게 된다. 신문을 뒤적이다가 자폐아 아빠의 집중력에 대한 보도기사를 본 적이 있다. 골프 메이저 대회인 브리티시 오픈에서 대역전 우승 드라마를 펼쳤던 남아공 골퍼 어니 엘스이다.

그의 아들은 자폐아다. 태어난 지 2년 정도 지났을 때 말을 더듬거려 자폐증 증세를 보였다. 아내와 함께 여러 병원을 돌아다녔는데 진단이 다 제각각이어서 더 괴로웠다. 그는 얼마 뒤 요트를 타다 대형 사고로 무릎을 다쳐 골프 인생의 내리막길을 걸었다.

마흔두 살이 되어서 그는 10년 만에 다시 메이저 대회인 브리티시 오픈에서 우승했는데 그것은 아들 벤의 힘이었을 지도 모른다. 아홉 살이 된 벤이 가장 좋아하는 것은 아빠가 골프 스윙을 하는 모습을 옆에서 지켜보는 것이라고 했다. 골프 클럽이 공을 때리는 소리, 공이 날아가는 궤적을 몰입해서 바라보면서 벤은 더없이 행복한 표정을 짓곤 했다.

엘스는 강풍이 몰아친 브리티시오픈의 마지막 홀에서 전성기 시절보다도 뛰어난 경기를 했다. 행복해하는 아들의 모습을 기대하면서 눈앞의 공 하나에만 집중했던 엘스는 우승컵의 주인공이 된 것이다.

2012, 런던올림픽에는 엘스 못지않게 수많은 난관을 뚫고 온 세계의 올림피안들이 자리를 빛냈다. 한국 축구는 기적같은 동메달을 목에 걸었다. 선수들이 침착하게 끝까지 포기하지 않고 경기에 집중한 결과이다. 세계인의 시선을 사로잡은 한국 선수들의 힘은 어디에서 온 것일까.

체조선수 양학선의 창의적인 기술, 수영선수 박태환의 냉정함과 유도선수 김재범의 열정, 펜싱선수 신아람의 의연함에 나는 감동했다. 어처구니없는 실격 소식을 듣고도 그들은 태연했다. 자신에게 부끄러움이 없었기 때문이다. 자신의 꿈을 이루기 위해 아픔도 잊고 몸을 던지는 유도 김재범의 열정이 나를 부끄럽게 했다.

나는 업무를 위해 얼마나 열정을 쏟아 부으며 살았던가. 우리의 태극전사들은 펜싱 종목에서 종주국이란 유럽 텃세 몰이에도 그들을 압도했다. 그것은 우리만의 방식으로, 우리의 장점인 빠른 발과 순발력이 관건이었다.

축구경기에서 홈팀 영국과의 8강전을 새벽잠을 빼앗기며 보았다. 처음에는 아내와 텔레비전을 시청하였는데 아들 종근이와 종훈이도 응원하러 거실에 앉았다. 우리 선수가 골을 넣었을 때 탄성이 아파트 단지에 울려 퍼졌다. 더워서 창문을 열어 놓은 탓도 있겠지만, 탄성의 소리가 우리 집 거실까지 밀려왔다.

모든 국민이 응원전에 참여한 것 아닌가 싶었다. 그런 탓인지 판에 박힌 플레이를 펼친 영국 선수들에 비해 한국 선수들은 생기가 넘쳤다. 중원에서 공을 장악했고 볼 점유율도 높았지만, 수비 조직력도 돋보였다. 경기 운영능력과 기술적인 면도 앞섰지만, 우리 선수들의 투지를 더 높이 평가하고 싶었다. 120분간의 힘든 연장전 끝에 1:1로 비긴 뒤 긴장의 승부차기에서 끝내 축구 종가를 무너뜨리는 집중을 보여줬다.

영국인들은 허탈해했을 것이다. 다른 종목에서 금메달을 안 따더라도 축구만은 꼭 따면 좋겠다고 하던 그들 아닌가. 한국이 영국을 꺾은 것은 세계를 놀라게 했다.

3, 4위전인 일본과의 대결에서 한국 축구는 집중력을 보여주었다. 우리 선수의 기량이 일본 선수보다 뛰어난 것이 경기 내내 보였다. 박주영 선수는 일본 수비수 4명을 두 번의 페인팅으로 제치고 골을 터트렸다. 살인적 더위를 잊게 하는 멋진 골이었다. 올림픽 사상 첫 동메달을 목에 걸게 된 것은 한국 선수들의 집중력이라고 생각한다.

그들은 2002년에는 키즈였다. 열 살이 갓 넘은 시절 월드컵 4강 신화를 지켜보고 10년 동안 꿈을 키운 선수들이다. 집중력을 갖고 축구에 빠져든 그들이 올림픽 동메달리스트로 성장했다.

두 개의 금메달을 딴 기보배의 집중력도 금메달감이다. "저 시합에 들어가면 저만의 세상이 생겨요. 이상하게 들리겠지만, 저하고 과녁만 남겨두고 모두 지워지는 느낌이죠. 소리도 들리지 않고 제 심장 소리만 들려요."

나는 리듬체조 손연재의 경기를 손에 땀을 쥐고 지켜봤다. 집중력이 요구되는 경기에서 손연재는 당당하게 5위에 오른 뒤 "런던 올림픽은 끝이 아닌 시작"이라고 말했다. 앞으로 4년 뒤 브라질 올림픽에서 집중력으로 세계를 감동시킬 그녀의 무대를 상상해 본다.

경기장 안에서 누구의 눈치도 보지 않고 자신을 표현하는 선수들에게 나는 매료되었다. 체력적인 열세에도 주눅이 들지 않고 당당하게 자신을 보여주는 선수들의 모습이 아름다웠다. 종합 5위의 성적으로 대한민국은 행복했다. 런던 올림픽에서 얻은 것은 적절한 시스템이 갖춰진다면 한국 선수는 어떤 종목에서든 경쟁할 수 있다는 자신감이다.

어릴 때부터 집중력 훈련은 중요하다. 집중력의 크기는 우리가 태어났을 때부터 정해져 있는 것이 아니기 때문이다. 몸을 움직이는 운동은 개인마다 능력의 차이가 있지만 어떤 일을 하고자 하는 열망이나 노력에 따라서 결과는 엄청날 수가 있다.

집중력은 생활의 습관이다.

나눔

우리는 어렵게 번 돈을 사회에 환원하거나 장학재단을 만들어 돕는 경우를 가끔 본다. 여유가 없어도 그렇게 돕는 사람을 보면 존경스럽다.

어느 대기업 회장이 쓴 글을 읽었다. "회장은 경영자의 이외에 미래에 어떤 꿈을 가지고 계십니까?"라는 질문에 "나는 80, 90살이 되었을 때 경제적 여유가 있다면 어려운 사람들을 도우며 살고 싶다. 또 건강이 허락한다면 몸으로 할 수 있는 봉사활동을 하고 싶다"고 말했다. 우리나라 평균 수명이 79세라고 하나 70세 이상이 되면 치매, 중풍, 성인병으로 사회활동을 원활하게 못 하는 사람이 많다. 과연 80, 90이 되었을 때 봉사활동이 가능할까. 사람의 일은 내일 어떻게 될지 모른다. 나는 회장의 나이가 궁금해서 인터넷에 들어가 보았다. 나이는 65세이다. 그의 회사는 연간 매출액이 1조 원이나 되는 대기업이었다. 봉사활동을 할 계획이 있다면 늦은 나이에 하는 것보다 지금 바로 시작하는 것이 어떨까.

재벌은 아니지만 조그만 사업체를 경영하며 마침내 장학재단을 만든 사람이 있다. 전남 순천에 사는 서 씨이다. 그는 30년 동안 매일 1

만~2만 원의 저축으로 장학재단을 만들었다. 순천시에 2억 원을 기부 청향장학회를 발족시켰다. 7남매 중 막내로 태어난 그는 어려운 가정형편 탓에 초등학교밖에 나오지 못했다. 14살 때부터 가족의 생계를 위해 나무를 해다 팔았다. 그때, 어른이 되면 나처럼 어려운 처지의 학생을 도우리라 결심했었다고 말한다.

미국은 자발적 기부문화가 생활화되어 있다. 세계에서 가장 주목받은 자선 사업가는 빌 게이츠, 마이크로소프트 창업자일 것이다. 게이츠는 1955년생으로 55세이다. 2008년 6월 경영일선에서 은퇴한 뒤, 부인과 함께 설립한 자선단체 '빌과 멜린다 게이츠 재단' 일에 전념하고 있다. 15년 전에 창립된 이 재단은 소아마비 퇴치, 에이즈·말라리아 백신 개발, 빈민 지역 학교 짓기, 공공도서관 시설 지원을 벌여 왔다. 대부분 대가 없이 자금을 기부하는 형태였다. 지난해부터 새 방식으로 재단을 운영하기 시작했다. 이자를 받고 대출을 해주고, 주식투자를 하며, 대출 보증 사업도 벌이고 있다.

예를 들면 학교나 교육기관이 특정한 교육개혁 프로그램을 시행하기 위해 금융기관에서 대출을 받을 때 게이츠 재단이 보증을 서 준다. 게이츠 재단은 보증 대가로 교육기관들이 기업처럼 합리적으로 운영되어야 한다는 조건을 단다.

개인이나 기업들의 기부 행렬이 우리나라에도 서서히 이어지고 있다. 지난 연말에는 사회복지 공동 모금회에 쪽방 주민과 노숙자, 노인 무료급식소 운영자, 교도소제소자들도 기부한다고 한다. 어느 읍 소재지에서는 기부를 가장 많이 한 사람이 기업 유지가 아닌 셋방에서 생활하는 생선가게에 주인이었다. 이러한 물질적 기부가 전부는 아니다. 나눔은 우리 생활을 행복하게 하는 일종의 사회투자이다. 시간이 있는 사람은 자원봉사로, 재능이 있는 사람은 재능으로 하면 되지 않을까. 살아남기에도 바쁜 경쟁 속에서 이러한 햇볕이 있다면 세상은 더 따뜻해질 것이다. 기부행위에 실천을 보이는 사람들의 메시지가 강렬히 가슴에 와 닿는다.

사고를 열고 닫다

나는 한글의 우수성을 주장하는 사람이다. 한글이 과학적이요 배우기가 쉽다는 장점도 있지만, 무엇보다도 우리나라의 글이기 때문이다. 시와 산문을 쓰면서 한글이 얼마나 아름다운가를 실감했다.

나는 서울 문정동 래미안 아파트에 산 지 10년이 지났다. 처음 래미안이란 말을 들었을 때 영어인 줄 알았는데 말의 뜻이 선뜻 와 닿지 않았기 때문에 래미안來未安이란 한자를 보고서야 그 뜻을 이해할 수 있었다. 우리 세대는 한자 교육을 조금이라도 받았기 때문에 이해하는 데 무리가 없었다.

지난 여름 나는 조선 시대 왕조실록과 왕실 족보를 관리해 오던 오대산 사고를 다녀온 적이 있다. 사고란 단어도 여러 가지 뜻으로 쓰인다. 이때의 사고史庫는 조선 시대 실록에 관한 기록이나 서적을 보관하던 정부의 서고이다. 뜻밖에 일어난 사건이란 뜻의 사고事故, 개인의 사사로운 원고로서 사고私稿, 자기 혼자의 생각으로서 사고私考 외에도 더 많은 뜻으로 쓰이고 있다.

학계에서는 44년 동안 한글전용 교육이 사회적 불통 현상을 일으키고 있다는 것이다. 단어의 뜻을 제대로 모르기 때문에 의미 혼란이 일어날 수 있다. 청소년을 비롯한 젊은 층일수록 한자 문맹이 더 심각해 세대 간 소통 단절까지 빚어지고 있다.

안중근 의사의 의사義士를 의사醫師로 알고 "그분은 어느 과목을 진료하셨느냐"고 묻는가 하며, 야스쿠니 신사의 신사神社를 신사 숙녀의 신사紳士로 잘못 아는 것이 그 예다. 한글로만 표기된 한자어는 동음이의어 구별이 불가능하다.

조선일보사가 2010년 서울지역 5개 초등학교 4학년 학생을 대상으로 조사한 결과 71%가 지문을 읽고도 무슨 내용인지 이해하지 못했다. 우리말의 70%를 차지하는 한자어의 뜻을 몰라 문장을 해독하지 못하는 현상이 드러난 것이다.

대학생들이 학교에서 배우는 철학, 예술, 과학, 법학, 의학 등 학술서적은 용어가 거의 한자어로 기술돼 있다. 그래서 한자를 모르는 대학생들은 전문서적을 이해할 수 없다. 대학을 나와도 졸업한 학교이름, 부모이름조차 한자로 쓰지 못하는 게 오늘의 현실이다.

한자 교육은 사고력과 탐구력을 향상시킬 수 있고 동음이의어 구별을 위해서도 필요하다는 생각이다. 한자 교육이 한글을 등한시한다기 보다는 이를 보충하는 것이라고 보면 된다. 우리 고유어로 바꿔 쓸 수 있는 것은 쓰고, 굳이 어려운 한자어를 고수할 필요는 없다고 본다. 어려운 한자어를 섞어 써야 권위가 있다고 생각하는 것은 낡은 사고이다. 실생활에서는 한자를 찾아보기 어렵고 공문서나 안내문에서 이미 한글 전용이 이루어지고 있다.

한자문화권인 일본은 소학교부터 중학교까지 상용 2,136자, 중국은 소학교부터 중학교까지 통용 3,500자를 교육하고, 북한도 소학교부터 대학까지 3,000자를 가르친다고 한다. 과거 일제 때 소학교에서 3,000자 학습과 비교 해 볼 때 아무런 부담이 되지 않을 것이다.

우리도 초등학교 2학년부터 한자를 병기하면 어떨까. 1년에 100자씩이면 5년간 500자, 중고교에서 1200자를 가르쳐 1700자 정도만 알아도 문장을 자연스럽게 읽고 쓸 수 있으며 대학전공 기초지식을 충분히 갖출 수 있다. 한자병기는 낱말의 뜻과 문장을 쉽게 이해할 수 있을 뿐만 아니라 같은 한자가 다른 낱말에서 어떻게 쓰이는지 다양한 쓰임새를 알 수 있게 될 것이다.

나는 우리 글 한글을 사랑한다. 그러나 사고력과 탐구력 향상, 동음이의어 구별을 위해서라도 상용한자 교육은 필요하지 않겠는가.

나의 감성 노트

볼펜

백지에 핏줄같이 뻗어 가는 혈관.

화살

과녁을 향해 돌진하는 불청객.

유리

차고 슬픈 것이 어려 있는 투명한 벽.

종점

누구나 닿아야 할 마침표.

단풍

이별을 준비하고 태어난 나뭇잎.

문고리

바람과 햇살의 지문을 낱낱이 읽고, 안팎의 풍경을 이어주는 집요
한 고집.

사발

하루 치 노동이 담긴 그릇.

관계

상대와 나를 이어주기도 하지만 끊어지기도 쉬운 줄.

공부

자신의 내면에 나무 한 그루 심는 것.

글

정도가 있다. 말처럼 가려서 써야 한다.

말

누구든지 일생의 바람 소리가 들어 있다.

제3장

인생의 봄

인생의 봄

봄은 그냥 오지 않는다. 찰방찰방 봄비 같이 소리 죽여 나직이 온다. 사계절 중에서도 나는 특히 봄을 좋아한다. 파란 하늘과 앳된 연초록 새싹이 절묘하게 어울리는 그 모습은 좋은 사람과의 첫 만남이라고나 할까.

봄이 들어선다는 입춘이 지나고 봄비가 내리기 시작한다는 우수가 눈앞이다. 아직은 꽃샘추위에 사람들이 두꺼운 옷을 벗지 못하고 있다. 머지않아 개구리가 겨울잠에서 깨어난다는 경칩이 지나면 사람들도 봄을 느끼고 화사한 옷차림을 할 것이다.

계절은 자연의 섭리에 맞게 변화한다.

이맘때면 고향 집 뒷산에도 봄이 오리라. 음지쪽에는 아직 잔설이 남아있겠지만, 그 사이로 자색의 진달래가 화사하게 산골짜기를 밝힐 것이다. 모든 계절이 그렇지만 오지 말라고 해서 안 오고, 어서 오라고 재촉한다 해서 빨리 오는 것은 아니다.

우리는 사계절이 뚜렷한 나라에 사는 것을 당연하게 받아들이며 산다. 하지만 지구 상에서 사계절을 느끼며 살 수 있는 나라도 흔치 않다. 봄의 포근함, 여름의 열정, 가을의 풍족함, 겨울의 고요함을 모두 느낄 수 있다는 것은 축복이다.

한 번도 함박눈을 보지 못하고 사는 사람들, 뜨거운 여름 햇살이 어떤 것인지 모르는 사람들보다 우리는 훨씬 행복한 편이다. 자연에 감사하고 즐길 줄 아는 배려가 필요하지 않을까.

봄을 어떻게 받아들일 것인가.

일에 쫓겨 바쁘게 살며 봄이 오는 것을 아, 봄이 왔구나, 하고 넘겨버리는 것은 자연에 대한 모독일 것이다. 삶의 여유로움을 갖지 못하고 사는 것은 시간을 놓치는 것과 같다. 아무리 바쁘게 살고 있다 할지라도 주변의 변화에 눈을 돌려보면 어떨까. 흙이 오물오물 숨 쉬는 모습을, 나무의 새순이 앙증맞게 잎을 여는 것을, 길가에 벌레들이 꿈틀거리기 시작하는 것을, 들판에 야생화 한 송이가 피어나는 것을 발견할 수 있다면 이는 봄의 환희이다.

정원의 소나무를 본다. 세상이 하루가 다르게 변한다 해도 푸른 잎이야 변할 것이 없으리니, 넓게 보자면 우리 인생의 봄날 또한 그와 같을 것이다. 겨우내 얼었던 자연이 꿈을 맞이하는 것과 같이 우리 마음 또한 자연스레 풀리는 것을 느낄 수 있다.

봄은 인생의 푸른 청소년기와 같다. 아무런 계획도 없이 다가오는 미래를 맞이하다 보면 초조함에 누구나 실수를 하기 마련이다. 미래에 대한 확실한 계획도 없이 어떻게 되겠지 하고 막연한 마음에 실수도 있었고, 돌이켜 생각해 보면 잘못된 일이 한두 가지가 아니다.

많은 사람들은 성공도 하지만 실패의 경험도 하며 산다. 삶의 방법도 봄과 같은 마음가짐이어야 되지 않을까 싶다. 인생의 계획을 세우고, 닥쳐올 여름과 같은 청·장년기에 대비하여 온갖 준비를 해 두어야 한다. 인생은 그다지 길지 않다. 우리가 무엇인가를 시작할 기회는 지금 이 순간밖에 없다.

찬 겨울의 시련을 이겨내고 봄이 오면 새순을 틔워내는 풀잎과 같이 우리 인생의 봄도 그러하리라. 어떤 시련이 닥치더라도 봄날을 기다리는 마음으로 버티어 낸다면 향기로움으로 다가올 것이다. "쓰러짐을 부끄러워하지 마라. 일어서지 않음을 부끄러워하라"는 말이 가슴에 와 닿는다.

인생의 봄을 어떻게 보낼 것인지는 우리의 마음가짐에 따른 것 아닐까.

창조

"뛰어난 예술가는 모방하고, 위대한 예술가는 훔친다"라고 피카소가 말했다.

우리가 인간으로서 더욱 나은 사회를 원하고 그런 사회를 만들기 위해 노력한다면 우리의 본성에 대해 진지하게 고민해야 한다.

새로운 것을 창조해낸다는 것은 쉬운 일이 아니다. 누구나 마찬가지겠지만 나는 글 한 편을 쓰려면 몇 번이고 퇴고를 거듭한다. 며칠을 생각해서 고쳐도 문장이 엉성할 때가 많다. 문학의 길은 요원하다. 가도 가도 끝이 없는 이 길은 자기 존재적 가치를 찾는 일이다. 이 길을 가기 위해 남이 쓴 책들을 열심히 읽는다. 그래서 한편의 글을 창작한다는 것은 내일을 여는 오늘의 과제이기도 하다.

우리는 책을 읽고, 그림을 감상하고, 음악을 듣기도 한다. 이런 일들은 새로운 창작을 위한 과정이라고 본다. 어쩌면 우리는 모방 속에서 살고 있다. 전혀 독서를 하지 않고 글을 쓸 수 있을까. 남이 그린 그림을 보지 않고 화가가 될 수 있을까. 작곡에 대해 연습을 하지 않고 위대한 작곡가가 될 수 있을까라는 의문점을 떨쳐 버릴 수 없다.

미래는 새로운 인재를 요구하고 있다. 아이디어가 번뜩이는 창의적 인간이다. 그렇다면 어떻게 해야 할까. 창의력을 키우려면 간접경험도 중요하다. 많이 읽고, 보고, 듣기를 잘해야 할 것이다.

세계는 하루아침에 만들어진 것이 아니다. 인간은 자신보다 몸집이 크고 위협적인 무기를 가진 동물들 속에서 살아남기 위해 빠른 판단력과 방어력을 갖추게 됐다. 인간에게 주어진 지능으로 맹수보다 강한 무기를 개발하고 빠르게 도주하기 위한 도구를 발명했다. 이처럼 인간은 수만 년에 걸쳐 주어진 환경에 맞게 조금씩 발전되고 진화됐다.

모든 새로운 아이디어는 기존에 있던 아이디어에서 나온다. 하늘 아래 완전히 새로운 것이란 없다. 천재성은 남에게서 빌릴 수 있는 것이다.

르네상스 시대 3대 천재 화가 중 한 사람인 라파엘로는 나머지 두 천재인 레오나르도 다빈치, 미켈란젤로의 기법을 받았다. 미켈란젤로도 역시 고대 그리스 조각 기법을 보고 조각에 임했다. 타고난 천재성을 인정받았던 모차르트의 어린 시절 작품은 하이든을 모방한 것이다. 천재 화가 피카소도 기존 작품에서 영감을 받아 수많은 걸작들을 만들어 냈다.

어떤 분야에서 일가를 이루기까지 사람들은 수없이 학습하고 배워야 했다. 인류가 만들어 놓은 지식의 도움 없이 완전히 새로운 지식을 창출하는 것은 원천적으로 불가능한 것이다. 모방 없이 창조는 불가능하다. 모방에서 창조를 이끌어 내야 한다. 세상의 모든 혁신은 모방에서 시작된다.

우울증

사람이 삶을 포기하는 것은 삶의 조건에 절망하기 때문이다. 하나 뿐인 목숨을 스스로 포기하려는 것은 앞으로 살아갈 희망이 보이지 않아서이다. 우리는 살아가면서 절망과 좌절을 겪게 된다. 절망이 주는 고통에서 고뇌를 경험하게 되고 그 고뇌를 벗어나기 위해 몸부림 치다가 막다른 절벽에 섰을 때 세상을 새로운 눈으로 볼 수 있게 된다. 그런 고뇌의 과정을 넘어서야 지금까지 한 번도 경험하지 못한 높은 정신적 경지에 도달하게 된다.

사람은 그런 것들이 감당할 수 없을 만큼 힘들어서 예기치 못한 불우한 환경에 처하면 우울증이 올 수 있다. 우울증이 자살로 이어질 수 있기에 문제의 심각성이 크다고 본다. 부정적인 생각으로 치우칠수록 깊은 수렁에 빠질 수 있다.

전문가들은 하루 종일 우울한 기분이 2주 이상 지속할 때 우울증을 의심하는데 의기소침한 기분, 그 어느 것에도 관심이 없고 즐겁지 않은 상태, 의욕이 없는 상태가 대표적이다. 우울증은 누구나 한 번쯤은 알아봤고 아무에게나 찾아올 수 있는 마음의 병이기도 하다. 세계 남성의 10%, 여성의 20%가 일생동안 경험하는 가장 흔한 병이다. 앞으로 모든 연령에서 나타나는 질환 중 우울증이 1위를 차지할 것으로 예상된다고 한다. 우울증 환자의 15%가 자살을 시도하고 자살자의 80%가 우울증을 앓은 것으로 알려져 있다.

유럽 여행 갔을 때 파리에서 살고 있는 가이드의 말이다.

"파리는 우울증 환자가 많아요, 아마도 이곳은 겨울내 습하고 잔뜩 찌푸린 날씨 때문일 거예요."

방 안에 갇혀 지내다 보면 성한 사람도 정신질환 증세가 올 법도 하다. 사고를 보면 가을, 겨울에 실종이나 정신병 피해 사례가 집중되어 있다는 것이다.

파리는 예술의 도시이다. 예술인들이 일반인보다 우울증 비율이 높게 나타났다.

영국의 정신과 의사 펠릭스 포스트는 성공한 미술가와 작가의 38~64%가 중증 정신장애를 앓고 있었던 것으로 나타났다고 했다. 작가는 일반인들보다 알코올 중독과 우울증 비율이 높았다. 드라마 작가나 소설가가 시인보다 우울증이 높은 것으로 나타났다. 소설가에게는 감정적 상상력이 더 요구되기 때문이다. 예술인들은 사색을 많이 하기 때문에 신경쇠약증이 올 수 있고 외부 충격에 약해진다.

아리스토텔레스는 우울증이 없이는 문학도 없다고 말한 것은 이를 뒷받침하고 있다. 미국의 작가 헤밍웨이는 1961년 총을 이마에 겨누어 자살했다. 자살은 가족 대대로 내려온 슬픈 전통이었다. 그의 아버지가 자살했고 누이가 수면제 과다 복용으로 목숨을 끊었다. 남동생이 권총 자살 했으며 손녀딸도 자살했다. 5명이 자살한 것은 우연이 아니다. 우울증도 유전되는 듯하다. 여러 요인이 합쳐질 때 우울증이 생긴다고 한다. 유전적 소질도 어느 정도 영향을 끼치며 가족의 양육 스타일, 사회적 기대도 영향을 미친다.

뭔가를 이룬 사람들은 계속되는 걱정 속에서 살아가는 사람들이 많다. 성공한 가수 중에는 자기 공격적이며 자살위험이 큰 사람들이 많다는 것이다. 다양한 성격장애는 그들이 유명하다고 해서 생긴 것이 아니라 오히려 현재의 성격장애가 이들을 유명인으로 만들었다고 해도 과언이 아니다.

저명한 사람들은 평균 이상으로 공포 장애와 우울증을 앓는 것으로 나타났다. 안데르센, 비스마르크, 세잔, 쇼팽, 처칠, 다윈, 갈릴레이, 고갱, 괴테, 헤밍웨이, 헤르만 헤세, 칸트, 루이 14세, 모차르트, 미켈란젤로, 피카소, 슈베르트, 셰익스피어, 밀러, 레오나르드 다빈치 등 이루 헤아릴 수 없을 만큼 많다. 이들은 창조적 일이나 그로 인해 얻은 명성이 정신장애를 만든 것은 아니다. 일에 대한 집착성이 심했기에 우울증이 왔고 작가로 성공한 것이다.

한 연구에서 어린 시절 어려운 출발 조건이 나중의 삶에 어떤 영향을 미치는가에 대해 위험 아동 군 200명 중 3분의 1 정도가 열악한 환경을 딛고 독립적인 성인으로 성장했음을 발견했다. 이들은 열악한 조건인데도 특별한 저항력을 키워 나갔다. 위험한 조건에서 삶을 시작했다고 반드시 문제가 되는 것은 아니다.

넬슨 만델라는 1962년부터 27년 동안 감옥살이를 했다. 열악한 조건을 이겨내고 노벨평화상을 받았고 남아프리카공화국 최초의 흑인 대통령이 되었다. 삶의 충격적인 사건에 대응하는 방법은 이처럼 다양하다. 과거 전문가들은 유전자, 삶, 환경이 우리 자신을 만든다고 보았다. 그러나 지금은 인간이 운명에 무기력하게 내맡겨져 있지 않다는 것으로 알려져 있다.

사람들은 은혜를 보답하기보다는 상처에 대해 분노를 느끼는 경우가 많다. 상처를 받지 않으려면 자신을 튼튼한 사람으로 만들어야 한다. 내면을 충실하게 만들어 외부의 자극에 강해져야 한다. 회복능력이 있는 사람은 힘든 일이 있어도 상당히 빠르게 딛고 일어선다. 회복 능력을 기르기 위해서는 세미나에 참석하거나 모임에 참석하여 지인들과 많은 대화를 나누거나 운동, 등산, 사진 촬영과 같은 취미 생활을 하는 것도 도움이 되리라 본다.

어떤 방법으로 회복능력을 갖출 것인지는 스스로가 결정해야 할 것이다. 상처를 덜 받는 사람이 되는 것은 하루아침에 되는 것은 아니다. 연구에 따르면 모든 연령에서 약물치료와 함께 회복능력이 연습을 통해 강화될 수 있음을 보여주었다. 그렇다고 우울증 증상을 완화하려고 약물에만 의존하는 것은 올바른 해답이 아니다.

고뇌에 벗어나자면 삶을 있는 그대로 받아들이고 인생을 헤쳐나가기 위해 자신만의 생활프로그램을 만들어 실천하는 것이다. 자신의 문제가 무엇인지 정확하게 깨닫는 순간 해법은 얼마든지 찾을 수 있다.

열린 자세는 새로운 길을 찾게 해준다.

달콤한 돈

    아름다운 선행과 미담은 우리들의 마음을 훈훈하게 한다. 저녁 뉴스 시간 화염이 넘실대는 건물에서 밧줄로 사람을 구조하는 모습을 보았다. 일간신문 1면에 의정부 아파트 화재 때 동아줄 의인 이승선 씨 이야기가 실렸다.

    그는 우연히 화재현장을 지나다가 유독가스에 갇혀 꼼짝 못 하던 주민을 보고는 갖고 다니던 밧줄을 이용해 10명을 구해낸 것이다. 밧줄 한쪽을 옥상 난간에 묶은 뒤 주민들을 밧줄에 매달아 자신의 팔심으로 한 명씩 내려보냈다. 20년간 고층빌딩에 간판 다는 일을 해온 그는 위험을 무릅쓰고 화염 현장에 뛰어들어 귀중한 생명을 구했다.

    어느 독지가가 그의 행동에 감명받아 내놓은 성금 3,000만 원을 더 어려운 사람에게 쓰라며 사양했단다. 그는 '0'을 하나 더 얹어준다고 해도 받을 생각이 없다며 사람을 구하는 것이 당연하다는 말에 나도 감동을 받았다. 그의 직업은 고달프고 남이 알아주지 않는 일이지만 인생철학이 분명했다. "내가 부자는 아니지만 매일 땀 흘려 일한 대가로 얻는 돈이 달콤하지, 시민으로서 같은 시민들을 도왔다는 이유로 돈을 받을 수는 없다."는 것이다.

오랜만에 들어보는 겸손의 미덕이다. 작은 선행이라도 공치사를 갖다 붙이기 바쁜 우리 주변에서 얼마나 아름다운 말인가. 돈이라면 빼앗고 물어뜯기까지 하는 세상에서 의로운 행동에 명분 있는 돈을 뿌리친 것이다.

공짜로 굴러 들어온 돈은 어떤가. 한 조사기관에서 복권 1등 당첨자를 조사한 적이 있다. 당첨자의 97%가 가정이 풍비박산 났거나 병이 들었거나 이미 사망했다고 한다. 나머지 3%는 당첨금 대부분을 기부했다고 한다. 남의 그릇을 기웃거리면 스스로 나태해지고 허송세월하게 된다는 것을 가르쳐주는 철학이다.

우리는 이전에 비해 얼마나 풍요롭게 살고 있는가. 그러면서도 정신적으로 얼마나 궁핍해서 지금은 전보다 훨씬 많은 것을 갖고도 만족할 줄 모른다. 겉으로는 잘 사는 것 같아도 정신적으로는 초라하다.

삶을 만들어가는 것은 자신에게 달려있다. 땀 흘려 번 돈이라야 달콤하지 그저 들어온 돈은 언젠가 그 값을 치러야 하는 것 아닐까.

조선이 피로 물들다
-징비록

조선의 가장 큰 전란인 임진왜란은 우리 민족에게 많은 시련과 고통을 안겨 줬다. 숱한 문화재가 소실되었고, 많은 인명이 살상되었으며, 정치적 · 사회적 변화가 일어났다.

'징비록'은 서애 류성룡西涯 柳成龍이 영의정까지 지낸 후 은퇴하여 말년에 7년여에 걸친 임진왜란과 정유재란의 실상을 기록한 책이다. '징비는 '시경'의 소비 편小毖 篇에 나오는 "미리 징계하여 환란에 대비한다."는 구절에서 따온 말이다. 책 속에는 일본에 대한 규탄보다 우리 내부 문제에 대한 냉철한 분석과 자기반성이 담겨있다.

일본에서 사신으로 온 야스히로 일행이 안동지방을 지나갈 때, 백성들이 위엄을 보이려 창을 들고 길 좌우에 서 있었다. 야스히로는 비웃는 투로 말했다. "당신들 창의 자루가 참으로 짧습니다 그려."

상주에 도착했을 때의 일이다. 목사 송응형이 그를 초대해 잔치를 베풀었는데, 기생들과 악사들 모두가 앉아 있는 자리에서 그는 이렇게 물었다 "나야 오랜 세월을 전장에서 보냈기에 이렇게 터럭이 희어졌소. 그런데 귀공께서는 기생들의 노래 속에서 편하게 세월을 보내는데 어찌 머리가 희어졌소?" 이 말 속에는 일본이 평화보다는 침략적 근성을 나타내고 있지만, 조선 고급 관료의 태만함을 질타하고 있다.

그가 서울에 도착하자 예조판서가 다시 잔치를 베풀어 그를 맞았다. 술에 취한 그는 후추를 한주먹 꺼내더니 자리에 뿌렸다. 그러자 기생들과 악사들이 달려들어 후추를 줍느라고 잔칫상은 금세 아수라장이 되었다. 이를 물끄러미 바라보던 야스히로는 숙소로 돌아와 통역에게 말했다. "너희 나라가 망할 날이 머지 않았다. 아랫사람들의 기강이 이 모양이니 이러고서 어찌 나라가 온전키를 바라겠느냐." 조선의 기강이 극도로 문란하였음을 뜻한다.

외적들이 타고 온 배가 부산포 앞에 이르는 바다를 가득 메어 그 끝이 보이질 않았다. 부산포가 함락되고 첨사 정발이 전사한다. 동래부사 송상현도 성을 지키다 전사한다. 그러나 대부분의 지휘관들은 어쩔 줄 몰라하다가 성을 버리고 도망가기에 바빴다. 조총으로 무장한 외적은 거칠 것 없이 고을을 함락하였으나 누구 하나 나아가 막을 자가 없었다. 당시 조정에서는 무장으로서 신립과 이일을 제일로 쳤다. 이 일이 먼저 떠나고 신립이 군사를 모아 떠났다. 떠나기 전 서애 류성룡이 일본군은 조총으로 무장하였으니 조심하라 하였으나 신립은 '조총으로 쏘면 쏘는 데로 맞는다 합니까'라 하여 적을 대수롭지 않게 생각하였다.

적이 상주에 주둔하고 있을 때 신립이 팔천의 군사로 조령의 흠준한 요새를 버리고 탄금대 앞을 흐르는 강물을 사이에 두고 배수진을

쳤다. 총소리는 하늘을 울리고 땅을 뒤흔들었다. 신립은 싸울 의지를 잊어버리고 말머리를 돌려 강물 속으로 뛰어들어 죽고 말았다. 이 광경을 지켜보던 병사들마저 강으로 뛰어들자 강은 시체로 가득하였다. 신립은 조총으로 무장한 적을 잘 알지 못하였다. 아무런 지략도 없이 말과 함께 물에 빠져 죽다니, 일개 국가의 신임받던 장수가 그 모양이니 더 말해 무엇할까.

이를 두고 서애 류성룡은 천 마디의 말이나 만 가지의 계략은 다 필요 없고 오직 뛰어난 장수 한 사람이 필요하다 하였다. 옳은 말이다. 한 가족도 가장이 변변치 못하면 온 가족이 고생한다. 하물며 국가를 운영하는 지도자 한 사람의 역량에 따라서 나라의 운명이 좌우되는 것은 사실이다.

당시 조정에서 믿었던 이일이나 신립은 적을 잘 알지도 못하였다. 일본 전국 시대에 조총으로 전투하여 경험이 많았던 그들을 당할 수는 없었다. 임진왜란이 일어나기 2년 전인 1590년 황윤길, 김성일 일행이 일본에 사신으로 갔다가 쓰시마 도주로부터 조총 몇 자루와 창, 칼 등을 받아왔다. 선조는 조총을 군기시에 보관토록 하였다.

이 대목에서 조총을 가져왔으면 제조할 생각을 했어야 할 텐데, 거기에 대해서 누구 하나 제조건의를 한 사람도 없었고, 모든 신료들이 보고만 있었다. 전쟁이 한창이던 1592년 선조실록에서는 전리품인 조총의 제조법이 교묘하여 정교한 기술 없이는 제조할 수 없다고 기록하고 있다.

일본은 달랐다. 1543년 포르투갈 상인에게서 한 자루의 조총을 얻자마자 바로 분해하여 수 만 자루를 생산해냈다. 16세기 중엽 일본

전역에 30만 정의 총이 있었다. 1575년 오다 노부나가 부대는 나가시노 전투에서 1만 명의 소총수들이 23열로 정렬하여 20초마다 1,000발을 발사하여 연속성을 유지하였다.

1592년 임진년 4월 13일(음력) 부산포에 상륙한 왜군이 서울까지 오는 데 걸린 시간은 정확히 20일이었다. 거의 아무런 제재도 받지 않고 보병의 최고 속도로 그냥 쭉 걸어서 온 것이다. 당시의 교통수단을 감안할 때 전쟁이 아니라 진군이었다. 일본에서 신식 무기인 조총으로 전쟁 경험이 많은 그들이다. 조선의 병사는 오합지졸에 불과했다. 100년간의 평화가 지속되었기 때문이다. 전쟁을 잊고 지내다가 갑자기 왜적의 침입을 받으니 우왕좌왕하다가 혼비백산 되고 말았다.

4월 30일 새벽에 임금(선조)은 서울을 포기하고 몽진蒙塵에 올랐다. 임금의 가마는 백성들의 곡성을 뒤로 한 채 야반도주하듯 대궐을 빠져나와 동이 틀 무렵 사현(무악재)을 넘었다. 이때 남대문 안의 큰 창고에서 불이 나 연기와 불꽃이 하늘에 뻗쳤다. 서울을 버리고 간 임금과 조정에 대한 백성들의 분노의 불꽃이었다. 사수할 의지가 없는 임금과 조정을 백성이라고 존중하고 지킬 턱이 없었다.

이듬해인 1593년 정월에서야 이여송李如松이 이끄는 4만여 명의 명나라 원군을 앞세워 평양성을 탈환했다. 그리고 4월 20일, 1년여 만에 서울이 수복되었다. 성안의 백성들은 백에 하나도 성한 사람이 없었고, 굶주리고 병들어 차마 눈뜨고 볼 수조차 없었다.

거리마다 인마 썩는 냄새가 진동했다. 심지어는 부자와 부부가 서로 뜯어먹기에 이르렀고, 길가엔 뒹구는 뼈들이 짚단같이 흩어져 있었다. 생지옥이 따로 없었다고 기록하고 있다.

명나라 4만여 군사로 평양을 함락시키고, 일본군이 물러날 때 대세는 이미 기울어지기 시작했던 것이다. 전국에서 의병이 곳곳에서 일어나고 있었다. 우리에게 뛰어난 장수가 하나만 있었어도 길게 이어져 있던 적의 전선을 끊어 단절시킬 수 있었을 것이다. 그런 계략을 세우고 쓸 만한 인물이 없어 그저 적을 내쫓을 수는 있어도 응징하거나 두려워하는 마음을 갖도록 하지는 못했다.

적이 상주에 주둔하고 있을 때 신립과 이일 등이 토천과 조령 사이 험준한 지형지물을 활용했더라면 적은 우리 병사의 숫자도 파악하지 못한 채 당할 수밖에 없었을 것이다. 적어도 적에게 상당한 피해를 주었을 것이다.

오합지졸을 데리고 험준한 산을 떠나 평탄한 들판에서 조총으로 무장한 외적과 대적했으니 모두 목숨을 건 결전이었다.

그나마 이순신이 삼도 수군을 거느리고 한산도에 머물면서 적의 교통로를 막았다. 그리하여 전라도와 충청도를 보전하고, 황해도와 평안도연안 지방까지 지키게 됨으로써, 군량과 통신체계를 확립할 수 있었다.

조선은 전쟁에 대비한 준비를 소홀히 하였다. 일본을 탐지하러 통신사로 파견된 서인 황윤길은 전쟁이 일어날 것이라 하여 대비가 필요하다 하였으나 동인 김성일은 전쟁이 일어나지 않는다 하였다. 김성일이 판단이 부족하였던지, 거짓으로 고하였든지 간에 조정에서 큰 죄를 묻지 않은 것은 당파싸움의 폐해가 아니겠는가.

조선은 성리학으로 공리공담을 일삼고, 당파를 만들어 정적을 제거하였다. 전쟁이 일어날 것을 예상하고 준비를 하지 못한 것도 당파싸움의 결과가 아닐는지. 당쟁으로 훌륭한 인물을 기를 수 없었던 것이 아니겠는가.

중국을 섬기고 일본 등 다른 나라와 교류를 하지 않은 것도 원인이 있다. 일본이 사신 왕래를 주장하였으나, 조선은 물길이 험하다 하여 거절하였다. 일본과 사신 왕래를 하고, 유럽과도 교류했더라면 이렇게 비참하게 당하지는 않았을 것이다. 일본을 전혀 모르고 있었다. 그 후 전란의 처절한 체험과 문제점을 살펴, 훈련도감을 설치하고 무너진 산성을 수리하는 등 국방의 기틀을 세웠다. 이도 잠시, 시간이 지남에 따라 별로 달라진 것 없이 당파싸움만 일삼았다.

다산 정약용은 '군기론軍器論'에서 당시 각 군현에 속한 무기고를 조사하였다. 활을 들면 좀먹은 부스러기가 술술 쏟아지고, 화살을 들자 깃촉이 우수수 떨어진다. 칼을 뽑으니 칼날은 칼집에 그대로 있고 칼자루만 뽑혀 나온다. 총은 녹이 슬어 총구가 꽉 막혔다. 갑작스런 환난이 닥쳤을 때 온 나라가 맨손뿐인 형국이니, 이는 외적 앞에 군대를 맨몸으로 내보내는 것과 같다고 했다. 지나친 유교주의의 허례허식도 문제였다. 허약한 조선은 1910년 경술국치의 치욕을 당하였다.

그동안 우리나라는 지배 계층의 무능함으로 인해 쇄국 정책을 펼치어 외국의 문물을 받아들이지 않은 결과로 나약해진 나라는 일제의 침략을 받았다. 물론 조선의 문화나 전통이 나쁘다고 말하고 싶은 것은 아니다. 과학적이고 실리적인 측면도 존재해 왔던 것은 사실이다. 하지만 지배층의 권력에 대한 욕심으로 인해, 국가가 고립되고 다른 주변 나라들과 함께 발전하지 못한 것 역시 사실이 아닌가. 전통도 지켜야 하지만 새로운 것도 받아들일 줄 알아야 한다.

이제 앞으로 어떻게 해야 할 것인가. 우리나라는 미국뿐만 아니라 중국, 일본, 러시아와 글로벌 외교를 지향해 나아가야 할 것이다.

어떤 불시착

우리는 늘 머리를 쓰고 긴장하며 산다. 인터넷이 보급되면서 세계는 하나의 문화 클러스터를 이루며 살고 있다. 우리의 고정 관념을 무너뜨리는 강남스타일 해프닝이 세계를 떠들썩하게 하고 있다.

음악은 모든 언어를 능가하는 최고의 마법이다. 사람의 마음을 행복하게 할 수도 있고 슬프게 할 수도 있기 때문이다. 이제 외국인들이 "싸랑해!" "오빤 강남스타일!"을 따라 외치며 말춤을 추는 광경이 전혀 어색하지 않다. 싸이는 매일 한국 대중문화의 새로운 역사를 쓰고 있고, 전 세계가 싸이 신드롬에 빠졌다.

평범한 얼굴의 싸이는 단순성·반복성·기발함이 어우러진 뮤직비디오로 불경기에 짓눌린 지구촌에 큰 웃음을 선사했다. 덩달아 한국과 한국어, 한국 문화는 지난 수십 년간 이루지 못했던 홍보 효과를 톡톡히 누리고 있는 셈이다. '강남스타일'은 삼성 스마트폰과 현대자동차에 버금가는 수출품이라 해도 손색이 없다.

'강남스타일'이 세계인을 단박에 사로잡은 이유는 무엇일까? 100번 이상 반복되는 다섯 음절 비트수, 심장박동수와 일치하는 일반적으로 완성도 높은 클럽 음악으로 누구나 쉽게 따라할 수 있는 멋진

조합이다. 안무, 중독성 강한 비트, 그리고 유머 넘치는 영상은 세계 적이다.

싸이의 '강남스타일'을 들어본 사람은 어설픈 코미디라고 말한다. 처음엔 나도 그 중의 한 사람이었다. 대부분은 "흥겹다, 신난다."라고 말한다. 뭔가 덜떨어져 보이는 중년 아저씨가 강력한 비트로 말춤을 추며 도시를 활개 친다. 언어 장벽쯤은 문제가 아니다. 저급해 보이기도 하지만, 너무도 당당해서 오히려 신선하다.

강남스타일은 단순한 반복 리듬을 통해 자율신경계를 역동적으로 이끈다. '지금부터 갈 데까지 가볼까'라는 클라이맥스 부분은 심리적으로 억압된 현실에서 탈출하고자 하는 사람들의 본능을 자극한다. 실제로 스트레스가 심한 정신과 환자에게 강남스타일로 음악치료를 시도했는데 평소와 다르게 많이 웃고, 몸을 리듬에 맞춰 흔들더라고 했다.

해변이 아닌 놀이터 모래밭에서 폼 잡고 일광욕하는 첫 장면부터, 목욕탕에서 고글 쓰고 까불다 자빠지기, 디스코 조명을 단 관광버스 안의 리사이틀, 바지 내리고 변기에 앉아 쏘아대는 갱스터 랩 등 포복절도할 유머가 있다.

그런데 이 모든 난센스가 온전히 싸이 그 자체라는 생각이 든다. "그래, 난 B급이야, 어쩔래?" 주류를 향한 비주류의 반란이 이처럼 성공한 적이 있었던가. 해외 언론들이 경이와 시샘이 섞인 시선을 보낸다. 신흥 부자들의 메카 강남의 사회문화적 해석과 주류에 비친 아시아 남성의 스테레오 타입까지 등장한다.

주류 해설가들이 뭐라 하든 중요한 것은 지구인들이 열광한다는 것이다. 두 살짜리 아이부터 구글 회장까지 같은 말춤을 추게 하는 이 지구적 현상이 휴대폰 문화와 유튜브 때문만은 아닐 것이다. 디지털의 시대적 감성과 '강남스타일'의 콘텐츠가 절묘하게 맞아 떨어진 결과인데, 나는 여기서 오히려 한국의 전통 문화 코드를 보았다.

불평등한 삶의 모순을 해학으로 풀어낸 탈춤 코드다. 탈춤에 나오는 사람들은 거의가 소박한 우리 이웃들이다. 머슴, 백정, 파계승, 문둥이, 사당패, 기생. 모두 어딘가 부족하거나 남들과 달라서 무시당하는, 가슴속에 눈물이 많은 사람들이다. 서민을 등쳐먹고 권세 부리기를 일삼는 얄미운 양반에 이르기까지 우리 탈춤에 나오는 탈들은 한결같이 익살스럽다. 탈춤 속에서만큼은 억눌렸던 이야기를 마음껏 풀어 놓고 하나가 된다.

봉산탈춤 제2과장 팔목중춤은 여덟 사람의 목중이 음주 가무를 즐기고 흥에 겨워 풍악소리에 맞추어 한 사람 씩 나와 춤 기량을 겨룬다. 마지막에 여덟 목중이 함께 나와 뭇동춤을 춘다. 제4과장에서 '신장수 춤'은 노장이 소무의 신을 외상으로 사자, 값을 받으려고 신장수가 원숭이를 보냈다가 장작전으로 오라는 편지에 장작찜을 당할까봐 급히 퇴장한다.

강남스타일의 성공신화는 탈춤의 해학정신이 지구촌의 유머 코드에 맞아 떨어졌기 때문 아닐까.

분명한 사실은 싸이가 지구촌에서 멋진 한마당을 펼쳤다는 것이다. 돗자리 하나만 펼치면 어디서나 놀 수 있는 마당극의 환생을 보는 듯하다. 건널목이든 사우나든 우리의 생활공간 어디서나 함께 놀 수 있는 디지털 한마당을 창조한 것이다. 세계의 벽을 무너뜨린 것은 끼였고, 그 속에서 분출하는 자존의 정신이었다.

강남스타일은 세계 시장을 겨냥한 창작이 아니었고, 단지 지난 여름 불경기와 더운 날씨에 지친 사람들에게 스트레스를 날릴 메시지를 전하고 싶었단다.

21세기는 '서세동점'이라는 미래학자들의 말이 맞는 것일까. 한국 가수가 빌보드 차트를 정복한 모습을 보게 되다니 실감이 나질 않는다. 미국 유학파 싸이가 서양의 문화를 섭렵한 탓이라는 추측을 하였지만 거의 학교에 나가지 않았다는 그의 말을 들었다.

음악은 결코 다른 사람에게서 배울 수 있는 것이 아니라는 그의 말에 수긍이 갔다. 내면으로의 여행에서 그는 웃고 냉소하고 싶은 자신을 발견한 것이다. 시대의 문화와 접목하여 진솔한 몸짓으로 날려 보내는 순간, 세계로 날아갔다. 싸이도 놀란 이 마당놀이는 원래 한민족의 유전자 속에 들어 있었던 아이콘 아니었을까.

생존을 위하여

변화하지 않는 한 영원한 것은 없다.

개인은 물론이고 기업이나 국가, 인류도 영속하는 존재가 아니다. 과거 지구 상에서 가장 번성한 동물이었던 공룡은 변화하는 환경에 적응하지 못하고 멸종되어 버렸다. 변화하는 사회에서 공룡과 같이 멸종되지 않고, 살아남기 위해서는 변화가 필요하다.

개인과 기업은 변화를 받아들이고 정체성까지 바꿀 자세를 갖추고 있어야 한다. 기업은 한 가지 사업에만 집중하기보다는 전혀 다른 사업을 할 수도 있어야 한다는 것이다. 이를 위해서 지금까지 지키던 원칙을 혁명적으로 바꿀 수 있어야 하며, 개인 또한 기업과 같이 자신의 원칙을 바꿀 수 있어야 한다.

우리나라는 1997년 IMF를 거치면서 많은 어려움을 겪었다. 이러한 어려움을 어떻게 헤쳐나가야 할 것인가에 대하여 생각하는 계기가 되었다. 경제위기는 눈 깜짝할 사이에 많은 것을 바꾸어 놓았다. 많은 사람들이 하루아침에 직장을 잃었고, 기업은 어쩔 수 없이 그들을 해고해야만 했다. 그리고 정부는 그동안 굳게 닫고 있었던 외국인 직접투자(FDI)를 허가해야만 했다. 하지만 변화는 한국에 더 많은 것들을 가지고 왔다. 개인들은 더욱더 전문화된 기술을 배우기 위해 노력하였으며, 기업들은 다운사이징을 통하여 회사의 효율을 늘리고, 혁신적인 인재들로 빈자리를 메웠다. 또한 외국인 직접투자는 한국을 널리 알리는 데에도 기여했으며, 벼랑 끝에 몰려있던 대한민국을 다시금 세계 반열에 올려놓았다. 이는 다가온 변화에 적극적이고 능동적으로 대처하여 위기를 기회로 만든 절호의 기회였다.

프랑스의 자크 아탈리는 '살아남기 위하여'에서 개인 기업 국가 인류가 생존을 유지하고 발전하기 위한 방안으로 다음과 같이 말하고 있다.

"유목민이나 강제 이주자, 불법 이민자, 경제 난민, 정치 망명자 그리고 오늘날 도처에 산재해 있는 가장 헐벗은 사람들이 이미 오래전부터 그래 왔듯이, 앞으로 닥칠 사회 변동에 대비해서 어느 도시, 어느 나라에서나 살 수 있고, 어떤 언어도 필요하다면 배울 수 있고, 무슨 일이라도 할 수 있다는 각오가 되어 있어야 한다. 앞으로 세계가 더욱 불안정해질 것이라고 말한다.

그렇다면 이런 변화에서 살아남는 데 필요한 것은 무엇인가. 아탈리는 생존 수칙 7가지를 말하였다.

첫째, 자긍심의 원칙이다. 끊임없이 자신을 성장시키고 개혁하여 자신이 가진 최고의 능력을 끌어내며, 자신이 현재 아는 것과 할 수 있는 것에 만족하지 않고, 쉼 없이 더 나은 존재 이유를 만들어가야 함을 의미한다.

둘째, 전력투구의 원칙이다. 매 순간을 마지막 순간인 것처럼 최대한 충만하게 살라는 얘기다.

셋째, 감정이입의 원칙이다. 다른 사람을 자신이 원하는 방식으로 보지 말고 있는 그대로 보아야 한다는 뜻이다.

넷째, 탄력성의 원칙이다. 아무리 대비를 한다고 해도 위험은 언제고 현실화될 수 있으므로, 충격을 견디는 힘을 기르는 것이 중요하다.

다섯째, 창의성의 원칙이다. 충격을 견디는 탄력성이 제대로 기능하지 않는 경우라면 위협을 어쩔 수 없는 현실로 받아들이고, 이를 다시 뛰어오를 기회로 바꾸는 창의적인 자세가 필요하다.

여섯째, 유비쿼터스의 원칙이다. 하나의 정체성만으로 만족하지 않고, 위험을 피하기 위해서는 지금까지의 자신이 아닌 다른 사람으로 변할 수도 있어야 한다.

마지막으로 혁명적 사고의 원칙이다. 앞에서 기술한 원칙 중 그 어느 것도 생존을 보장해주기에 역부족이라면 어쩔 수 없이 기존의 모든 질서를 흔들기로, 모든 규칙을 전복시키기로 결심해야 한다.

위의 7가지 내용은 우리가 무수하게 많이 들으면서도 쉽게 지나쳤던 이야기일 수도 있다. 하지만 '돌다리도 두들겨보고 건너라'는 말처럼 이미 알고 있는 내용이어도 이 원칙을 실천해보는 것이 어떨까. 이 원칙들을 제대로 실천하는 것은 쉬운 일이 결코 아니다. 예를 들면 바다속에서 인간이 생활할 수 있는 방법을 강구한다든가 하는 불가능한 일도 생각해 봐야 한다. 불확실성의 시대에 다시 한 번 호흡을 가다듬고 이 원칙들을 음미해볼 만하다.

사람은 살아가면서 많은 어려움을 겪는다. 이러한 어려움을 어떻게 헤쳐나가야 할 것인가에 대하여 생각하는 계기가 되었다. 국가 최고 지도자는 지도자로서의 할 일이 있고, 기업과 개인이 해야 할 일이 있다. 안정된 삶을 위하여 끊임없이 자신을 성장시키고 개혁하여야 한다.

젊었을 때는 큰 틀에서 계획을 세워야 하고, 나이가 많아질수록 인생의 마무리 계획을 세워야 할 것이다.

빈집

봄날 아침 해가 소녀의 자전거 뒤에 앉아 길을 달린다. 나도 오늘이라는 자전거에 앉아 페달을 밟는다. 주말마다 늘 가는 동네 목욕탕으로 향했다. 언제나 그렇듯 먼저 면도를 하고 간단하게 몸을 씻고 탕으로 들어갔다. 김이 모락모락 피어나는 온탕에 몸을 담그자 긴장이 풀어졌다. 탕 안에는 남자 세 사람이 이야기꽃을 피우고 있었다.

그중에서 나이가 제일 많은 듯한 남자가 말했다.

"나 이제 나갈래."

초점을 잃은 듯 멍한 시선, 어린아이처럼 칭얼거리는 말투, 가끔씩 히죽거리는 웃음이 좀 실성한 사람 같았다.

"따뜻한 물에 좀 더 있어요."

탕 안에 들어 온 지는 얼마 되지 않은 것 같은데 옆에 있는 사람이 엉거주춤 일어서는 그를 끌어당긴다. 그리고는 어깨를 주물러 준다. 그들이 하는 행동으로 보아 남 같지 않았다. 일어나려 했던 남자는 치매가 심한 듯하였다.

그들을 물끄러미 바라보고 있자니 갑자기 그들의 관계가 궁금해졌다.

"어떻게 아는 사이입니까?"

"옆에 분은 형님이고 여기는 내 동생입니다."

질문에 답을 하면서도 그는 어깨를 주무르는 것을 멈추지 않았다.

"가까이 사시는 모양이죠?"

"우리는 부산에 살고 있는데 오늘이 형님 생일이라서 어젯밤에 올라왔어요."

"큰 형님 되시는 분이 나이가 어떻게 되십니까?"

"72세요."

그 얘기를 듣는 순간 나는 깜짝 놀랐다. 그의 말투가 어눌하고 표정이 멍해서인지 나이에 비해 훨씬 늙어 보였다.

"세 형제분이 참 다정해 보이시네요."

"젊었을 때 형님이 우리에게 잘해 주어서 매년 생일에 올라오곤 합니다."

형제들은 서로 웃으며 이야기를 하다 탕 밖으로 나가더니 어린아이 씻겨 주듯이 등을 밀어준다. 삼형제의 정겨운 웃음꽃이 어두침침한 욕실의 전등을 대신하고 있었다. 치매를 앓고 있는 형님이나 동생들의 행복한 얼굴에서 화목한 가족애가 느껴졌다.

목욕탕에 자식을 데리고 와서 몸을 씻겨 주는 것은 많이 보았지만, 황혼에 접어든 형제들끼리 몸을 씻어주는 광경은 처음이다.

나이가 들수록 형제애보다 더 큰 재산은 없다고들 말한다. 하지만 각박한 세상에 살다 보니 멀리 있는 형제보다 가까운 이웃이나 친구에게 마음을 붙이고 살게 된다. 피는 물보다 진하다고 하지만 많은 이들은 형제애를 나누지 못하고 사는 것 같다. 젊은 날의 가족은 언제든 돌아갈 수 있는 집과 같다. 그러나 그렇게 여기고 살지 못하는 경우가 더 많은 것 아닐까. 이해관계 속에 형제끼리 등을 돌리고 사는 경우가 얼마나 많은가. 결혼하여 본가를 떠나 서로 다른 가정에 집중하다 보면 남보다 더 이기적으로 대하는 경우가 있다. 가족은 인생에서 가장 처음 만나는 구성원이라는 말이 참 낯설게 들렸는데 수긍이 갈 때가 많다.

형제의 갈등은 성경에서도 찾아볼 수 있다. 카인과 아벨의 이야기에서 질투심에 형 카인이 동생 아벨을 죽인다. 형제간에는 가장 가까워서 지나치게 질투를 할 수 있는 관계가 아닌가 싶다. 형제에 관한 이야기들은 성경뿐 아니라 전래동화에서도 자주 다루는 부분이다. 흥부와 놀부 이야기에서 놀부의 지나친 욕심이 드러나지만, 잘못을 뉘우치는 대목에서 형제간의 우애를 일깨워준다. 이런 계몽적인 이야기들이 시대를 막론하고 사라지지 않는 것은 우리에게 관계의 호전을 원하는 목소리일 것이다.

가족이라는 이유만으로 지나친 희생을 바라게 되면 그사이는 남보다 훨씬 더 멀어지게 된다. 가족이니 당연한 것으로 생각하는 모든 것은 순수한 희생에서 나온다는 것을 알아야 한다. 의좋은 형제라는 전래동화를 보면 어려운 생활에서도 자신보다 형제끼리 서로 나누어주는 모습을 볼 수 있다. 형제니까 당연하다고 생각할지 모르지만 실제로 행동으로 옮기는 일이란 쉬운 일이 아니다.

어떤 지인의 말이 떠오른다. 그는 유복한 집안의 삼남으로 태어났지만 언젠가 부모님이 돌아가시면 자신에게 돌아올 유산이 제일 적을 것이라면서 형제가 한 명이라도 줄었으면 좋겠다는 이야기를 했다. 재물의 욕심이란 끝이 없는 모양이다.

형제애는 고사에도 등장한다. 고려 공민왕 때 의리를 위해 황금을 강물에 던진 형제 이야기가 생각난다. 이조년, 이억년 형제가 함께 길을 가다가 아우가 황금 두 덩이를 주웠고 그 형제는 의좋게 하나씩 나누어 가졌다. 그런데 공암진에 이르러 배를 타고 강을 건너던 중 아우가 갑자기 금덩이를 강물에 던졌다. 깜짝 놀란 형이 그 까닭을 물으니 동생이 "나는 평소 형을 무척 좋아하였지요. 그런데 오늘 금덩이를 나누어 갖자 문득 형의 황금을 탐하려는 마음이 생겼어요. 만약 형이 없었던들 나 혼자서 금덩이 두개를 다 가질 수 있었을 텐데…… 하는 사특한 마음이 들어 그럴 바엔 차라리 황금을 강물에 던져 잊어버리는 편이 나을 것이라 여겼지요"라고 답했다. 형도 동생의 말에 공감해 금덩이를 강물 속에 집어 던졌다.

요즘 형제간의 우애는 물질문명에 길들어 살아가고 있는 우리가 가장 소홀하게 생각하는 인륜이다. 형제는 서로 멀리할 수 없는 관계임에도 방치해 두고 살기 때문에 갈등의 요인이 된다. 서로 한 부모에게서 떨어져 나왔기 때문에 이성적이고 합리적일 것이라고 계산을 하는 것은 무리라는 생각을 해본다.

부모의 재산을 나누는 재산상속의 문제 앞에서 법정 시비가 벌어지는 것은 마음을 나누지 못하기 때문이라는 생각이다. 서로를 무시하고 짓밟으려는 것은 사랑의 관계가 소통의 부재로 인하여 갈등의 관계로 변했기 때문일 것이다.

우리는 인생의 황혼 역에 도달하면 세월을 뒤돌아볼 것이다. 그때 내 옆에 형제들이 있다면 얼마나 든든하겠는가. 지나간 시간을 함께 보내며 가졌던 행복한 기억들은 절대 잊히지 않는다. 부모가 자식에게 줄 수 있는 최고의 선물은 돈이 아니라 가족애이다. 힘들고 외로울 때 마음속에 그들마저 없는 빈집이라 생각해보라. 삶이 얼마나 쓸쓸하겠는가. 가족은 골판지로 만든 집처럼 부서지면 버릴 수 있는 것이 아니지 않은가.

이어도의 꿈

제주도의 유채꽃과 쪽빛 바다는 비경이다. 올레길과 오름이 어우러진 풍광, 성산 일출봉 해오름이 눈부시다. 제주도 없는 한반도는 생각만으로도 허전하다.

"이엿사나 이어도 사나." 이 노래는 제주도 민요인 이어도 타령이다. 제주도 사람들은 바다에 나간 이들이 풍랑을 만나 돌아오지 않으면 이어도에 살고 있을 거라고 믿었다는 데에서 유래된 섬이다.

이어도란 우리 말인 '여섬'에서 비롯되었다. 여섬의 여礖는 순우리말로 '물속에 숨어 있는 바위'를 일컫는다. 큰 파도가 칠 때는 보이지만 평상시에는 찾아도 찾을 수 없고, 찾아가도 좌초되어 돌아오지 못하는 전설의 낙원이다.

제주도에는 지금도 이어도 설화가 구전되고 있다. 이어도는 수중 암초로서 제주도 사람들에게는 신화 속 환상의 섬이다. 제주에 아내를 둔 한 남자가 이어도로 가서 첩을 만나 행복하게 살았다고 한다. 남편을 찾기 위해 시아버지와 함께 배를 타고 이어도로 향한 아내는 "이여도 싸나~, 이여도 싸나~" 하고 노래를 부르며 노를 저어 이어도에 이르렀다. 이어도에 도착한 아내는 남편을 데리고 고향으로 향했지만 풍랑을 만나 죽고 말았다.

우리나라는 3면이 바다로 둘러싸여 있다. 끝없이 펼쳐진 바다는 세상을 향하여 나아갈 수 있게 한다. 물길은 뱃길을 만들고, 가고자 하는 곳 어디든 닿을 수 있다. 그래서 바다를 장악한 나라는 대륙을 지배한다고 했을까. 한반도는 아시아 대륙의 끝이 아니다. 해양을 발판으로 대륙으로 뻗어 나가는 출발지이며 자원의 보고이다.

이어도 주변 해역에는 대형 어장이 형성되어 있다. 대규모 석유와 천연가스가 매장되어 있으리라 추정하고 있다. 그리고 중국·동남아·유럽으로 향하는 항로에 위치하고 있어 지정학적 가치가 매우 높다.

그래서일까. 근래 중국은 이어도에 대한 탐욕을 드러내고 있다. 이어도가 자국의 영해라는 발언을 서슴없이 하는 것이다.

이어도는 어느 나라 영해인가. 한국 마라도에서 80해리, 중국 퉁타오에서 133해리로 지리상으로 한국에 더 가깝다. 또 이어도에는 2003년도에 건설한 한국 해양과학기지가 있다. 중국은 이어도의 석유, 천연가스와 항로 확보를 노리고 있을지도 모른다.

중국이 이처럼 억지를 부리면서까지 이어도에 대한 무리한 발언을 하는지 궁금하다. 이어도는 태풍의 진로, 지구온난화의 해수면 변화, 해양생태의 관찰 등 중요한 과학탐사의 역할을 하는 지점이다. 이어도 해역의 또 다른 매력이라면 한국 수출입 물동량의 90% 이상이 지나는 남방항로이다.

이어도는 무한한 해양 자원의 보고로, 북상하는 쿠로시오 난류와 남하하는 서해의 한류, 중국 대륙의 연안수가 교차하는 황금어장이다. 풍부한 어족자원뿐만 아니라 세계 3대 유전지대 가운데 하나로 지목되어 있다. 원유와 천연가스가 매장되어 있을 거라 예상하여 주변국의 시선이 집중되고 있다. 이것으로 인한 중국의 무례한 속내가 보이는 듯하다.

우리나라는 역사 이래 900여 차례 침략을 당하였다. 한 번도 다른 나라를 침략한 적이 없는 나라이다. 우리의 자유와 평화를 사랑하는 민족정신은 명품이다.

한·중의 선린관계는 어디까지일까. 어떤 사람들은 중국을 자극하지 말아야 한다고 한다. 강정마을 자연 생태계의 파괴를 들먹이며 제주도에 해군기지를 만들지 말고 이어도 발언에 침묵해야 한중 갈등이 생기지 않는다는 논리이다. 하지만 눈치작전으로 평화와 생존을 보장받을 수 있을까.

임진왜란이 발발하기 전 율곡 이이가 10만 양병론을 제기했다. 서애 류성룡의 징비록과 병자호란의 수모도 새삼 떠오르는 까닭은 무엇일까. 우리나라는 임진왜란이 일어 난지 300여 년이 지나 을사늑약의 치욕을 당하였다. 선각자들의 서로 다른 주장으로 국론이 분열되었기 때문이다.

중국은 오랜 잠에서 깨어나 기지개를 켜고 웅비하려는 모습이다.

교류의 폐쇄냐, 해양강국이냐.

평화의 바다는 폐쇄가 아닌 개방과 전진이다. 젊은 세대의 바다는 끝없는 도전이라고 생각한다. 해상왕 장보고 시대를 맞이하려면 해양민족의 전통을 이어가야 하지 않을까. 제주해군기지 건설은 국가의 안보와 관광 활성화, 지역 소득 증대까지 바라 볼 수 있다.

다른 나라에서도 해군기지와 관광지라는 다른 콘텐츠 융합에 성공한 사례가 있다. 미국 동부 로드아일랜드주에 있는 뉴포트(Newport)라는 작은 섬이다. 이 섬에 유람선이 들어온 날 시내는 관광객들로 북적이는데, 뜻밖에도 이들의 여행 일정에는 '해군기지'도 포함돼 있었다. 국가안보를 관광자원으로 활용한 것이다.

한국의 미래는 바다에 있다.

이어도를 둘러싼 한국과 중국의 마찰은 영토분쟁이라기보다 해양자원 개발에 관한 분쟁이다. 평화의 섬 제주의 평화는 그냥 오는 것이 아니다. 냉혹한 역사는 무장 평화에서 진정한 평화가 온다고 말한다. 이엿사나 이어도 사나. 이어도 타령이 내 입에서 흘러나오는 이유는 무엇일까.

건강메티컬센터

우리는 100세 시대에 살고 있다.

의술이 발달하여 평균수명은 매년 늘어 가고 있다. 그러나 몸이 건강하지 못하면 나이는 의미가 없다. 대부분 건강할 때는 건강의 중요성을 깨닫지 못하고 산다. 심각한 질병에 걸렸을 때 건강의 중요성을 절감한다. 병치레하면서 오래 살면 무슨 가치가 있겠는가. 죽는 그 날까지 건강하게 살아야 한다. 나이를 먹을수록 운동은 필수다.

서울 인재개발원 퇴직자 연수과정에 참여하여 나는 웰빙트레이닝을 배웠다. 매주 월요일 1시간 30분 동안 걷기, 달리기, 스트레칭으로 몸을 단련하였다. 트레이너는 유연성이 떨어지는 우리에게 하나라도 더 전수해 주려고 다그치며 열심을 냈다.

모든 운동의 기본은 빈도와 강도 그리고 시간이다. 이 삼박자가 조화를 이루어야 운동 효과가 극대화한다. 빈도는 1주일에 운동하는 횟수를 말한다. 운동은 1주일에 3회 이상해야 하고 1회에 40분을 해야 효과가 있다.

첫날은 50분간을 걷기와 달리기를 하고 나머지 40분간은 스트레칭과 근력 강화 운동을 하였다. 먼저 20분 걷기를 하고 30분간을 달렸다. 달릴 때도 처음 10분간은 상대방과 이야기를 나눌 수 있을 정도로 천천히 달리다가 20분은 좀 더 빠른 속도로 뛰었다. 모든 운동은 자기 체력에 맞게 적용해야 효과가 있다. 남이 앞서 간다고 같이 뛰다가는 나중에 체력이 소진되어 포기할 수 있다.

달릴 때 시선은 15m 앞에 고정하고 상체를 꼿꼿이 세워야 한다. 팔의 각도는 V자 또는 L자를 유지 하면서 허리 위쪽에서 가볍게 앞뒤로 흔드는 것이 이상적이다. 일상생활 중 습관적으로 하는 운동이라 쉬울 듯하지만 효과적인 자세로 뛰기는 쉽지 않다.

수련생 12명이 뛰었는데 후리후리한 키에 바싹 마른 박대식 과장이 우리들보다 2바퀴나 더 뛰었다. 우리는 사력을 다해 뛰는데 그는 껑충껑충 걷는 듯했다. 나는 중간 정도 성적이었다. 훈련을 거듭할수록 내 순위가 앞 당겨졌다. 박 과장이 없을 때는 내가 2등을 하기도 했다. 박 과장은 마라톤도 자주 참여하고 배낭을 메고 해외 산악 여행도 다닌다고 했다.

하루는 박 과장이 나에게 "일본 후지산 등산 갔다가 죽을 뻔했어요."라고 말했다. 무슨 일이 있었느냐고 물었더니 추억담처럼 담담하게 말했다.

— 후지산에서 눈은 펑펑 쏟아지고 친구와 4명이 등반을 갔다가 한 친구가 골짜기로 추락하였는데 나무 그루터기에 걸려 겨우 살았어요, 70여 m나 떨어졌으니, 구조대가 온다고 해도 2시간 이상 걸려요, 구조를 요청할 방법도 없고 밤에는 텐트를 쳤는데 계속 내리는 눈에 묻혀 죽는 줄 알았어요. —

위험한 산악 여행을 할 때는 최악의 상태를 가상한 사고에 대해 대비를 해야 한다. 그때 사고를 통해 배운 것은 체력을 키워야 한다는 생각이었다. 그 후 건강관리를 위해 운동과 등산을 생활화하고 있다.

운동하기 전 빼놓을 수 없는 것이 스트레칭이다. 양손 앞에서 깍지 끼기, 몸 기울이기, 무릎 당기기, 발뒤꿈치 당기기, 앞다리 펴기…… . 그리고 체력 향상을 위해서 근력 트레이닝을 해야 한다. 엎드려 다리 들어올리기, 엎드려서 팔굽혀펴기, 양발을 어깨너비로 서서 엉덩이를 사선으로 빼면서 무릎이 발끝보다 앞으로 나가지 않게 굽히고 일어서기…… . 1주일 3회 이상씩 운동을 했는데 처음 몇 주 동안은 피곤했다. 2개월이 지나면서 피곤한 것도 없어지고 몸 상태가 좋아지고 있다는 것을 느꼈다.

우리가 4개월간 운동을 했는데 실험한 결과 효과를 피부로 느낄 수 있었다. 연수 첫날 체성분 측정과 상담 중 나의 건강상태는 평균 수치였다. 트레이너는 근력을 강화하는 운동을 해야겠다며 나에게 맞는 프로그램을 짰다.

4개월이 끝날 무렵 체성분 측정과 상담을 하였다. "근력 수치가 올랐어요, 근력이 단기간에 올리기는 어려워요"라며 놀라는 표정이다. 박 과장도 근력 수치가 훨씬 증가했다고 즐거워했다.

연수를 마친 후 나는 1주일에 3회 이상 40분 이상 꾸준히 운동한다. 운동하고 난 뒤 그 상쾌함이란 이루 말할 수 없다. 꾸준한 운동은 삶의 질을 개선하는 동시에 다른 사람에게도 바람직한 영향을 미친다. 육체적으로 건강해지고 삶의 방식이 달라지는 것은 물론 뇌의 활동이 놀랄 만큼 활발해져 창조력과 자신감이 배가된다.

요즈음 나는 친구들을 만나면 백세시대에 꼭 챙겨야 할 것은 건강이라고 운동할 것은 권유한다. 잃어버리면 가장 후회하는 건강은 여러 번 강조해도 잔소리가 아니라는 생각을 한다.

박제되는 시간

무엇이든 새로운 것을 배운다는 것은 즐거운 일이다.

그동안 나는 사진 찍는 것에는 별 취미가 없었다. 사진 찍을 일이 있으면 사진관을 찾으면 되고, 그것은 사람들이 직업상 하는 일로 치부했다. 그 뿐만 아니라 사진을 예술에 포함시킨다는 것에 대하여 의문을 가졌었다. 기계에 의한 활동이라는 고정관념 때문이었다. 우연한 기회에 사진예술에 대한 사고를 수정하게 되었다.

해외여행을 하면서부터 발자취를 남겨야 한다는 생각에 사진에 관심을 끌게 되었고 사진 촬영에 대한 지식이 필요했다. 공부를 하면서 한 사람의 삶에 담겨있는 수많은 의미 생성과 소멸 과정을 반영할 수 있는 것이 바로 사진이라는 것을 알게 되었다.

나는 공로연수교육 중 취미활동에서 사진반을 택했다. 며칠간 배운 덕분에 수동으로 조작할 수 있는 기술을 익혔다. 기술이라고 해봐야 초보 단계이다. 원래 기계를 만지는 손재주가 없는 내가 쉽게 터득할 수 있는 기술은 아니었다. 구도 잡는 법, 빛을 이용하는 방법 등 듣고 또 들어도 머릿속에서만 맴돌았다.

사진은 빛의 예술이다. 조리개를 열어라, 조여라. 강사가 설명해도 무슨 말을 하는 건지 도무지 알 수 없었다. 도서관에서 사진에 관한 몇 권의 책을 보고 전문가한테 묻기도 하며 배우는 중이다. 사진 전시회도 관심을 가지고 몇 군데 다녀보았다.

도서관에서 70년 전에 찍은 사진 도록을 보고 당시의 생활상을 엿볼 수 있어서 좋았다. 흑백 사진이었는데 기록으로서 중요성을 실감했다. 아직 걸음마 단계 수준이지만 동호회도 가입하여 사진 촬영에 빠져가는 중이다. 앞으로 공무 중에 못다 한 여행을 갈 계획이다. 여행 중 사진을 촬영하기 위하여 사진 기술은 내가 도전해야 할 또 하나의 벽이다.

2008년 인도에 여행 갈 기회가 생겨 조그만 콤팩트 디지털카메라를 구입했다. 8일간 인도 여행 중에 처음으로 사진을 찍었다. 800여 장의 사진을 찍어 여행기를 내는데 100여 장 활용했다. 찍은 사진이 그런대로 괜찮다는 평가를 받았다.

2013년 9월, 서유럽을 12일 일정으로 여행했다. 여행 중 면세점에서 캐논 DSLR 카메라를 구입하여 2,000여 장을 찍었다. 수동으로 조작하는 방법을 몰라 자동모드에 놓고 찍었는데 시도 때도 없이 터지는 플래시에 주변 사람 보기에도 민망하고 부끄러웠다. 유럽여행기 책을 낼 때 활용하려고 소중히 보관하고 있다.

좋은 사진 한 장은 사물에 숨겨진 또 다른 의미를 상상하게 한다. 순간을 잘 포착한 사진을 보면 '세상 속에서 이런 장면을 마주칠 수 있으면 얼마나 좋을까'라는 생각과 함께 나의 심장은 두근거린다.

사진은 순간적인 활동이다. 아름답다고 느낀 순간을 직접 표현할 수 있기 때문이다. 한 장의 사진에는 탄생의 흥분과 더불어 쉬지 않고 흘러가는 시간의 흐름이 모두 담겨 있다. 세계는 한 권의 책을 쓰기 위해 존재하기도 하지만 한 장의 사진을 찍기 위해서 존재하기도 한다. 그것이 사진의 위대한 힘이라는 것을 깨달았다.

지금 이 순간은 두 번 다시 오지 않는다는 사실이 내게 카메라 초점을 맞추게 한다. 시간을 박제하는 즐거움은 이 세상 어떤 재미와 바꿀 수 없다.

진화

호주 연구팀이 공룡이 새의 조상이라고 주장했다.

두 발로 걸어 다니다 5,000만 년 동안 12번 골격 변화

체구가 작아지고 나무에서 생활하며 공룡이 참새로 진화했다는 설

2억 년 전에 존재했던 163kg의 육식 공룡 테타누라가 800g의 새로

작아지는 과정을 밝혀냈다는 것

120여 종, 1,549개의 공룡과 초기 조류의 골격을 모아 분석했다는 것

2억 년 전, 테타누라(163kg), 두 발로 걸어 다니고 발가락이 5개에서

3개로 줄어듦.

1억 8,000만 년 전, 네오테타누라(46kg), 몸무게가 크게 줄어듦.

1억 7,000만 년 전, 마니랍토라(9.8kg), 몸집이 더 작아짐.

1억 7,000만 년 전, 파라베스(3.3kg), 나무 사이에서 생활하며 활강

방식으로 비행

1억 5,000만 년 전, 새(0.8kg), 뾰족한 주둥이로 퇴화한 치아를 지닌

현대 새가 되었다는 것

1억 5,000만 년 전의 일

안갯속을 스치는 불빛을 한 손으로 잡은 듯하다.

두 발로 걸어 다닌 공룡

새가 되어 날아야 한다는 애틋한 날갯짓이 창공에서 그림을 그리게 되었는가.

궁금하다, 그림은 어디에 걸려 있을까.

비상과 추락의 경계를 넘나들면 유전자도 바뀌는지

창조가 창조를 만들어냈다.

늘 세상은 진화 중이다.

제4장

연습이 필요한 삶

홍성 농어촌 인성학교 방문기

잘 사는 농어촌 마을로 성공하자면 구성원의 협력도 중요하지만 지도자의 역량이 더 중요하다. 지도자의 사고는 지역만의 문화를 창출하기 때문이다. 사회에 훌륭한 업적을 남긴 분들의 유적지를 발굴하여 인성교육의 장소로 활용하여 부가가치를 창출하는 곳을 다녀왔다.

2013년 11월 26일, 서울 인재개발원에서 버스를 타고 농촌으로 출발하였다. 서울시 국장, 과장급 44명이 홍성군 구항면 내현리 내현마을을 찾았다. 은퇴 예정 공무원의 농어촌 귀농체험인 셈이다.

전영수 해설사가 우리를 안내했다. 홍성은 산세가 거북이 모양을 하고 있어 훌륭한 인물이 많이 태어난 충절의 고장이라고 했다. 최영 장군, 성삼문, 청산리 대첩의 김좌진, 한용운 시인이 이 고장 출신이란다. 최영 장군이 태어난 터에서 100년 후에 성삼문이 태어나 두 인물을 모시듯 생가를 잘 보존하고 있었다.

해설사의 역사적 근거를 둔 안내가 진솔하여 귀에 쏙 들어왔다. 같은 성씨라서 인사를 나누었는데, 나보다 항렬이 위였다. 뿌리에 대한 애착을 가진 나는 같은 성 씨를 만나면 본을 묻곤 한다. 소리처럼 쉽게 사라지는 시간을 붙잡고 사는 이 시대의 젊은이에게 따져 묻듯 한 내 행동은 실례가 아니었을까.

그는 우리를 사당을 안내했다. 구산사인데 삼은 선생인 야은, 뇌은, 경은 선생을 모신 곳이다. 삼은 선생은 고려와 운명을 함께한 삼형제로 두문동에 들어가신 분도 계시다. 홍성에 우리 집안인 담양 전씨가 많이 살고 있다는 것은 알고 있었지만 사당을 처음 들른 내 가슴이 뛰었다. 사당 안으로 들어가자 해설가 안내를 했다.

"2박 3일간의 일정으로 어린이들이 많이 찾아오지요. 여기에서 예절과 인성을 배우는데, 개구쟁이들도 여기에 들어 왔다 가면 조용해진다고 해요."

우리 일행은 사당 앞에서 단체 사진을 찍었다. 조상의 숨결이 묻어나는 곳이라서 그런지 이제야 방문한 것에 대한 미안함이 있었다. 나오는 길에 삼은 선생의 호통 소리가 들리는 듯했다.

"너는 무엇 하다 이제야 왔느냐?"

"바빠서 올 시간이 없었습니다."

"무슨 일이 그렇게도 바쁘더냐?"

"공무 때문에 잠잘 시간이 부족할 지경입니다."

"그럼 잠자는 시간에 오면 될 것 아니냐?"

몇 발자국 떨어져 있는 곳에는 숙종 때 영의정을 지낸바 있는 약천 남구만 선생이 아이들을 가르쳤다는 초당이 있었다. 내 어릴 적 초등학교 교과서에 나오는 그의 시비가 바로 옆에 서 있다.

"동창이 밝았느냐 노고 지리 우지진다/소치는 아이 놈이 상기 아니일었느냐 / 재 너머 사래긴 밭을 언제 갈려하느냐."

남구만 선생은 기호학파의 거두이다. 그 뒤를 이은 학파로는 송시열, 이율곡이다. 몇 발자국 걸어가니 생가가 있었고 실제로 사래긴 밭이 재 너머 있었다.

자리를 옮겨 바로 아래에 있는 장충영각으로 들어갔다. 벽에는 붉은 휘장이 처져 있었다. 가운데 휘장을 걷으니 정자에 사람이 앉아 있는 그림이 있었다. 무장의 기개와 풍류가 함께 어우러진 걸작으로 문화재적 가치가 느껴졌다. 전일상 장군의 석천 한유도라 했다. 왼쪽에는 해군 총사령관격인 삼도통어사 전운상 장군의 영정이 있었고, 오른쪽 휘장을 걷으니 석천 한유도의 주인공인 동생 전일상 장군의 영정이 잘 모셔져 있었다. 두 형제는 나란히 과거에 급제하여 큰 일을 하였다고 하였다.

누군가 물었다. "그 그림 진짜예요." 해설사는 말했다. "진짜는 박물관에 있고 실물 그대로 그렸어요." 선유도는 KBS 텔레비전 진품명품에서 방송된 적이 있는데 영조의 명에 의하여 그려졌고, 감정가 15억 원이나 된다고 했다. 문화적 가치가 있어 앞으로 고등학교 미술 교과서에 소개될 예정이라고 했다.

전운상은 전라좌수군절도사 재직 시 쾌속함에 해당하는 해골선을 제작하였다. 해골선은 거북선에 버금가는 것으로 왕명에 의해 통제영과 각 도수군영에 배치되었다. 영조실록에는 "전라 좌수사 전운상이 제작한 해골선은 몸체가 가볍고 빨라서 바람을 두려워할 필요가 없다."고 기록되어 있다.

전병환 추진위원장은 7년 전부터 잘사는 마을을 만들기 위해 노력했으나 처음에는 힘들었다고 했다. 그도 서울에서 직장 생활을 마치고 고향에 내려와 마을 일을 보고 있다고 했다. 마을에는 노인들뿐이고 처음 마을 위원회를 구성했을 때 참여하기 싫어하는 사람들도 있어 뜻이 있는 사람들로 구성되었다고 했다. 학생들이 방문하면 마을에서 2일간 잠재우고 정성스럽게 밥 해주며 예절을 가르친다. 그동안 많은 시행착오를 거듭하며 지금의 잘사는 마을이 되었다며 씁쓸한 웃음으로 말을 대신했다. 작년에는 17,000여 명의 방문객이 다녀갔다고 자랑했다.

"아이들이 오면 엄마까지 따라와 입혀주고, 먹을 것 사주고, 아이들 시중을 들어줘서 우리가 할 일이 별로 없시유."

"농촌에는 젊은 사람들이 없시유. 여러분들과 같은 능력을 갖춘 분들이 농촌으로 내려온다면 할 일이 많아유."

그의 언변은 솔직하고 재치가 있어 우리의 웃음을 자아냈다. 여기저기서 폭소가 터졌다. 전병환 위원장의 추진력이 돋보였다. 그와 함께한 2시간 이상 농촌의 실정과 퇴직자들의 성공과 실패담에 대한 이야기가 전혀 지루하지 않았다. 참석자들은 이구동성으로 강의가 "재미있고, 웃겼다."면서 칭찬을 했다. 권오룡 인솔팀장도 3년 동안 다니지만 올 때마다 새롭다고 했다.

농어촌마을이 잘 사는 마을이 되자면 지도자의 역량이 무엇보다 중요하다. 유적지나 관광테마를 활용하여 스토리텔링을 하면 새로운 문화가 창출된다는 것을 알았다. 나의 나머지 삶도 관광 상품처럼 개발하여 후손에게 물려주어야 하지 않을까 하는 숙제를 안고 돌아왔다.

연습이 필요한 삶

　도회지 사람들의 귀농 · 귀촌은 충분한 기간을 가지고 생각해야 한다. 퇴직과 함께 시골살이를 위해 준비하고 고민하는 지인들을 많이 본다. 새로운 정착 방법을 생각한다는 것은 쉬운 일이 아니다.

　퇴직을 앞두고 귀농 · 귀촌 체험이 있었다. 연수생 44명은 지난해 늦가을 서울 인재개발원을 출발하여 충남 서천군 종천면 산천리에 도착했다. 귀농인 최영수 씨가 운영하는 다정다반에서 산채정식 식사를 했다. 식재료는 농가에서 자체 생산하여 밥맛이 좋았다.

　최영수 농가는 서천군 농가 맛집 1호로 지정되었다. 농가 맛집이란 우수 농가를 농촌진흥청에서 지정한 집이다. 최영수 씨는 서울에서 은행을 다니다가 1997년 IMF를 만나 인원 감축 바람에 밀려 퇴사를 하고 이곳에 귀농했다. 밭 3,000여 평에는 오가피와 채소를 재배하고 있었다. 나무로 지은 30평 남향집에 기와를 올려 뒷산과 어우러져 운치가 있었다. 넓은 정원에는 소나무와 일 년생 꽃들이 반겨주었다. 나무의 수종과 관리 상태를 보니 주인의 정성이 곳곳에 배어 있었다. 그는 된장 고추장을 가공하는 가내 공장도 가지고 있어 성공한 귀농이었다. 부부가 함께 식당을 운영하는데 찾아오는 손님을 위해 음식을 장만하는데 예약을 해야 한단다.

자리를 이동하여 서천군 귀농지원센터 강의실에서 정경환 사무 국장의 서천군 소개와 지원활동에 대한 설명이 있었다. 1966년부터 2013년까지 귀농 회원은 400명, 회원으로 가입하지 않은 농가도 더러 있어 더 많은 농가가 있을 것이라고 했다. 또한, 농촌생활이 적응 되지 않아 실패한 사람도 있다고 했다. 귀농은 3년 이상 충분한 계획 과 검토가 필요하다는 설명이 있었다.

귀촌한 최광진 씨는 7년 전, 군산대학에서 공직 생활하다가 명예퇴 직하여 회원 20명과 함께 협동조합 법인을 설립하여 농산물 직거래 를 한다고 했다. 그는 농촌생활이 좋아 허름한 농가를 수리하여 혼자 서 생활하고 있었다. 가족은 서울에 있고 주말에 오르내린다고 했다. 밭 600평을 구입하여 채소를 가꾸는데 마냥 행복한 표정이다. 아마 도 연금을 받기 때문에 생활에 큰 어려움이 없을 듯하다.

서천군에서 특이한 점은 회원 7명이 통나무를 활용한 목조 가옥을 짓고 있었다. 서초면 후암리 통나무로 집을 짓는 현장을 방문했다. 안철희 씨가 몇 년 전에 구입한 땅에 건축면적 30평으로 짓고 있었 는데 집은 거의 마무리 단계에 있었다. 남향으로 기와를 올린 집은 우아하게 보였다. 그도 서울에서 회사 생활을 하다 이곳에 밭 900평 을 구입하여 정착하게 되었다고 했다. 내가 물었다. "평당 건축비는 얼마나 듭니까?" 그가 말하기를 "목수인 형님이 거들어 주어서 300 만 원 정도 소요되었습니다. 보통 400만 원 정도 듭니다."라고 했다.

최근 5년간 서천군에 귀농·귀촌은 410세대였다. 아이들에게 고 향을 선물하고 싶어서 농촌에 발을 들여 성공한 젊은 세대도 있으나 대부분이 직장을 퇴직한 60대이다. 이 중 10% 정도인 40여 세대가 농촌생활에 적응하지 못하고 도회지나 살던 곳으로 되돌아갔다고 한다. 역 귀경은 농촌에 정착한 지 2, 3년 된 세대가 제일 많다고 하는데 가지고 온 돈도 다 떨어지고 지속적으로 일정한 소득을 올릴 수 없기 때문이었다. 귀농·귀촌은 한정된 농촌 일자리, 농산물 과잉생산에 대한 판로 문제, 중국을 비롯한 베트남, 태국 등 동남아에서 농산물 수입에 대한 영향도 고려돼야 한다.

나는 고향 울진 봉평에서 여러 해 농사를 지어 보았기 때문에 농촌 생활을 누구보다도 더 잘 안다. 농사짓는 일이 그리 쉬운 일이 아니다. 원더풀 라이프를 꿈꾸며 햇빛 찬란한 길만 펼쳐질 줄 알았던 귀농 귀촌 생활은 제대로 준비되어 있지 않다면 초반부터 삐걱거린다. 푸른 초원에서 집을 짓고 사는 낭만적인 생각만 해서는 안 된다. 내가 무엇을 할 것인가 구체적으로 생각해야 한다. 농사를 짓고자 한다면 1년 정도 그 일을 해 본 뒤에 결정해도 늦지 않을 것이다.

나의 글쓰기 습작 시기처럼 모든 인생에는 연습이 필요하다는 생각이다.

원전비리

원자력을 잘못 다루었을 때 그 위험성이 엄청나다. 불량부품으로 원자력 가동 중단이란 소식을 접할 때마다 가슴이 철렁한다.

원자력발전소는 전력 수급과 밀접한 관계에 있어서 고장으로 멈추어 서는 일이 없어야 한다. 최근 우리나라 전력수요 증가로 공급이 부족한 상태에 있다. 몇 년 전부터 일어나고 있는 원전 납품비리는 원자력 가동을 중지시켜 가뜩이나 부족한 전력 수급을 더 어렵게 만들었다. 국민을 실망하게 하고 있다. 아직도 이런 엄청난 비리가 존재하는가에 대해서이다.

부산지법 동부지원은 원자력 발전소의 불량부품 납품비리에 대해 케이블 발주업체인 한국수력원자력, 시험결과 승인기관 한국전력기술, 시험업체 새한티이피의 임직원 등 시험성적서 위조 가담자에게 징역을 구형했다. 서로서로 짜고 불량 케이블을 정상인 것처럼 속여 원전에 납품했다는 것이다.

문제가 된 케이블은 핵연료 과열이나 이상으로 비상사태가 발생했을 경우 안전조치가 이뤄질 수 있도록 원자로에 제어 신호를 보내는 중요한 부품이다. 고밀도 방사능과 고온, 고압증기 안에서도 정상 작동해야 하기 때문에 엄격한 검정을 통과한 뒤에만 납품할 수 있다. 불량 케이블을 사용한 원전 6기는 케이블 교체 공사를 하느라 가동이 중단돼 있다. 이에 대한 손실은 엄청났다.

재판부는 판결문에서 케이블 교체비용 945억 원, 발전 손실액 1조 3,500억 원, 원전가동중지에 따른 전력 구입비까지 합쳐 실질 피해액이 9조 9,500억 원에 이른다며 누구나 할 것 없이 전력을 아끼느라 지난여름을 불안과 고통 속에서 지내야 했다고 말했다.

내가 다니는 직장에서도 에어컨 켜는 시간을 조정하면서까지 절약해야 했고 점심시간에는 모든 전등을 소등하고 컴퓨터 스위치도 끄는 절약을 했다. 서민은 전기세 때문에 절약하라는 말이 없어도 절약을 한다. 우리 집도 겨울철 여름철 할 것 없이 거실은 난방을 틀지 않는다.

이번 일은 국가나 조직이 아무리 훌륭한 시스템을 갖췄다 해도 운영하는 개인이나 집단이 잘못하면 소용이 없다는 것을 보여 주고 있다. 밑 빠진 항아리에 물을 붓는 식이다.

일본 후쿠시마 원전사고를 우리는 기억하고 있다.

2년이 지난 지금도 반경 30km 지역이 폐허가 돼 있다. 주민이 모두 떠나 버려진 가축 수백만 마리가 죽어 나가고 있다. 도쿄전력이 사고 후 지금까지 배상한 액수만 43조 8,000억 원에 이르고 방사능 제거 비용까지 합하면 피해액이 100조원이 넘을 것이라 한다. 우리나라도 '방사능 긴급보호 조치 계획 구역'으로 정한 원전 반경 30km 안에 487만 명이 살고 있다. 우리 국민의 10분의 1에 해당한다.

원전비리는 개인적 양심의 문제뿐만 아니라 수백만 국민의 생명을 위협하고 국토를 황폐화 시킬 수 있는 대형 범죄이다.

부정부패는 국가 발전을 저해한다. 이런 범죄는 엄중히 다스려야
한다.

느슨한 안전규제가 불을 키웠다

　도시형 생활주택의 느슨한 안전규정이 화를 키웠다. 의정부 아파트 화재는 지상 1층 주차장의 오토바이에서 처음 시작됐다. 불이 난 시간이 오전 9시 27분으로 주민 대피나 진화 작업이 힘든 심야 시간도 아니었다. 그러나 순식간에 인근 아파트 2개 동까지 불길이 확산했고 4명이 숨지고 126명이 다치는 인명피해가 발생했다. 불과 2년 전에 지어진 신축 건물에서 왜 이처럼 피해가 커진 것일까.

　도시형 생활주택이란 1~2인 가구 증가로 85㎡ 이하 소형주택을 공급하기 위해 도시지역에 건설하는 20세대 이상 300세대 미만의 공동주택을 말한다. 2009년 입법화되어 현재까지 35만 가구가 공급된 것으로 알려졌다. 도시형 생활주택의 구조적 문제와 시설 부족 문제는 입법 당시부터 논란이 됐었다. 이번 기회에 문제점을 보완하는 계기가 돼야 한다.

　먼저, 건물 외벽은 불연재료로 해야 한다. 스티로폼 패널은 싼 가격 때문에 많이 사용되고 있지만, 대형 화재나 붕괴사고 등 안전에 문제가 있는 만큼 일정 규모 이상의 건축물에는 사용 못 하게 규제해야 한다. 피해가 커진 이유 중 하나는 화재가 난 건물 3개 동 외벽이 불에 잘 타는 재료로 지어졌기 때문이다. 건축비를 아끼려고 외벽에 값싼 가연성 스티로폼 단열재를 붙이는 방식으로 시공됐다. 1층 주차장에서 난 불은 외장재를 타고 위층으로 번졌고 10여 분 만에 옆 건물로 옮아붙었다. 외벽이 불연성 재료로 지어졌더라면 불이 옆 건물에 옮겨붙지도 않았을 것이고 위층으로 확대되지도 않았을 것이다.

두 번째는 건물 간 거리도 짧았다. 불이 처음 난 대봉그린아파트, 그 바로 옆 드림타운 아파트는 각각 88가구가 사는 10층짜리 쌍둥이 건물로 간격이 고작 1.6m였다. 일반 아파트를 비롯한 공동 주택은 이웃 건물과 2~6m를 띄워야 하지만 화재가 난 세 건물은 이런 규정을 안 지켜도 되는 '도시형 생활주택'이었다.

세 번째는 주차장 부족이다. 일반 아파트는 1세대당 1대 정도인 데 비해 도시형 생활주택은 조례마다 조금씩 차이는 있지만 1세대당 0.2~0.6대 수준이다. 이는 오피스텔 주차 기준보다 더 완화된 것으로 인근 지역 주차 대란이 원인으로 지적돼 왔다. 대봉 그린에도 1층 주차장에 10여 대 밖에 주차할 수 없어 차를 못 댄 주민들은 골목길에 주차할 수밖에 없었다고 한다. 차량이 접근하는 길은 폭 6m짜리 좁은 이면도로 하나뿐이었다. 건물 뒤편은 수도권 전철 선로여서 진화 작업을 할 수가 없었다. 불길이 번지는 동안 출동한 소방차는 골목길에 불법 주차된 20여 대의 차량 때문에 발목이 잡혔다. 견인차를 앞세우고 소방도로 양쪽에 주차한 차량을 옮기느라 10분 이상 지체된 것이다. 소방차가 골목길 주차로 지체되지 않았다면 초기에 불길을 잡을 수 있었을 것이다.

네 번째는 안전시설 부족이다. 대피가 어려운 건물 내부 구조도 문제였다. 대봉 그린과 드림타운은 한 층에 10여 가구가 있지만 비상계단은 하나뿐이었다. 필로티 구조의 1층 출입구에서 불길이 번지면서 옥상 말고는 피할 곳이 없었고, 비상계단이 굴뚝 역할을 하면서 유독가스가 건물 안으로 확산됐다. 주민들은 건물 안에 고립될 수밖에 없었다. 내부 비상계단 외에 옥외 계단을 따로 설치해야 한다. 도시형 생활주택은 일반 아파트와 동일한 건축 기준을 적용하지 않더라도 최소한 안전과 관계된 시설을 갖추게 해야 한다. 즉, 아파트에 비해 비상계단이 좁고, 탈출구가 적은 도시형 생활주택의 특성을 감안하여 스프링클러 기준을 6층 이상 건물에 의무적으로 설치하게 해야 한다. 또 30가구 이상의 건축물에는 재난 시 역할을 할 수 있는 관리실을 갖추도록 해야 한다.

다섯 번째는 시민안전의식이다. 이번 화재 때 경보기가 울렸지만 이를 오작동으로 여겼다는 주민들이 적잖았다. 한 주민은 "작년에 비상벨이 한 번 잘못 울린 적이 있어서 이번에도 오작동이라고 생각해 마음을 놓고 있었다."고 말했다. 대형 참사 때마다 되풀이된 '별일 아니겠지.'라는 생각이 이번에도 되풀이된 것이다.

주택은 100년을 내다보고 지어져야 한다. 주거난 해소를 위해 안전 규정을 느슨하게 하면 이번처럼 큰 위험을 불러올 수 있다. 다중이 거주하는 공동주택은 화재에 대한 안전을 염두에 두고 설계되고 지어져야 할 것이다.

국가 안전의식이 개조되어야 한다

"세상에는 두 가지 종류의 슬픔이 있다. 달랠 수 있는 슬픔과 달래지지 않은 슬픔. 달랠 수 있는 슬픔은 살면서 마음속에 묻고 잊을 수 있는 슬픔이지만, 달랠 수 없는 슬픔은 삶을 바꾸어 놓으며 슬픈 자체가 삶이 되기도 한다. 사라지는 슬픔은 달랠 수 있지만 안고 살아가는 슬픔은 영원히 달래지지 않는다"라고 펄벅이 말했다.

세월호 침몰을 보면서 시계가 백 년 전으로 되돌려진 것 같다. 후진국형 사고이기 때문이리라. 그래서 더 암울하다. 혼이 빠져나간 듯 도무지 일이 손에 잡히지 않는다. 희망은 절망이 되고 기대는 좌절로 변했다. 도대체 누가 이런 나라를 만들었는가.

사람은 현실 앞에서 때론 무기력하기 짝이 없다. 가라앉는 배를 어찌하지 못하고 망연자실 바라보고 있었다. 소득 3만 달러면 뭐하고 정보기술 강국을 아무리 자랑해봐야 뭐하나, 한창 커가는 아이들을 저렇게 만들어 놓은 어른들이다.

우리는 그동안 서해훼리호 침몰, 성수대교 붕괴. 삼풍백화점 붕괴, 대구 지하철 화재가 일어났다. 이번에 일어난 세월호 참사는 앞서 일어난 사고와 모든 면에서 닮은 꼴이다. 비슷한 사고가 반복된다는 점에서 문제의 심각성이 크다. 우리 사회 곳곳에 스며든 요령과 편법 만능주의가 얽히고설켜 일어난 극단적 사례다.

늘 그렇듯이 원칙 무시에 대한 죄의식이 없었다. 모두 돈에 눈이 멀었다. 그동안 안전보다 성장을 중시해온 배금주의의 모순이랄까. 우리 사회의 총체적 부조리이다.

세월호 참사에서 나타났듯이 "선실에 남아있으라."는 방송을 8회나 했기 때문에 학생들이 믿을 수밖에 없었을 것이다. 그렇게 승객들의 발목을 묶고 자기들끼리 탈출한 선장, 선원이 가장 큰 원인을 제공했다. 20년 된 낡은 배를 무리하게 증·개축해 운항하게 된 것도, 피난 대피훈련을 한 번도 하지 않은 것도 문제였다.

우리는 지난 60년간 앞만 보고 달려왔다. 우리보다 앞서간 나라들이 200년 걸려서 이룩했던 것을 단기간에 따라 잡기 위해서는 무리를 감수할 수밖에 없었다. 그 과정에서 많은 것을 생략했고, 건너뛰기가 미덕인 양 칭송되는 분위기에 젖어왔다. 생략했던 것들이 지금 부작용을 일으키고 있다. 세월호 참사를 비롯한 인위재난은 성장의 업보이기도 하다. 성장시대의 유효기간이 끝나는 재앙들은 여러 분야에서 동시 다발로 일어날지도 모른다. 그중에서도 심각한 것은 원자력발전시설이다. 노후화된 원전에 사고가 발생하면 체르노빌원전 사고에서 보았듯이 그 참사는 우리의 상상을 초월할 것이다. 생각만 해도 두렵다.

1세기 전 도산 안창호는 민족개조론을 설파했다. 이 시점에서 새겨 보아도 현실감을 갖게 한다. 그렇다. 우리 국민이 이대로는 안 된다.

이제 안전 후진국의 굴레를 벗어날 때가 되었다. 우리의 개조는 이제 피할 수 없는 국가적 과제다. 슬픔을 받아들이고 생각을 완전히 바꾸어야 할 것이다. 그래서 국가가 개조되어야 하고 안전에 대한 국민 의식이 혁명 수준으로 개조되어야 한다. 국민 안전 의식 문화에 혁명적 변화가 오지 않으면 더 큰 세월호가 올 수 있다. 사소한 법규 위반은 죄가 아니라는 인식부터 버려야 한다. 끼리끼리 봐주기 식의 문화도 버려야 할 암적 존재이다.

남을 탓하기에 앞서 나는 무엇을 어떻게 하였는가를 반성해야 한다. 우리가 자신의 일상에서 타인의 안전을 얼마나 배려하고 있는지 돌아보아야 한다.

그들을 망각의 바다로 보내기엔 입은 상처의 슬픔이 너무나 크다. 슬픔은 지혜로 모양을 바꿀 수 있고 나아가 행복을 줄 수 있다. 언젠가 다시 행복해지기 위해서라도 그 슬픔에서 지혜를 얻어야 할 것이다.

추억의 공원

　내 고향 울진 봉평 마을에는 얼마 전에 하수처리장이 완공되었다. 마을에 하수처리장이 들어설 계획이 있을 때 주민들의 반대가 있었다. 그 무렵 나는 성묘 차 고향에 내려갔었다. 고향 사람들끼리 모여서 식사를 나누며 하수처리장 이야기를 하고 있었다.

　"하수 처리장이 들어서게 되면 시설에서 악취가 나고 정화되지 않은 물이 바다로 흘러들어 가게 된다. 그 물은 바다를 오염시켜 해수욕장에 관광객들이 오지 않을 것이다"라고 입을 모았다. 마을 앞에 있는 해수욕장이라야 그렇게 크지는 않지만, 여름철 집집마다 소소한 용돈이 된다.

　"그런 일을 하려면 주민들과 공청회를 열어야 하는 것 아닙니까. 그것이 마을에 못 들어오게 경운기를 끌고 동사무소 앞에서 시위라도 합시다" 마을 사람들은 분은 참지 못하고 있었다.

　국가의 건설정책에 지역사회의 이기주의가 개입하여 발전을 와해하는 것을 우리는 많이 본다. 돈이 되고 겉보기에 번지르한 시설이 고장에 세워지면 두 팔을 벌려 환영하고 쓸모 있는 시설이라 하더라도 조금이라도 위험요소가 있거나 미관을 해치게 되면 발도 못

붙이게 한다.

사실 그런 시설이 들어서게 되면 국가에서 그 지역에 보조금을 주어 발전을 꾀하게 한다. 주민들의 목소리는 소정의 보조금만 받고서 시설이 들어섰을 때 생기는 불이익을 수용할 수는 없다는 것이다.

우리 고장의 경우는 조금 다르긴 하다. 해수욕장이 있어 더러 관광객들이 찾아오는 고장이기 때문에 주민들의 우려는 당연한지도 모른다. 자칫하면 관광수입을 잃게 될지도 모른다는 불안감이 작용했을 것이다.

고향 사람들 이야기를 들었을 때 남의 일처럼 생각되지 않았다. 우리 논 1,300평도 하수처리장 예정지에 포함되었기 때문이다. 나는 전화로 울진 군청 관계자에게 실제로 악취가 심하게 나느냐고 물었다. 관계자 말로는 정화된 후에는 1급수에 해당하는 물이 흐르게 될 것이라고 했다. 악취도 없고 주변에 공원을 조성하여 군민들에게 깨끗한 환경을 선물할 것이라고 했다.

군청 관계자는 의견을 수렴하여 주민들에게 편의를 제공하는데 무엇이 문제입니까 하는 표정이다. 울진군은 직접 주민들에게 의견을 물어서 민심을 반영했고, 도로와 하천을 정비하는 지원을 통해 봉평 주민들의 편의를 최대한 보장할 것을 약속했다는 말도 들을 수 있었다. 지역이기주의는 무모하다 싶을 정도로 단편적인 생각만 하는 듯하였다.

하수처리장 예정지에 포함되어 버린 우리 논은 내가 어릴 적 팔다리를 걷어 붙여가며 일했던 곳이다. 우리 집안 대대로 삶의 기반이자 터전이 되어 왔던 곳이기도 하다. 내게도 많은 추억이 담겨 있는 그

논이 사라지는 것은 무척 아쉽고 슬프다. 어쩌면 어릴 적 내 추억들도 물에 잠겨 버릴 것이다. 하지만 어딘가에는 지어져야 할 하수처리장이 아닌가. 자신들의 고장에는 안 되고 다른 고장에 지어져야 한다는 생각들은 너무 편협한 생각이다.

　내 어릴 적 우리 고장에 사라호 태풍이 휩쓸고 지나갔다. 폭우로 인해 천방川防이 터지며 모래가 논을 덮쳤다. 논으로 흘러든 모래를 치우고 몇 년에 걸쳐 돌을 골라내어 모를 심었다. 그때 농사를 짓던 나는 쟁기질을 하다 머리가 어지러워 쓰러진 적도 있다. 가족이 달려들어 모내기하고, 아침저녁으로 논물을 보러 다닐 때면 벼의 자라는 모습이 그렇게 아름다울 수가 없었다.

　푹푹 찌는 여름에 논을 매고 있으면 어머니가 점심을 이고 오셨다. 밥을 먹고 한창 물오른 버드나무 그늘에서 한숨 자고 나면 피로가 가시고 기운이 샘솟았다. 눈을 감고 귀를 열면 들려오는 새소리가 나의 자장가였다. 봄부터 가을까지 하루도 거르지 않고 시간을 보내던 보금자리였다.

　어느 해이든가 추위가 아직 가시지 않은 이른 봄이었다. 가래질할 때 제초를 하기 위해 아버지가 논둑에 불을 붙였다. 한데 그 불이 산에 옮겨 붙어 버렸다. 산 이름이 중박골이었는데 산 중턱에는 공동묘지가 있었다. 불은 공동묘지를 휩쓸면서 순식간에 나무숲을 태웠다. 불이 날아다녔다. 뒷산은 태백 준령으로 쭉 이어져 있어, 불이 끝없이 치달아 오르면 어떻게 할 것인가. 어린 내 가슴을 덜컹하게 했다. 불은 바람을 타고 꽤 많은 묘지와 산을 태우고, 동네 사람들이 달려들어 겨우 불을 잡을 수 있었다. 그때 나는 얼마나 놀랐는지. 산불이 얼마나 무서운지 처음 알았다.

지금 그 산은 밤나무와 소나무로 우거져 있지만, 내가 어릴 때만 하여도 민둥산이었다. 산 이름을 중박골이라고 하는데 이 산의 양지바른 곳에는 잔디가 잘 자라 동내 소에게 풀을 먹이는 장소이기도 하였다. 소를 풀어놓고 아이들과 어울려 어스름하도록 공깃돌 놀이하고 쇠고삐를 잡고 산을 오르내리던 모습이 아른하게 떠오른다. 어떨 때는 소를 잊어버려 온 산을 헤매기도 했다.

중박골에 들어선 하수처리장에는 아담한 공원이 조성된다. 나는 추억이 있는 공원에 내 시비를 세우고 싶었다. 나는 하수처리장공원에 시비詩碑를 세웠으면 좋겠다고 군청 담당 직원에게 말했다. 공무원문예대전에서 우수상을 받은 시를 팩스로 넣어 주었더니 마침 환경에 관한 시라 담당 직원은 참 좋은 생각이라 하였다.

아지랑이 일렁일렁 푸른 옷깃 감싼다
감았던 가지마다 툭 툭 건네는 눈인사
잔잔히 깔리는 음계, 이팝나무 꿈틀댄다

뿌연 그 황사 입고 몸서리치는 나뭇잎
움츠린 이슬 한 줌 팔 벌려 받아내어
형형한 눈망울 밝혀 수액을 건져 올린다

초록 물빛 오르면 모둠발 서는 저 나무
손과 손 마주 잡게 가까스로 이어주며
한 소절 박자 맞춰서 동심원을 예비한다

　　　　　　　　　　　　　　— 〈모둠발 서는 나무〉 전문

몇 발자국 떨어진 곳에는 어릴 적을 떠올리며 지은 '늘 푸른 동산'
이 동판에 새겨졌다.

산이 산을 끌어안은 태백준령 자락에
물 이랑을 타고 오는 풋풋한 해조음
조약돌 속삭임 같은 시냇물 흐릅니다

쏟아지는 햇살에 그대 가슴을 열면
환한 웃음 이어지는 연둣빛 계곡에
노루와 토끼가 발을 디딜 것입니다

여기서 뭇 풀들 향기를 느껴보세요
여기서 산새들 노랫소리 들어보세요
큰 고요 솔내음이 가슴을 씻어줍니다

정성껏 가꾸면 미래의 꽃 피어납니다
먼 훗날 당신이 자녀의 손을 잡고
이 숲으로 찾아오길 기다리겠습니다
― 〈늘 푸른 동산〉 전문

이제는 사라진 풍경들이지만 시들을 보며 그 시절을 추억한다.

불교문화를 읽다

　길 위에는 문화 유적지가 우리를 향하여 손짓한다. 우리는 그 가치를 알지 못하고 무심코 지나치며 산다. 삶의 여유를 지니고 문화 유적지를 찾는 것은 즐거운 일이다.

　국립중앙도서관에서 이종문 교수의 '경주의 문화유산'에 대한 강의 소식을 듣고 참석하기 위해 지하철에 몸을 실었다. 우연히 고속터미널역에서 이종문 교수를 만났다. 반가운 마음에 다가가 말을 건넸다.

　"이종문 교수님이시죠? 국립중앙도서관으로 가는 길이시죠? 저도 그쪽으로 가는 길입니다."

　교수는 역에서 한참 헤맨 탓인지 얼굴이 붉게 상기되어 있었다.

　"대구에서 올라오는 길인데, 서울은 상당히 복잡하네요. 출구를 찾느라 한참 헤맸습니다." 그는 땀을 훔치면서 말했다.

　"고속터미널역은 복잡해서 표지판을 잘 봐야 합니다." 우리는 함께 이런저런 이야기를 하면서 국립중앙도서관을 향하였다.

　강의가 끝나고 경주, 군위탐방 참가자에 대한 이종문 교수의 추첨이 있었다. 두 사람을 추첨했는데 내가 맨 처음에 뽑히게 되었다. 운 좋게도 경주 탐방을 가게 되었다. 경주, 군위탐방은 1박 2일 코스로 아내와 함께 참석하였는데 모두 60여 명이 참석하였다.

우리는 2011년 8월 26일 새벽 국립중앙도서관에 모였다. 우리를 태운 버스는 아침 7시 30분경 경주를 향하여 출발하였다. 부부 동반 가족이 많았다. 차 안에서 고운기 교수는 최근 펴낸 '삼국유사 길 위에서 만나다'를 나누어 주었다. 그는 삼국유사 전문가이기도 하다.

이번 일정의 안내는 이종문 교수와 고운기 교수가 맡았다. 제일 먼저 분황사에 들렀다. 신라 천년의 수도 경주의 일곱 가람 가운데 하나였던 곳이다. 왕족 출신의 승려 자장 법사가 중국 유학을 마치고 돌아와 선덕여왕의 후원 아래 지은 절이다. 분황사에는 본디 모습에 가까운 몇 칸의 가람도 서 있고, 구운 벽돌처럼 돌을 깎아 쌓아올린 석탑도 3층까지 남아있다. 입구 옆에는 커다란 종이 있는데 탐방객들이 타종하도록 개방하여 종소리가 울려 퍼졌다. 분황사의 웅장함은 찾아볼 수 없었지만 절집과 3층 모전 석탑이 남아있어 옛 자취를 느낄 수 있었다.

이제부터 옛 경주 속으로의 여행이 시작되었다. 분황사에는 향가 중에서 천수대비가로 알려진, 눈먼 어린 딸의 빛을 찾기 위해 밤낮으로 기도하던 모정이다. 어미는 아이를 안고 분황사 왼쪽 전각의 북쪽 벽에 그려진 천수대비 앞으로 갔다. 노래를 지어 아이를 위해 기도하였더니 눈을 떴다고 삼국유사는 전한다.

천수대비는 천 개의 눈과 천 개의 손을 가지고 두루 세상을 살피며 어려운 곳에 구원의 손길을 내민다는 관음보살이다. 할 일이 많으니 눈도 손도 천 개씩이나 필요한 모양이다.

무릎이 헐도록 / 두 손바닥 모아 /
천수관음 앞에 / 빌고 빌어 두노라 //
일천 개 손 일천 개 눈 / 하나를 놓아 하나를 덜어 /
둘 없는 내라 / 한 개사 적이 헐어주시려는가 //
아, 나에게 끼치신다면 / 어디에 쓸 자비라고 큰고.

우리 탐방객은 고운기 교수의 선창으로 따라 천수대비가를 불렀다. 얼마나 애달픈 노래인가. 애간장이 타는 모정을 느껴진다. 어미의 간절한 기도로 딸이 다시 빛을 보게 되었다는 구절은 절창이다.

무엇보다 분황사에서 원효와 그 아들 설총의 이야기는 빼놓을 수 없다. 일찍이 원효는 거리에서 노래를 불렀다. "누가 자루 빠진 도끼를 주려는가. 내가 하늘 괴는 기둥을 자를 터인데." 원효는 승려의 신분으로 과부가 된 공주와 동침하여 아들을 낳으니 그 아들이 설총이다. 설총은 아버지가 죽자 유해를 잘게 부숴 얼굴 모양 그대로 만들고 바로 분황사에 모셨다. 설총이 만들었다는 소상은 언제 없어졌는지 보이지 않고, 새로 만든 원효의 영정만 모셔져 있다.

분황사 뜰에는 우물이 있다. 신라 왕조는 우물에서 국가 제사를 지냈을 만큼 신성시했다. 첨성대 지붕에 한자로 우물 정井자 조형을 본뜬 것은 그런 연유이다

얼마 전 경주박물관 우물터에서 동물 뼈가 발굴되었다. 토기류, 복숭아씨, 어패류 등 2,500여점이 나왔는데, 그중에서 10살 안팎의 소녀로 보이는 사람 뼈도 발굴되었다. 7세기경까지 인신공회人身供犧 인습이 있었음을 보여주는 것은 아닐까. 이렇듯 경주 들판은 곳곳이 문

화유적과 설화로 가득하다.

분황사 주위를 한 바퀴 돌면서 흩어져있는 유적을 하나하나 볼 때마다 세월의 숨소리가 느껴졌다. 분홍 코스모스가 황금 물결로 출렁대는 길을 따라 우리는 황룡사 빈터에 섰다. 반석 같은 황룡사 주춧돌이 놓여 있고 장육존상의 발자취가 남아 있다. 주위에는 산이 병풍처럼 둘러싸여 있어 아늑한 어머니 품 같았다. 그러나 천 년의 화려한 영화를 누린 수도치고는 좁다는 느낌이 들었다.

지금은 사라졌지만, 황룡사에는 구층탑, 장육존상, 대종이 있었다. 장육존상이 만들어진 해는 574년, 진흥왕이 죽기 2년 전이다. 구층탑이 세워지기로는 그로부터 60년 뒤, 선덕여왕 636년이었다. 대종은 그로부터 120년이 지나 경덕왕 754년에야 만들어졌다. 세 가지 유물이 만들어지는 데에는 200년의 세월이 필요했다. 신라인의 불심이 얼마나 깊었는지 엿볼 수 있다.

황룡사가 처음 지어진 것은 진흥왕 553년 2월이었다. 삼국유사는 "용궁의 남쪽에 자궁을 지으려 하는데 황룡이 나타나 그곳에 절을 짓고, 이름을 황룡사라 하였다."고전한다. 이토록 거대한 절을 짓고자 마음먹은 배경은 무엇이었을까. 선왕인 법흥왕이 불교를 공인하고 율령을 반포하여 국가로서의 체제를 갖추었다면 진흥왕은 고구려나 백제와 맞먹는 크기의 나라로 신라를 일으켜 세웠다. 나라의 권위를 세우고 싶었을 것이다. 하지만 몽골인들은 신라인의 정신적 원천인 불교문화유산에 불을 질렀다. 이때 황룡사가 불길에 휩싸였다. 황룡사 대종은 몽고인들에 의해 해로를 따라 옮겨지다 배가 전복되어 수장되었다고 한다.

어디 그뿐이랴, 분황사 북쪽 담장에 있는 우물에서 발굴된 목 없는 부처상은 누구의 소행인가.

우리가 우리 것을 제대로 지키지 못했을 때 역사는 의미가 없어진다. 신라 전성기를 알리는 옛터에 건축물 없이 초석 몇 개만 남아 있는 드넓은 황룡사지는 황량하기만 했다. 그래도 주춧돌이라도 남아 있어 그 흔적이라도 볼 수 있는 것을 다행이라 해야 할까. 지금이라도 옛 모습 그대로 복원을 하여 우리의 우수한 문화재를 외국에 알려야 할 것이다.

우리는 대종천을 따라 차를 달려 감은사지에 오후 4시쯤 도착했다. 얕은 산자락에 노송처럼 우뚝 선 3층 석탑 2기가 나란히 마주 서 있었다. 두 석탑 위에는 아무것도 없어 일상적인 속박과 관습으로부터 완전히 벗어나 있다. 답답한 건물에 갇혀 있지 않고 사방으로 트여 있어 누구든지 포용한다. 근엄하면서도 웅장하고 오랜 풍상에 거칠고 투박해 보이지만 따뜻하다. 탑의 안정감과 상승감의 조화는 그 어떤 탑과도 비교가 안 될 정도이다. 삼층탑 2개를 나란히 완성한 것은 감은사가 최초라고 한다.

탑 뒤에는 사찰 터가 있는데 언제 무너졌는지는 알 수 없으나 빈 터에는 주춧돌이 남아있고 돌 밑으로 용이 드나들게 했다는 통로 구조로 되어 있었다.

삼국을 통일한 후 문무왕은 부처의 힘을 빌려 왜구의 침입을 막고자 절을 세우게 했고 왕이 죽자 아들 신문왕이 이어받아 완성했다. 문무왕은 "내가 죽으면 바다의 용이 되어 나라를 지키고자 하니 화장하여 동해에 장사지낼 것"을 유언하였다. 그 뜻을 받들어 장사한 곳이 절 부근의 대왕암이다. 그 은혜에 감사한다는 뜻으로 절 이름을 감은사라 하였다. 수중릉을 만들고 감은사와 연결되는 통로를 만들어 용이 드나들 수 있도록 설계된 절을 보면 신라인의 창의적인 상상력이 돋보인다.

빈 것은 고요하고 아름다운 느낌을 주었다. 분주했던 세상사가 차분하게 가라앉아 마음이 평안해지는 것을 느낄 수 있었다. 부질없는 욕심들이 다 떠나간 자리에 은은한 풍경들이 스며들었다. 잔잔한 바람과 먼 강으로 출발하는 시냇물 소리, 천년의 시간을 달려와 말을 건네는 신라인의 숨소리가 느껴지는 듯하였다.

두 탑은 마치 인생을 함께한 노년의 부부가 마주 서서 지난 얘기를 하는 모습이다. 오랜 시간 동안 늘 그곳에 있었던 것처럼 숱한 사람들이 살아가는 얘기를 듣고 있지만, 탑은 언제나 침묵한다. 변방에 있으면서도 한 번도 중심을 지향한 적이 없는 탑, 하지만 그 정신의 가치는 어떤 것들과 비교해도 손색이 없으리라.

하천을 따라 조금 내려오면 시원스레 바다가 펼쳐진다. 예전에는 하천과 바닷물이 이어질 정도라 하였는데, 지금은 바다 수위가 낮아진 탓인가. 소통되지 않는다.

모래사장에서 200m 떨어진 문무 왕릉이 잔잔한 물결 틈에 보인다. 대왕암은 자연 바위를 이용하여 만든 것으로 그 안은 동서남북으로 인공수로를 만들었다. 바닷물은 동쪽에서 들어와 서쪽으로 나가게 하여 항상 잔잔하게 하였다. 수면 아래에는 남북으로 길게 놓인 넓적한 거북 모양의 돌이 덮여 있는데 이 안에 문무왕의 유골이 매장되어 있을 것으로 추측된다. 파도가 들락거리는 여백에 서서 문무왕의 호

국정신을 사진에 담아 보았다.

문무 왕릉은 역사적 사실일까. 상상이 담긴 수중릉일까. 학자들 간에도 이견이 분분하다. 대왕암은 동해 바닷가에서 발달된 전통 굿과 관련이 있는 듯하다. 대왕 굿은 바다를 지켜주는 신을 위한 굿으로 민속이 먼저인지 대왕암이 먼저인지 말들이 많지만, 문무 왕릉이야 말로 바다를 지켜주는 대 왕릉이라 할 만하다.

문무 왕릉을 둘러본 후 진평 왕릉으로 향하였다. 들어가는 길부터 사람의 마음을 차분하게 만들어 주는 묘한 매력이 있는 곳이었다. 나무숲이 진평 왕릉까지 길을 안내하였지만 평지여서 해가 나오면 더울 듯하다. 진평 왕릉까지 가는 길은 사람들의 어지러운 생각을 가라앉혀 주는 사색의 길 같았다.

진평왕은 딸을 셋 두었는데 첫째는 선덕여왕, 둘째는 김춘추의 어머니 진덕여왕, 셋째는 선화공주로 세 딸을 모두 잘 키웠다. 고운기 교수는 딸만 둘 두었다면서 진평왕을 생각하면 기운이 솟는다고 하여 우리는 모두 웃었다. 가을에 오면 더 좋다고들 하는데 꼭 가을에 다시 한 번 와보고 싶다.

경주 조선온천호텔에 여장을 풀었다. 저녁을 먹고 난 후 고운기, 이종문 교수의 삼국유사에 얽힌 이야기와 일연의 생애에 대한 강의가 있었다. 뒤풀이로 김현성 가수의 노래가 이어졌다. 프로그램을 알차게 꾸민 것 같다. 이번 여행 경비는 1인당 5만 원으로 1박 2일 치고는 저렴한 여행경비다. 나머지 80% 가량은 국가에서 부담한다고 한다.

둘째 날, 첫 탐방 코스는 신라 제42대 흥덕왕(재위 826~836)의 무덤으로 원형이 잘 갖추어진 왕릉이다. 비교적 커다란 둥근 봉토분으로 무덤 밑에는 둘레돌을 배치하여 무덤을 보호하도록 하였다. 능을 둘러싸고 있는 십이지신상이 참 인상 깊었다.

홍덕왕릉 주위에는 각각 돌사자를 한 마리씩 배치하였고, 앞의 양쪽으로는 문인석과 무인석을 각 한 쌍씩 배치하였다. 터번과 비슷한 두건과 부리부리한 눈과 큰 코 등 이목구비가 우리나라 사람이 아닌 아라비아 사람인 것으로 추정된다. 무덤 앞의 왼쪽에는 비석을 받쳤던 거북이 모양의 귀부만 남아있다. 비석이 없어진 것이 궁금하기만 하다. 그 큰 비석이 어디에 갔단 말인가.

왕릉으로 올라가는 입구에는 소나무가 허리를 굽히고 인사를 한다. 경주에는 이처럼 굽은 나무가 많은데 그 이유는 예부터 곧게 자란 나무는 집을 짓는 목재로 사용하여 굽은 나무만 남았기 때문이다. 홍덕왕릉 주변을 감싸고 있는 굽은 소나무 숲은 감탄사가 절로 나온다. 하지만 구부러진 모습으로 우리를 반기는 소나무가 안쓰럽기만 하다.

세월의 두께가 느껴지는 서역인의 모습을 한 무인석과 문인석이 인상 깊었다. 버스를 타고 경주 들녘을 달리는 내내 '홍덕왕과 앵무새'에 관해 얽힌 사랑 이야기가 머릿속에서 맴맴 돌았다.

홍덕왕릉을 다 돌아보고 난 후에 거조암에 들렀다. 거조암은 거조사居祖寺라고도 한다. 693년 원효가 창건했다는 설과 경덕왕 때 왕명으로 창건하였다는 설이 있다. 아직 대중에 널리 알려지지 않아 사람들이 북적거리지 않고 고요하니 참 좋았다. 처음에는 이런 조그마한 암자가 국보로 지정되었다는 것이 궁금하였지만, 오랜 역사를 지닌 절이라서 이해가 되었다.

영산전과 두 동의 요사채가 있다. 영산전 안에는 암석으로 만든 석가여래불과 오백나한상이 있었는데, 마치 사람의 모양과 성격이 각각 다르듯이 오백 나한의 모습도 제각각이어서 똑같은 것이 하나도 없었다. 예전에는 색채가 진한 나한상이 훨씬 뚜렷한 모습이었다고 한다.

다음 본 것은 군위석굴 삼존불좌상軍威石窟 三尊佛坐像이다. 군위군 팔공산 절벽에 자연동굴을 뚫어 만들고 그 속에 불상을 배치하였다. 제2의 석굴암으로 불리는 국보 109호인 군위 삼존석굴은 경주 석굴암보다 250년 앞선 700년경에 만들어졌다. 가운데 본존불 얼굴은 몸에 비하여 큰 편으로 삼국시대 불상에서 보이던 친근한 미소가 사라진 위엄 있는 모습을 하고 있다. 당당한 신체의 굴곡을 여실히 드러내고 있다. 거대한 바위 절벽에 구멍을 내서 모셔진 삼존불좌상은 보기에 매우 경이롭고 신비하기만 하다.

군위석굴을 본 다음 인근 식당에서 점심을 먹었다. 여행이라서 그런지 전통 막걸리가 별미였다. 술을 별로 좋아하지 않는 나도 두부를 반주해서 막걸리를 두 잔 마셨다. 나오면서 주위에 기념비석이 서 있는 것이 보였고 붉게 익어가는 사과나무밭을 간혹 볼 수 있었다.

마지막 탐방지인 인각사麟角寺(사적지 제374호)에서 우리는 이종문 교수의 설명을 듣기 위해 보각국사 정조지탑 주위에 빙 둘러섰다. 교수는 탑에 새겨진 복련覆蓮, 앙련仰蓮 그리고 장난스러운 모습을 한 짐승 모양을 직접 탁본한 자료와 비교해 가며 설명하였다.

몇 발자국 걸어가니 국사전 뒤쪽 처마 밑에 초라하기 짝이 없는 한 칸 비각이 있었다. 비각 속에는 파괴된 비석 몇 조각이 세월의 아픔을 간직하고 서 있다. 원래 크기조차 짐작할 수 없는 비석 조각은 보각국사 일연의 비이다. 지금은 많은 부분이 훼손되어 비 내용을 파악하기가 힘들었다.

비석이 왜 이렇게 훼손되었을까. 비석이 수난을 당한 데에는 왕희지의 글씨를 집자한 데서 찾을 수 있다. 비문이 새겨진 글씨는 당시로부터 천 년 전에 세상을 떠난 왕희지의 행서를 여기저기에서 모아 같은 크기로 재편집한 것이다.

왜 하필이면 집자하는 수고를 들이면서까지 왕희지의 글씨체를 사용했을까. 그것도 여기저기에서 짜깁기한 방식을 취하면서 말이다. 당시 고려에도 서예가가 많았을 텐데, 우리나라 서예가 글씨로 남겼더라면 사라지지 않았을지도 모른다.

2006년 국가에서 정성들여 비를 복원하였다. 복원되어 기쁘지만 세워진 비석은 어딘지 모르게 어설프기만 하다. 내가 손 뼘으로 재어 보니 비석의 두께가 30cm 정도 되었는데 전체적으로 높이에 비해 두께가 너무 얇아 균형이 맞지 않았다. 어떤 문화 유적이든 원래 있던 자리를 지키고 있을 때 가장 가치가 있다는 생각이 든다.

1박 2일의 문화재를 탐방하고 불교문화를 꽃피웠던 시대의 문화를 알게 되었지만 남아 있는 유적이 얼마 되지 않아 허탈하다. 잔잔하면서도 깊은 울림을 주는 문화유적 하나하나가 자랑스럽기도 하고 안타깝기도 했다. 그 웅장한 황룡사와 정성 들여 만든 보각국사 비를 산산조각낸 것은 어쩌면 우리의 무관심일지도 모른다.

문화는 포괄적이며 총체적인 개념이다. 문화는 그것을 창조하고 계승하여 기리는 사람들, 즉 후손들의 정신이고 자긍심으로 발전되어야 한다. 파괴되고 잃어버린 유적들이 얼마나 많은가. 글씨 한 줄이라도, 비석 한 조각이라도 우리의 역사가 밴 만큼 온전히 보존되어야 하고 기리고 전수되어야 한다.

제주도 여행

이 세상에서 가장 즐거운 일의 하나는 여행을 떠나는 일이다.

2013년 10월 28일 새벽 5시, 아내와 함께 집을 나서 택시를 타고 인천공항에 도착하니 우리가 첫 번째였다. 40분 만에 왔으니 많은 시간이 남았다. 얼마 후 권오룡 인솔팀장이 나와 우리를 보더니 "제일 먼저 나오셨네요." 하면서 반갑게 맞았다. 다음으로 조 국장 부부가 보였는데 두 사람은 다정하게 조경물을 배경으로 사진을 찍고 있었다.

연수생 부부 33명이 오전 7시 20분 인천공항을 출발했다. 우리 부부는 제주도 여행이 처음이라 기대가 컸다. 오전 9시 20분경 제주공항에 도착, 버스를 타고 간단한 도시락으로 아침을 차 안에서 먹으면서 선녀와 나무꾼으로 향했다. 안내는 여성인 현 씨가 했다. 그녀는 40대 후반으로 가이드생활 20년 차로 발음이 정확하고 말재주가 있었다.

제주도 방언에 관해 이야기를 하고 이곳이 귀양지라서 머리가 좋은 사람들이 많다고 했다. 그 말이 일리가 있을 것 같다. 유배 전문가 양진건은 고려와 조선 시대에 걸쳐 200여 명의 정치범이 제주로 보내진 것으로 파악하고 있으니 말이다. 그녀는 제주대학이 국내에서 6번째로 규모가 크다고 하는데 아무리 손꼽아 보아도 자랑이 지나친 것 같다.

공항에서 40여 분 지나 선녀와 나무꾼에 도착했다. 옛 서울역의 모습이 보이고 우리나라 근대화의 상징이기도 한 포니 자동차가 먼저 눈에 와 닿는다. 6~70년대 사진과 생활 모습을 모형으로 전시해 놓았다. 극장 전시관에는 어릴 때 보았던 영화, '빨간 마후라', '맨발의 청춘', '저 하늘에도 슬픔이', '두만강아 잘 있거라'와 같은 인기 있었던 포스트가 붙어 있었다. 달동네의 다닥다닥 붙어 있는 집들, 주판, 다양한 도시락, 구슬, 딱지, 생필품들은 내 어린 시절을 보는 듯했다.

다음 탐방지인 거문오름을 올랐다. 세계자연유산인 거문오름은 2010년 세계지질공원 인증까지 받으면서 유명하게 되었다. 10만 년 전 수차례의 화산폭발은 거대한 분화구가 만들어졌는데 이것이 거문오름이다. 화산 폭발로 용암들이 북동쪽 해안가로 쏟아져 내려가 뱅뒤굴에서 만장굴, 김녕굴, 용천동굴, 당처물동굴까지 13km에 이르는 용암동굴을 만들고 긴 용암 협곡을 만들었다. 시간이 지나면서 자연은 거대한 화산체에 새로운 생명을 키워냈다. 숲길을 걸어 전망대에서 바라보니 높지도 낮지도 않은 봉우리들이 고요한 바다의 섬 같기도 하고 어머니의 젖무덤 같아 아늑하고 포근했다. 제주 368개의 오름 중에 으뜸이라고 한다. 점심은 토종닭 샤브샤브로 배를 채웠다.

오후 산굼부리를 찾았을 때 가을 들판을 가로지르며 온몸에 휘감기는 억새들은 오랜만에 만난 연인 같기도 했다. 하얗게 펼쳐지는 억새의 장관, 흩날리는 애처로운 생명의식에서 삶의 모습을 뒤돌아보게 된다. 부드러우면서도 의연하게 삶을 개척하는 억새에 대해 한 편의 시를 지었다.

> 사람들은 억새를 잡초라 한다
> 밭에서 산소에서 밀려난 성가신 풀
>
> 그러나 억새는 개척자이다
> 척박한 산허리를 휘감고 뻗어 가며
> 상처 난 공간에 숲을 만든다
>
> 연약하고 부드러운 은빛 머릿결
> 체온을 나누며
> 무리를 지어도 바람에 맞서지 않고
> 허리를 굽힐지언정 부러지지 않는다
>
> 흔들려도
> 흔들려도
> 흔들리며 중심을 잡는다
>
> 혼자일 때 외로운 풀
> 경로당에 억새가 만발했다
>
> ― 〈억새〉 전문

산굼부리 정상에서 내려다보니 아래로 내려가고 싶은 충동을 느꼈다. 천연기념물로 지정되어 내려갈 수 없는 곳 420여 종의 식물과 파충류 포유류가 살고 있다. 세계적으로 그리 흔치도 않고, 관광자원으로는 한국에서는 여기밖에 없다는 마르형 화구이기 때문이다.

다음은 에코랜드 테마파크 숲속 궤도열차 체험을 하였다. 열차를 타고 4가지 테마파크를 보았다. 호수와 넓은 잔디밭, 풍차를 구경할 수 있다. 곶자왈 숲길을 걸었다. 곶자왈은 제주도의 삶에서 너무도 중요하다. 땔감을 제공하기도 하고 소와 말의 방목지, 노루와 꿩을 사냥하는 사냥터가 되기도 한다. 늘 푸른 숲이 있어 겨울에는 따뜻하고 여름에는 시원하다. 천혜의 숲속은 아름다웠다. 열차는 10분마다 6대가 교대로 다니는데 2시간이 소요되었다.

다음 탐방지는 한라 산신제를 올렸던 산천단이다. 천연기념물로 지정된 곰솔나무 8그루가 자라고 있었다. 수령이 500년으로 추정되고 높이가 무려 30m나 된다. 오래된 비석과 제단이 남아 있었다. 한라 산신제는 한라산 정상 백록담에서 치뤘는데 제주 목사 이약동이 제사를 지내는 과정에서 주민들이 추위로 얼어 죽는 사람이 많다는 사실을 알고 제단을 백록담에서 산천단으로 옮겼다고 한다. 당시 성리학 세계관에서 어려운 결정을 내린 이약동 목사의 안목에 박수를 보내고 싶다. 과거의 관습에서 탈피한다는 것이 어렵기 때문이다. 목민관은 백성들의 어려움을 헤아리는 정책을 펼쳐야 하지 않을까.

저녁은 흑돼지구이를 먹고 제주 칼호텔에 투숙했다. 술이 부족했던지 몇 가족은 2차를 하고 노래방에 갔다 왔다고 한다.

둘째 날, 우리는 한국 최남단 마라도에 도착했다. 언덕이라고는 없는 사방이 트여 있어 바람은 마라도로 모인다. 그래서 사람들은 바람을 먹고 산다. 오늘은 다행히 바람 한 점 없는 고요한 날이었다. 마라도에서 이렇게 좋은날이 드물다고 한다. 함께 간 어느 일행이 말했다. "전번에 여기 왔을 때 바람이 불어 걷기조차 힘들었는데 오늘은 날씨가 맑고 좋네요." 모두들 흐뭇한 표정이다.

바다에는 여러 척의 배들이 물 만난 용처럼 고기잡이에 여념이 없다. 해녀들의 물길 질에서 토하는 휘파람 소리가 고요의 정적을 깨트린다. 해녀는 한 가족의 생계를 책임지는 가장이다. 그녀에겐 바다가 생활 터전이다. 바다에서 자라 바다에서 늙어 간다. 휘파람 소리가 애처롭다. 나는 애처로운 휘파람 소리를 소재로 한 편의 시를 지었다.

휘이익 휘익

물속에서 깊이 눌러둔 숨통이
물 밖에서 터진다

넓고 깊은 공간
정지된 시간이 움직이고
태왁을 붙잡은
막힌 숨길이 트인다

죽음 직전까지 길게 참았던
심연에서 바다를 밀어 올리는 소리

저 높은음자리표, 들끓는 바다가 깨어난다

파도와 갈매기 울음을 업고
우주 끝 어둠을 다녀온
뜨거운 휘파람 소리

— 〈숨비소리〉 전문

해안을 따라 걸어가는데 절이 있어 안쪽으로 들어가 보니 제법 규모가 컸다. 교회와 성당이 보이고 학교가 보였다. 음식점과 횟집이 줄지어 있었는데 "여기 회 맛있어요, 들어오세요."라며 사람들을 부르는 호객 행위가 있었다. 억새밭을 돌아 나가면 동경 126도 북위 33도 '대한민국 최남단'이라 적혀 있는 기념물, 여기가 우리 국토의 최남단인가. 마라도를 찾은 기념이 될 것 같아 사진을 찍었다. 해안을 따라 걷는 데 한 시간가량 걸리는 섬이지만 사람이 사는 곳이라 모든 것이 다 있었다. 파출소, 편의점, 펜션, 자장면 집까지. 멋을 부린 등대가 우뚝 솟아 길을 안내하고 돌담으로 둘린 묘소도 몇 기 있었다. 김 공이라 쓰인 묘소였다. 바람 때문인지 키 큰 나무는 찾아볼 수 없었다. 농작물도 재배할 수 없었다. 그만큼 척박한 땅이다. 손바닥만한 밭 한 뙈기 없이 물질과 고기잡이로 살아온 주민들이다. 토박이 주민들은 대부분 떠나고 관광객들을 모시는 업소만이 북적인다. 바람이 쓸고 간 흔적이 곳곳에 남아있었다. 바람이 새로운 것을 창조한다는 느낌이 들어 시를 지었다.

섬 바람이 거칠다
거친 파도의 기운이 담겨있다

바람의 도전에
집, 사람, 풀, 나무들이 엎드려 있다
허리 펼 시간이 없다
칼날 같은 바람 앞에
모두 엎드린다
숨을 죽이고 웅크린다

저지르고
쓸어버리고
날려버리고
습관을 엎어버리고 싶은
무모한 도전 앞에
등불 켠 등대만 서있을 뿐이다

— 〈마라도 바람〉 전문

올레 코스를 걸었다. 올레 10코스 중에서 사구 언덕을 지나 산방산 옆 해안, 용머리 해안, 산방연대를 지나면서 아름다운 바위와 절벽의 무늬를 배경으로 부부들이 사진 찍기에 여념이 없었다. 남편이 부인을 찍어주고 부인이 남편을 부부가 함께할 때에는 권오룡 인솔팀장이 솔선하여 수고를 아끼지 않았다. 나도 아내와 함께 포즈를 취할 때는 그에게 덕을 많이 보았다. 나는 아내를 카메라에 담기는 하였으나 인물보다 풍경 위주로 찍었다. 어떤 부부는 부인이 지나칠 정도로 사진 찍기를 원하여 남편이 열심히 찍는 흐뭇한 모습도 있었다.

거대한 하멜 상선 전시관이 나타났다. 남제주군이 2003년 8월 하멜 제주 표착 300주년을 기념해 세운 것이었다. 갑판 위까지 올라갔다. 배를 타고 파도를 헤치며 항해하는 그들의 모습이 머리를 스쳤다. 산방산 아래 네덜란드 사람 하멜 기념비가 서 있었다.

하멜은 1630년 네덜란드에서 태어나 동인도 연합회사에서 포수로 일했다. 1653년 스페르베르호로 64명이 일본 나가사키로 가던 중 일행 36명과 함께 제주에 표류했다. 항해 서기였던 하멜이 23세 때였다. 그들은 벨테브레를 통하여 왕과 관리들에게 일본으로 보내 달라고 청원하였다.

"당신이 새라면 그곳을 날아갈 수 있겠지만 우리는 외국인을 나라 밖으로 보내지 않는다. 당신을 보호해 주겠으며 적당한 식량과 의복을 제공해 줄테니 이 나라에서 여생을 마치라."라고 거절했다.

이듬해 압송되어 훈련도감에 편입되었으며, 이후 전라도 강진과 여수의 병영에 배치되어 노역에 종사했다. 표류 13년 만에 동료 7명과 함께 탈출에 성공하였다. 일본에 도착한 그는 나가사키에서 간단한 조사를 받고 이듬해인 1668년 조국 네덜란드에 돌아갔다. 하멜의 나이 38세 때였다.

나가사키 총독이 질문한 54개의 항목은 사고 경위뿐만 아니라 조선에 대한 모든 것을 알려고 하는 예리한 질문이었다. 조선 관리들이 질문한 내용과는 너무나 대조적이었다. 조선은 단순했다. 새 문명에 대해 알려고 하지 않았다. 심지어 심한 거부 반응을 보이기까지 했다. 하멜 일행을 새 문명 창구로 활용하지 않은 것도 그러한 분위기를 반영하고 있는 것이다. 이러한 분위기는 구한말까지 그대로 이어졌다. 중국의 문화 또는 조선의 문화가 그들보다 더 앞서 있다는 잘못된 판단이었다.

지금부터 340년 전 세계 은둔국이었던 조선이 낯선 네덜란드인 36명을 잘 활용하였더라면 발달한 서양 문명을 일찍 받아들였을 것이요, 조선의 개화도 빨리 이루어졌을 것이다. 이 좋은 기회를 놓친 것은 조선의 지도층이 유럽의 발전을 헤아리지 못했고 폐쇄적 사고를 가진 안일한 정신적 자세가 아니겠는가.

여행 뒤 나는 하멜표류기를 읽었다. 조선에 대한 자신의 모험을 있는 그대로 솔직하게 서술하고 있다. 조선은 중국에만 의존한 체 유럽의 넓은 세계관을 알려고도 하지 않은 은둔국이었다.

"조선인들은 이 세상에 12개의 국가나 왕국이 있다고 생각했다. 우리가 많은 나라들이 있다고 말했을 때 그들은 우리를 비웃으며 그런 것들은 어느 도시나 마을 이름일 것이라고 말했다."

하멜표류기에서 조선의 어두운 일면을 보여주고 있다. 하멜 탈출 이후에도 계속 유지되어 온 고립정책으로 어떤 변화도 받아들이지 않았다. 19세기 강제로 조선이 외국인에게 문호가 개방되었을 때 새로운 사람들이 2세기 전 조선과 비교하게 되었다.

제이코스트는 "조선역사에 고요히 흩어져 있는 글"에서 다음과 같이 적고 있다.

"언어와 풍속, 양면에서 토착적 보수주의가 너무 강해서 200년 전 하멜의 표현은 오늘날 조선인들의 모든 생활 특징을 그대로 가지고 있다."

역사란 발전되면서 면면히 이어져 가야 한다. 발전된 서양 문물이라면 받아들였어야 했다. 새로운 문명에 대한 인식 전환의 부족은 가난과 일제의 침략, 분단의 비극을 몰고 온 것이다. 하멜은 1692년 결혼하지 않은 상태로 고향인 네덜란드 호르콤에서 죽었다. 그가 지은 표류기는 조선을 유럽에 처음 소개한 책자라는 점에서 귀중한 역사적 자료로 알려졌다.

제주도에는 표류한 사람만 있었을까. 표류한 사람만 있었던 것은 아니다. 제주도 사람들도 표류 끝에 낯선 땅에 떨어진 때가 수없이 많다. 대부분 중국, 일본이었으며 베트남도 있다. 표류기는 무사히 살아 남은 자 중에서 기록을 남긴 역사일 뿐이다. 확률상 표류자보다 죽은 사람이 더 많을 것이다.

최부의 「표해기」는 최부가 제주도 감사로 내려와 있다가 아버지가 돌아가셨다는 이야기를 듣고 서울로 돌아가다 제주도 앞바다에서 폭풍으로 중국에 조난당한 이야기다. 이효지란 제주사람은 이렇게 말했다. "제주도 경내에는 남자의 무덤은 매우 드물고 여념에는 여자가 남자의 3배나 됩니다." 그만큼 남자는 바다에서 풍랑으로 목숨을 잃었다는 뜻이다.

정운경의 「탐라 견문록」에는 1687년 베트남에 표류하여 1년 3개월 만에 귀향한 고상영의 표류기부터 1730년 관노 만적의 가라도 표류기에 이르기까지 14인의 표류 기록이 수록되어있다.

제주 신촌에 사는 고상영은 17세 때인 1687년 9월 3일 해남 대둔사 승려에게 글을 배우려고 진상선을 탔다. 저녁 무렵 추자도에서 폭풍을 만나 5명이 17일간 떠돌다 베트남에 표류하였다고 기록하고 있다.

일행은 하멜기념비를 보고 난 뒤 산방산에 올랐다. 한라산 봉우리를 뽑아 던진 것이 이곳에 날아와 산방산이 되었고 그 뽑힌 곳이 백록담이 되었다고 한다. 산방산은 원추형으로 해발 200m 지점에 천연동굴인 산방굴이 있다. 산방굴사는 수직으로 올라가는 길이라 천천히 걸어도 숨이 턱에 찬데 올라가다 보면 있다. 산방굴사 천정에서 물이 떨어지는데 마시는 사람들도 있다. 산방굴사 앞에서 바다를 바라보면 용이 바다로 들어가려는 형국으로 용머리 해안이 시원스럽다. 오래된 소나무 한 그루가 시야를 가리는데 나무가지가 반쯤은 말라있어 곧 죽을 것 같다.

회 정식으로 저녁을 먹으면서 술잔이 몇 차례 오가고 자기소개 시간을 가졌다. 대부분이 동참하였으나 몇 가족은 자리를 피하였다. 여러 사람 앞에서 자기를 알리는 것도 살아가는 데 필요한 것이 아니냐는 생각을 했다.

셋째 날, 아침 일찍 호텔 가까이 있는 삼성혈로 갔다. 이번 일정에는 없었지만 여기까지 와서 그냥 지나칠 수는 없었다. 역사적인 유적지에 관심이 많기 때문이었다. 20여 분간 둘러보았다. 고씨, 양씨, 부씨가 제주의 오래된 성씨임을 알 수 있었다.

사려니숲 길을 걸었다. 주차장에서 내려 걸어가면 안내소가 있다. 해설사 한숙히 씨가 안내했는데 나무 이름들과 계곡의 내력에 관해 설명을 재미있게 하였다. 길옆으로 삼나무가 빼곡히 들어 서 있다. 오전 10시경, 숲 사이로 비치는 햇살이 나무 사이로 스며들어 무지갯빛과 같이 아름다웠다. 나무와 나는 하나가 되어 신비스러움에 빠졌다.

한 시간 가량 올라갔을 때, 오른쪽에 물이 고여 있는 습지가 있었다. 매년 도룡이가 여기에 와서 알을 낳는단다. 도룡이가 물 가운데 알을 낳으면 그해는 가뭄이 들고 물가 바깥 쪽에 낳으면 비가 많이 내린단다. 물 가운데 알을 낳으면 가뭄이 들어도 습기가 있어 살아남을 것이요, 물가 바깥 쪽에 낳으면 장마가 끝나도 알이 떠내려갈 염려가 없기 때문이다.

사려니 숲길에는 곳곳에 치유와 명상의 숲이 있어 쉬어 갈 수 있고 식물에 대한 정보도 알 수 있다. 숲의 향기는 가슴 깊숙이 스며들고 삼림욕을 즐기며 마음을 가다듬을 수 있다. 안으로 들어갈수록 아름드리 삼나무가 우거져 있다. 삼나무는 일제 강점기에 심었다고 했다. 오래된 것은 80살이나 된단다. 1,850그루의 삼나무에 번호를 붙여 체계적으로 관리하고 있음을 볼 수 있었다. 숲에 있는 모든 것이 소중하고 아름다웠다. 크고 작은 나무, 꽃 한 송이, 풀잎들 모두가 하나가 되어 서로를 사랑해 준다. 숲은 우리들 눈을 뜨게 해주고 귀를 열어주고 마음을 소통시켜 준다. 숲은 탐욕스런 우리를 부르고 있다.

삼나무 숲을 3시간 가량 돌고 나와 버스를 타려 하는데 핸드폰을 분실한 사람이 있느냐고 뒤에서 오는 사람이 소리쳤다. 혹시나 해서 주머니를 뒤져 보았으나 핸드폰이 없었다. '아 내가 잊어버렸구나!' 고맙게도 다른 일행이 땅에 떨어진 것을 주어서 주인을 찾아주려고 안내 사무실로 전화하였다. 2시간 후에 돌려받을 수 있었다. 아직은 이렇게 선행을 하는 사람들이 많아 살맛나는 세상이라는 생각이 들었다.

마지막으로 몽골리안 마상쇼를 관람했다. 징기스칸의 기상을 느끼게 하는 몽골인들의 무예와 말을 다루는 솜씨가 출중했다. 좁은 공간에서 원을 그리며 달리는 말에 뛰어오르는 묘기, 말 위에 서서 달리는 묘기는 어릴 때부터 단련된 그들의 놀이문화였다는 생각이 들었다. 2년간 예약을 하고 한국에 오는데 서로 오려고 줄을 섰다고 한다. 한국 국력이 성장되었다는 증거가 아니겠는가.

제주도의 산과 들과 바다는 아름다웠다. 좀 더 머물면서 보았으면 하는 아쉬움이 있었다. 나중에 기회가 된다면 성산 일출봉과 한라산을 볼 것이다. 그리고 바람의 풍경을 보았으면 한다.

울릉도 여행

언제나 가보지 못한 곳을 찾는다는 것은 즐거운 일이기도 하다. 정년퇴임을 앞둔 서울시 공무원들의 행복한 미래과정 연수 중에 내가 지금까지 가보지 못했던 울릉도와 제주도 여행이 계획되어 있어 신바람이 났다. 그리 나들이를 못 했던 아내도 마냥 즐거운 표정이다.

47년 전이니까 1965년쯤으로 기억된다. 아버지께서 동갑계원들과 할머니를 모시고 울릉도로 여행한 적이 있었다. 할머니께서 하시던 말씀이 생각났다. 울릉도는 차도 다닐 수 없는 곳이며 절벽에 집을 짓고 산다고 했다. 그때 그려 넣은 울릉도, 지금은 얼마나 변했을까.

2013년 10월 14일 우리는 묵호항으로 출발했다. 2박 3일 일정으로 연수생 부부 32명이 버스 한 대에 몸을 실었다. 오전 7시 묵호에 도착하여 아침 식사를 하고 8시 20분 썬플라워 2호에 탑승했다.

배는 바다로 길을 냈다. 비교적 잔잔한 바다였으나 울렁이는 물결의 울림이 있었다. 파도에 몸을 맡긴 우리는 3시간 만인 11시 50분이 되어 울릉도에 도착했다. 홍합밥으로 점심을 먹었다. 독도 관광 일정이 내일로 잡혀 있었으나 날씨가 고르지 못하다는 일기예보가 있었다.

울릉도에서 동남쪽 200리길, 일정을 하루 앞당겨 오후 1시에 배를 타고 독도를 향했다. 울릉도에 왔다가 파도가 높아 독도를 가지 못하는 관광객이 태반이 넘는다고 하니 우리 일행은 운이 좋은 편이라고 할까. 우리를 태운 배가 독도 선착장에 닿자 경찰이 일렬로 서서 경례를 하며 우리 일행을 맞아 주었다. 한국 경찰이 독도를 지키고 있다. 여기 오는 동안 파도는 그리 높지는 않았으나 나이 많은 분들이 배 멀미로 고생을 했다. 여행도 젊었을 때 해야 한다는 생각이 들었다. 배가 접안하는데 출렁이는 물결에 많은 시간이 지체되었고 안전 사고에 대비하여 안내원은 노약자들을 부축해 주었다.

동도와 서도가 우뚝 솟아 있다. 무수한 바닷새가 먹이를 찾으려 모여드는 한 난류 교차의 황금어장, 마실 물도 없고 나무 한 그루 존재하지 않는 거대한 암석 덩어리이다. 동도는 독립문처럼 생긴 바위가 보이고 촛대바위와 삼형제 굴 바위가 보였다. 서도는 동도보다 조금 더 큰 섬으로 주민 숙소가 있어 독도에 주민등록을 옮긴 사람들도 있다고 한다. 관람객 중에는 미리 준비해온 태극기를 흔드는 사람도 있었고 모두 기념사진 찍기에 여념이 없었다. 백두 줄기의 하나인 한국 영토였다. 독도는 역사적으로도 지리적으로도 그렇다. 많은 자료들이 이를 증명하고 있지 않은가.

독도는 동해의 시작이다. 독도는 모진 풍랑에 시달려도 짙푸른 동해의 해돋이 하나로 다시 살아난다. 동해의 불꽃이요, 외롭지 않은 겨레의 섬이다. 독도는 한일 간 끝없는 갈등의 원천이었지만 우리 자신은 늘 독도가 우리 땅임을 의심하지 않아 왔다. 그러나 현실은 매우 심각함을 느낀다. 독도를 둘러싸고 일본을 편드는 나라는 미국만이 아니기 때문이다. 한때 독도를 한국령이라 보았던 영국이나 프랑스도 일본이 제공해주는 해양자료를 쓰면서 이제는 독도를 일본령으로 분류하고 있으니 말이다.

영토문제는 힘의 논리라던가. 국력을 키울 수밖에 없을 것이다. 폭넓고 깊이 있는 연구가 계속되어야 하고 우방국의 확보와 홍보도 계속되어야 할 것이다. 독도를 둘러보고 오후 6시에 울릉도에 도착했다. 대아리조트를 숙소로 정하였는데 깨끗하고 조용했다. 나는 독도에 대한 한 편의 시를 지었다.

> 뱃길 이 백리를 달려가 독도를 만났습니다
> 어둠과 피에 젖어 있는 국토
> 어제의 아침이 오늘 햇빛으로 빛나고
> 내일도 어김없이 태양이 밝아옵니다
> 찬바람 속에서도 쑥부쟁이 패랭이꽃이 피었습니다
> 괭이갈매기가 힘차게 날개를 펴고
> 동박새도 아늑한 둥지를 지키고 있었습니다
>
> 태극기를 흔들고 있었지만
> 독도는 고요했습니다
> 하늘이 굽어보고 있었습니다
>
> 쉼 없이 밀려왔다 밀려가는
> 크고 작은 물결의 발자취들
>
> 韓國領
> 글씨가 낙관처럼 선명했습니다
>
> — 〈독도〉 전문

둘째 날, 도동항에서 저동 촛대바위까지 해안 산책로를 걸었다. 바다와 산이 어우러진 해안 일주로가 비경이다. 기암절벽과 천연동굴 바위 사이를 잇는 무지개다리에 부딪치는 파도 소리가 정겹다. 갈매기 한 마리가 바위에 앉아 오가는 파도를 즐기고 있었다. 흩어지는 하얀 포말이 보기 좋은지 자리를 뜰 줄 몰랐다. 그 모습이 이채로워 한참이나 바라보면서 카메라에 담았다. 오염되지 않은 울릉도는 우리나라에서 가장 청정한 바다정원이었다. 울릉도의 가파른 절경과 바다로 둘러싸인 모습이 이탈리아 카프리 섬의 축소판 같았다.

부부들은 기암절벽과 바다를 배경 삼아 사진을 찍기에 여념이 없었다. 권오룡 인솔팀장이 우리 부부의 사진도 카메라에 담아 주었다. 우리는 파도가 높아 촛대바위까지는 가지 못하고 중간쯤에서 돌아왔다. 점심으로 울릉도 산해진미를 먹고 포만감에 젖었다.

오후에 20인승 버스를 타고 육로 탐방을 하였다. 간간이 비가 내렸다. 바위를 오르는 거북이 한 마리가 보인다. 거북이가 마을로 들어가는 형상이라 하여 통구미 마을이라고 불린다고 한다. 주황색 황토와 검은색 바위가 어우러진 태화항 토굴에서 파도가 부서지는 것을 보았다. 다시 대풍감 해안 절벽을 걸을 때 산세가 험하고 세찬 바람에도 키 작은 향나무가 뿌리를 내리고 애처로이 서 있다. 북면을 향해 이어지는 해안선 푸른 물빛과 검은 바위들이 밀고 당기며 한 폭의 그림을 그리고 있었다.

차를 타고 굽이굽이 경사로를 오르락내리락 하며 나리분지에 올랐다. 화산 분출로 생긴 울릉도에 있는 평지이다. 분지는 원시림으로 둘러싸인 아늑한 어머니의 품속 같다. 동서 1.5km 남북 2km의 평지에는 약초와 농작물이 자라고 있었으나 비어있는 밭이 더 많았다. 젊은이들은 도회지로 떠나고 거주하는 주민이 적기 때문이리라. 관람객들을 위해 전시된 나무와 갈대로 만든 너와집과 투막 집은 자연과 어우러진 풍광이었다. 전통 주거 문화를 한눈에 볼 수 있었다.

울릉도를 개척하여 거주민이 제일 많을 때는 500여명이 분지에 뿌리를 내렸다고 한다. 지금은 20가구 살고 있다. 이중 4가구가 요식업에 종사하며 전통 음식을 만들고 반찬은 산나물을 주재료로 쓰고 있었다. 겨울이면 눈이 많이 내려 음식점은 모두 떠나고 주민 6가구 정도가 이곳에서 겨울을 난다고 한다. 울릉도 주민 20%가 대구, 포항 등 육지로 나온다고 한다. 오후부터 파도가 높아 배들이 항구에 정박해 있었다. 항구 밖에는 배 모양이 다른 20여 척의 중국 어선들이 파도와 함께 울렁이며 서 있었다.

할머니가 다녀갔을 때 차량이 한 대도 없다던 울릉도는 60년대와는 다른 듯하다. 차량을 소유하고 있는 집들이 많이 보였다. 기암절벽도 차량이 드나들 수 있도록 골목길이 정비되었다. 웬만한 곳은 20인승 봉고차가 들어갈 수 있었고, 80년대 초부터 차량이 운행이 늘어났다는 이야기를 현지인들에게서 들을 수 있었다.

셋째 날, 죽도를 보고 돌아갈 예정이었으나 가랑비가 내리고 파도가 높아 죽도를 포기했다. 45세 가량 되는 노총각이 산다는 죽도를 보지 못한 것이 아쉬움으로 남았다. 예정에 없던 성인봉을 택했다. 왕복 3시간 거리의 산행인지라 20여 명이 떠나고 나머지 사람들은 독도 박물관으로 갔다. 아내는 가까운 박물관으로 향하고 나는 성인봉으로 향했다. 바다에서 바라보면 울릉도 자체가 성인봉이다. 산 모양이 성스럽다 하여 붙여진 이름이다. 솔송나무 섬피나무, 동백나무, 야생화가 깔렸다. 야생화가 바람에 물결치듯 일렁인다. 허느적 거림은 삶의 표현이다. 팔각정에 이르니 도동항과 울릉도 앞바다의 풍경이 시원스럽다. 가파른 길 따라 오르니 숨이 약간 차고 땀방울이 촉촉이 이마를 적신다. 선인봉 정상에 올라 울진 쪽을 바라보았다. 수평선만 보이는 망망대해다.

내 어릴 때 날씨 좋은 날 울진 봉평에서 아침 일찍 산에 올라 보면 울릉도가 보인다고 하였다. 어느 여름이었던가. 작은집 할머니가 새벽에 울릉도가 잘 보인다고 한 말을 들은 적이 있다. 나는 그 말을 듣고 대낮에 산 위에서 기회 있을 때마다 보이지 않는 울릉도를 바라본 기억이 새롭다. 최근에 주종빈 외삼촌께 물어보았더니 아침 소먹이다가 울릉도를 여러 번 보았다 하고 전관수 형님도 그렇다 하고 전수식 선배님도 고향 박실등에서 해뜨기 직전에 많이 보았다고 했다. 여기서도 날씨 좋은 날에는 울진을 바라보면 산봉우리가 보인다고 한다.

자리를 옮겨 성인봉에서 발원해 원시림을 뚫고 25m에서 3단으로 떨어지는 봉래폭포를 보았다. 희뿌연 안개를 내뿜는 물줄기는 볼수록 아름답다. 삼나무 숲이 울창하여 시원스럽다. 다만 비가 부슬부슬 내려 운치가 반감되었다고나 할까.

쪽빛 물결 쉴 없이 일렁이는
산책로를 따라간다
기암절벽 천연동굴에 파도의 울림이 싱그럽다

비바람 견딘 키 작은 향나무
바위너설 외진 벼랑 비집고 터를 잡았다

가파른 언덕길 굽이친 고갯길 위
모퉁이를 돌아 펼쳐진 평원
나리분지의 따스함이 어머니 품안이다

도란도란 옛이야기 품고
너와집 한 채 덩그렇게 서있다

태고의 신비를 간직한 선인봉에 서면
푸른 바다가 가슴에 밀려온다

때론, 먼 항해에 지친 배들이
파도에 젖은 눈을 껌뻑거리며
고단한 몸 잠시 쉬어가는 곳

울릉도는 거친 파도를 되돌려 보내고
물러선 바다를 다시 부른다
— 〈울릉도〉 전문

오후에 독도박물관을 둘러보았다. 제1전시실에는 서기 512년부터 1900년대까지의 자료가, 제2전시실에는 우리나라와 일본의 고지도와 문헌들이 전시되어 독도가 우리 땅임을 보여준다. 제3전시실에는 1900년 이후부터 현재까지 독도를 지키기 위한 노력과 일본의 독도 망언에 관한 자료를 볼 수 있었다. 300년 전 일개 상민의 신분인 안용복이 일본에 두 차례나 건너가 일본인들에게 거의 넘어갈 뻔한 울릉도를 외교적 담판으로 되찾은 것이다. 상상을 초월한 그의 모험은 영웅이라 할만하다. 안용복 장군이나 홍순칠 의사들이 독도를 지키기 위해 목숨을 내걸었던 것도 독도가 한국 영토라는 확고한 신념이 있었기 때문에 가능한 일이 아니었을까.

독도전망대 케이블카를 탔다. 독도전망대에서 87.4km 떨어진 독도를 바라보았으나 아득한 물결만 보였다. 날씨가 좋은 날에는 육안으로 독도가 보인다고 한다.

내려오는 길옆에 유치환 시인이 지은 울릉도 시비가 있었다. "동쪽 먼 심해선 밖의 한 점 섬 울릉도로 갈거나" 울릉도에 대한 애정 어린 사랑이 담겨 있다. 시인은 갔으나 그의 글귀는 울릉도에 남아 발자취를 남기고 있다. 발이 묶인 여행객이 여기저기서 웅성이고 있었다. 이런 날이 오래 지속하면 배가 출항하지 못해 회 종류는 동난다고 한다.

파도가 높아 하루를 더 자고 다음날 서울로 왔다. 그동안 국내 여행도 할 여가가 없었다. 부부동반 울릉도 여행으로 그동안 느끼지 못했던 따뜻한 부부의 정을 느낄 수 있었다. 권오룡 인솔팀장은 싫은 기색 없이 사진을 일일이 찍어 주며 여행의 맛을 더해 주었다. 짜임새 있는 여행 일정도 우리를 즐겁게 했다. 다른 부부들도 서로서로 사진을 찍어주는 모습에서 화목한 가정을 꾸리고 있다는 것을 느꼈다.

중국어선은 이틀이 지나 파도가 잠잠해지자 먼바다를 향해 가는 모습이 보였다. 우리 일행도 짐을 꾸려 숙소를 나섰다.

하멜기념비 앞에서

　　하멜, 그대는 영웅이요. 네덜란드에서 태어난 당신이 잠자는 나라 조선을 세상에 알렸기 때문이요. 동인도회사 소속 스페르베르호에 승선, 스물셋인 그대는 화물 감독으로 약재・녹피・목향・설탕을 싣고 해와 달, 별과 바람에 의지하여 1653년 대만에서 일본 나가사키로 항해 중 태풍을 만났소.

　　닷새 동안 파도와 사투를 벌이다 제주 근해 암초에 부딪혀 돛 5대와 포 5문을 실은 배는 산산 조각났소. 64명 중 36명이 널판지 조각을 잡고 간신히 살았소.

　　밤새 일행과 가슴 졸이며 서울로 압송되었고, 먼저 이 땅을 밟은 종족 벨테브레이의 통역으로 일본 나가사키로 보내 달라고 눈물로 애걸했으나 허사였소.

　　문을 굳게 걸어 잠근 은둔의 나라 조선은 시간의 흐름을 알려고도 하지 않았소. 세상은 넓다고 말했으나 조선의 관리는 헛소리한다고 비웃었을 뿐이요. 지식인은 화이관과 성리학에 도취되었고 물건을 사고파는 짓은 쌍놈의 일이라 여겼소.

　　훈련도감 병영에서 훈련하던 중에 마침 조선에 온 중국 사신 말고

뼈를 부여잡고 조국 네덜란드로 돌아가고자, 2명이 눈물과 손짓 발짓으로 하소연하다 그들은 잡혀 옥사하고 나머지는 괘씸죄로 모두 전라도 벽지로 유배되었소.

해남 우수영에서 굶주림과 전염병으로 11명이 죽고 남은 22명이 순천, 남원, 여수로 흩어져 잡초 뽑는 일로 하루를 보내니 절망의 시간이었소

조선이 세상에 알려지는 것이 싫어서 외국인이 조선에 발을 들여놓은 이상 여기서 죽을 때까지 살아야 했소. 새라면 훨훨 날아갈 수 있었을 테지만, 조선의 국법을 얼마나 원망했겠소.

일본이 일찍이 그대 나라와 교류를 해서 힘을 길러 명치유신을 한 것과는 대조적이요. 그대는 13년이란 시간을 보내고 8명이 죽을 힘 다해 탈출에 성공했소. 일본에서 예리한 조사를 받고 조국 네덜란드로 돌아가 노역 대가를 위로받고자 피눈물로 글을 써서 올렸으니 조선이 세상에 알려지게 되었소.

어쩌면 그대의 공로가 지대하오. 죽음을 무릅쓰고 탈출하지 않았더라면 조선이 어떤 나라인지 몰랐을 것이요. 여기 아담한 기념비도 없었을 것이요. 하멜이란 이름도 기억에 사라졌을 것이요.

뒤늦게 조선이 낡은 관습을 버리고 문물을 받아들였다오. 지금의 한국은 그때와는 다르다오. 대문을 활짝 열고 여러 나라와 교역을 하여 대륙으로 세계로 뻗어 가고 있소. 이제 남북통일만 된다면 세계 5대 강국의 반열에 오르는 거요.

폭풍 속에서 헤매던 지난일은 잊어주시고 한국의 발전을 지켜봐 주시오……

제5장

세상에 영원한 제국은 없었다

조선족입니까

조선족이라는 표현은 옳은 것인가.

중국에 사는 조선인을 조선족이라 불러야 할까, 조선 동포라 불러야 할까. 같은 뜻을 가진 말인데 중국에 사는 조선 사람들은 다르게 생각하는 모양이다.

상해에 여행을 갔을 때 여행사 깃발을 치켜들고 우리를 안내하는 가이드가 조선인이었다. 반가운 마음에 내가 "조선족입니까?"하고 물었더니 아무 말이 없었다. 우리말을 못 알아듣는가 싶어 다시 한 번 "조선족입니까?" 했더니 한참을 머뭇거리다가 빤히 쳐다보며 "그렇습니다."라고 대답했다. 순간 그의 얼굴이 흐린 날씨처럼 우중충하게 굳어졌다. 한국말을 유창하게 잘하면서도 뭔가 못마땅한 눈치였는데 도무지 알 수가 없었다.

관광안내를 하면서 그는 자기소개를 했다. 경남 합천에서 살다 할아버지가 일재의 탄압에 먹고 살기가 위해 영변으로 이주했다며 가족사를 말했다. 아버지는 학교에서 아이들을 가르치는 교사로 그럭저럭 먹고 산다고 했다.

그런데 할 말이 있다면서 상기된 어조로 "조선족과 조선동포"의 의

미에 대하여 우리에게 물었다. 그리고는 "왜 미국에 사는 재미교포는 재미족이라 하지 않고 재미동포라 부르면서 중국동포를 왜 조선족이라 부릅니까. 다 같은 동포인데 조선동포라 부르면 안됩니까?"라고 얼굴을 붉히며 항변했다. 그는 조선족보다는 조선동포란 말을 듣기 원한다면서 조선 민족임을 자랑스러워했다. 내가 그들의 아픈 마음을 미처 헤아리지 못했구나 싶어 미안한 마음이 들었다.

중국 조선족은 그의 말대로 중국에 사는 조선 민족이다. 중국에는 연변주 조선족자치구라는 정식 명칭이 있다. 중국에서 편의대로 붙인 지명이라 조선족이라 해도 틀린 말은 아니고 내가 한 말이 잘못된 것도 아니다. 그러나 그의 말에 공감이 되어 나도 조선동포라 부르기로 했다. 한 무리라는 뜻으로 쓰이는 족보다는 동포가 듣기에도 정감이 가는 말처럼 느껴졌다.

현재 소속되어 사는 곳은 중국이지만 핏줄을 따라올라 가면 조선이 있고 그 위에 고려가 있으니 같은 우리 민족이다. 조선동포임을 자랑스러워하는 그들은 한국의 국력이 신장하여 가이드를 하면서도 어깨가 으쓱해지는 모양이다.

한국에 가이드로 여러 번 다녀갔고, 북한도 방문하였다는 그는 북한 동포들이 허리띠를 졸라매고 어렵게 먹고사는 모습에 마음이 아팠다고 했다. 외국에서 살고 있지만 그의 혈통이 토종임이 분명했다. 한국의 경제발전이 놀랍고 자유스럽게 사는 모습을 동경한다고 했다.

중국에는 장족, 만주족, 회족, 몽골족, 티베트족, 위구르족들 등 55개 소수 민족이 나라를 이루어 살고 있다. 그중 200만 조선동포가 가장 부지런하고 깨끗하단다. 그는 엄지손가락을 추켜올리며 으뜸이라고 자랑스러워했다. 우리말과 예절을 잊지 않은 그들은 전통한복, 아리랑, 부채춤 등 우리의 문화도 계승해 왔다.

남의 나라에 뿌리 내리기까지 얼마나 외로운 세월을 보냈을까. 해외에서 우리의 모습으로 살아가는 조선동포를 구태여 조선족이라고 부를 이유가 있겠는가. 말 한마디가 상대방의 기분을 좋게 하기도 하고 우울하게 만들기도 한다.

우리말을 어법에 맞게 사용하는 것은 국격을 높이는 일이 아닐까.

어떤 가이드를 만나게 될까

　패키지여행은 짧은 시간에 여러 곳을 볼 수 있다. 하지만 가이드가 얼마나 열정을 갖고 있느냐 아니냐에 따라 관광의 질이 달라진다. 가이드는 함께 걸으면서 안내해야 한다. 말만 앞세우고 쇼핑으로 불필요한 시간을 보낸다면 먼 여행의 의미는 반감된다.

　서유럽 여행 중 인솔가이드 1명과 현지가이드 4명이 안내를 했다. 서울에서부터 인솔한 가이드는 40대 초반의 윤 씨, 그녀는 몸이 다부져 보였다.

　독일에서 숙소를 떠나 오전 9시 30분경에 첫 여행지인 하이델베르크 대학가에 도착했다. 성령교회 광장에서 가이드는 잠시 설명을 한 뒤 카를 테오도르 다리까지 안내하고 1시간을 주면서 둘러보라고 하였다. 그리고 한국인이 운영하는 면세점에 들렀다. 독일 칼 종류를 판매하고 있었는데 가격이 국내 백화점과 별 차이가 없어 구매하는 사람은 없었다. 할 일 없이 40분간을 허비했다. 이곳에서 주요 볼거리는 하이델베르크대학과 학생감옥, 하이델베르크 성, 철학자의 길이다. 2시간이면 전부 볼 수 있는데 안내를 하지 않으니 골목길을 걸으면서 상점이나 기웃거릴 뿐이었다.

이동하여 오스트리아 인스브루크에 도착했다. 황금 지붕 앞에서 골목길을 따라 개선문이 있다는 이야기를 하면서 1시간 동안 둘러보라고 한다. 저마다 흩어져서 개선문을 보는 사람들도 있고 다른 곳을 본 사람도 있었다. 그리고 쇼핑을 하였는데 수정으로 만든 목걸이, 귀고리, 반지를 판매하는 곳이다. 물건을 구매하는 사람도 없이 40분을 그냥 허비하였다. 나중에 안 일이지만 여기서 볼만한 곳은 성 야곱사원에 있는 '구원의 성모를 그린 제단과 설교단, 천장화, 왕궁과 궁정 교회가 있었다. 5분 거리 인데도 안내를 하지 않았다. 가이드는 어딘가에서 쉬고 있었을 것이다. "이런 곳은 이탈리아를 가기위해 잠시 쉬어가는 곳이에요." 중요한 유적지를 대수롭지 않게 이야기를 하는 것만 봐도 관광객을 위한 마음이 없었다.

베네치아를 들렀을 때 40대로 보이는 현지 가이드 강 씨가 안내했다. 병원 환자 같이 흰옷을 입고 머리를 박박 깎은 체격이 건장한 그는 성악을 공부하러 왔다가 가이드가 되었다고 한다. 그는 지도를 펼쳐놓고 베네치아 도시가 뻘 위에 조성된 공법에 관해 설명을 하는 열정을 보였다. 수상버스를 타고 싼타루치아 역을 지날 때 가곡 산타루치아와 돌아오라 쏘렌토로를 성악가답게 멋지게 불러주어 우리 일행을 즐겁게 했다. 저 건물은 누구의 집, 누가 거처하던 곳이라며 약장사처럼 말을 많이 했으나 이어폰으로 들어야 하므로 무슨 말인지 알아들을 수 없었다.

로마를 들렀을 때는 70세 가량 되어 보이는 여성가이드 장씨가 안내했다. 그녀는 까무잡잡했으나 아름다웠다. 햇볕에 그을린 것처럼 화장한 탓이었다. 이탈리아에서는 이런 피부를 가진 여성을 미인이라고 했다. 3일간 안내를 했는데 열심히 잘 해주었다. 이탈리아에서 무역학을 전공한 그녀는 어릴 적 고향에서 괴나리봇짐 매고 다니던 이야기도 했다. 나이도 지긋하여 자녀들을 몇 명 두었느냐고 물었더니 "결혼하지 않았어요."라고 대답했다. 어딘가 모르게 외롭고 우수에 찬 표정이다.

한국 유학생들은 주로 산업디자인, 자동차 디자인, 고대 건축, 미술을 전공하고 있다면서 성악인이 제일 많다고 했다. 아침 일찍 로마로 가는 도중 주위가 어두워지더니 비가 내렸다. 굵은 빗방울은 아니고 미세했다. 나는 속으로 오늘 관광은 잡쳤다는 느낌이 들었다. 30분 내리던 비는 언제 그랬는가 싶을 정도로 그치더니 금방 햇살이 비쳤다. 그녀가 말했다.

"이곳 날씨가 이래요, 로마 시내에서도 한 쪽은 비가 오는데 다른 곳은 멀쩡하고 친구에게 전화하다 보면 다 알아요."

로마 인구가 380만 명이라면서 이곳 사람들은 일정한 틀을 싫어하고 융통성은 많은 편이라고 했다. 로마, 폼페이, 나폴리, 카프리섬을 안내하면서 역사, 기후, 일상생활에 이르기까지 한 가지라도 더 알려주려고 했다. 해박한 지식을 가진 그녀의 말은 내 귀에 쏙 들어 왔다.

파리에서 2일간 머무를 때 가이드 10년 차인 40대의 김마리아라는 여성이 안내를 맡았다. 훤칠한 키에 달변가인 그녀는 구매해야 할 상품의 종류를 소개하면서 ,

"작년 관광객을 100여 회 안내했어요, 올해도 70회를 안내하여 연말까지 100회를 채울 겁니다."라고 자랑스럽게 말했다. 1회에 2일씩 계산해도 1년 200일 이상을 가이드로 일하는 셈이다. 루브르박물관에서 엉뚱한 핑계를 대고 우리만 들여보냈다. 가이드 없는 관람은 보아야 할 곳을 빼 먹기도 하고 부실할 수밖에 없었다. 그리고 백화점 쇼핑을 했다. 물건 사는 시간을 1시간 20분 주겠다고 하자 한 젊은이가 10분을 더 달라고 하니 1시간 25분으로 결정되었다. 상당히 긴 시간이다. 여기서 300만 원짜리 가방, 100만 원 짜리 시계를 산 사람도 있지만 대부분이 무료한 시간을 보내야 했다. 다음날에도 슈퍼에서 40분간의 시간을 보냈다. 유적지 관광은 뒷전이고 상품판매에만 신경을 쓰는 듯 했다. 파리에서 그런 가이드를 보고 실망했다.

런던에서는 50대 초반으로 보이는 최 씨가 안내를 했다.

가이드 생활 20년이 된 그는 콧수염을 보기 좋게 길렀다. 영국에서는 콧수염 기르는 것이 유행이란다. 길거리에는 콧수염을 기른 사람과 귀고리를 한 사람들이 많이 보였다. 그는 열정적으로 안내했다. 여행 10여 일 지나자 지친 일행이 걷기조차 싫어했다. 대영박물관에서 쉬고 싶어 하는 우리에게 이집트 미라 전시실은 꼭 보라고 재촉했다.

이렇듯 안내를 잘해준 가이드도 있지만 그렇지 못한 경우도 있다. 글을 쓰려고 여행서적을 들춰보면 중요한 곳을 들르지 못한 곳이 한두 군데가 아니다. 지금 생각해 보면 충분한 시간이 되었음에도 가이드가 안내를 소홀히 했다는 느낌이다. 적잖은 비용과 시간을 내어 다녀온 여행이 개운치 않은 것은 왜일까. 즐거운 여행이 되려면 가이드를 잘 만나야 할 것 같다.

다음 여행지에서 어떤 가이드를 만나게 될까.

세계 문명국
영국의 고장 난 관광버스

영국은 문화의 선진국인가.

프랑스에서 해저 터널 열차를 타고 영국에 도착하여 관광버스를 탔다. 64인승 버스, 의자 시트는 빨간색으로 화려했다. 콧수염을 멋들어지게 기른 현지 가이드가 차에 올랐다. 가이드 최 씨는 50대로 서양화를 전공하고자 영국에 유학을 왔다가 눌러앉았다고 했다.

이곳에 대해 정보를 알려주었다. 영국은 담뱃값이 18,000원으로 한국보다 훨씬 비싸고 감자는 10배 가량 싸다고 했다. 옷감도 비교적 저렴하여 캐시미어가 한국의 5분의 1 가격이다. 영국은 현대문명을 만든 나라다. 세계에서 혜택 받고 있는 70%가 영국에서 나왔다고 했다. 영어가 그렇고 양복이 만들어졌고, 경찰, 우편국, 철도, 기차, 150년 전에 지하철이 다녔고, 축구, 골프, 하키, 누구나 부담 없이 즐기는 배드민턴도 영국의 동네 이름이라고 한다. 세계인들은 영국식으로 산다고 해서 자료를 확인해 보았다. 런던 지하철이 1863년에 개통되었으니 정확히 150년 만이다. 영국에서 현대문명을 가져간 일본,

한 다리 거쳐 조선이 영국 것을 받았다.

1653년 하멜 일행 36명이 조선에 표류했다. 그들을 잘 활용하여 네덜란드와 교류를 하고 서양문물을 일찍 받아 들였더라면 국력이 크게 신장되지 않았냐는 생각을 잠시 해보았다.

영국은 오래된 것을 사랑한다. 오래된 집일수록 더욱 가치가 있는 것으로 여긴다. 그만큼 자신의 가문이 그집에 살았다는 것이고 그런 역사는 명예이기 때문이다. 유럽인들이 다 그러하듯 영국인들은 대체로 아파트에 사는 걸 싫어한다. 아파트에는 정원이 없기 때문이다. 200년 이상 되어야 골동품 취급을 받는다. 일제의 잔재라하여 중앙청을 허물어 버린 일, 화재로 소실된 숭례문 화재는 영국이 안타깝게 생각한다는 것이다.

영국에서 16세 이하 어린이가 안전벨트를 착용하지 않으면 보호자가 조사를 받고 카드로 결제해야 한다. 안전을 위해 16세 이하는 철저히 보호한다고 했다.

민주주의 선진국이라 국민이 반대하는 법은 제정하지 못한다고 한다. 담배를 피우다 꽁초를 아무 데나 버려도 되고 껌을 씹다가 아무데나 붙여도 된다. 껌 자국을 지우는데 매년 5천억 원을 쓰고 있단다. 특히 운동, 문학, 연구, 매너가 출중하다. 남에게 피해를 주지 않는 매너는 일본이 배워갔다니 아이러니하다. 캠브리지 대학에서 노벨문학상을 제일 많이 받았다는 것이 영국의 자랑이다.

2013년 9월 중순이었는데 날씨는 쌀쌀한 편이었다. 길거리의 사람들은 가죽 잠바를 입은 사람, 코트를 입은 사람, 양복을 입은 사람, 여름옷을 입은 사람 등 다양한 복장이었다. 우박이 쏟아지기도 하고 금방 해가 났다가 가랑비가 내렸는데 우산을 쓰고 가는 사람도 있었지만, 대부분이 비를 맞으며 가고 있었다. 계속 내릴 비가 아니라는 것을 알기 때문이리라.

타워 브리지, 버킹엄 궁전, 웨스트민트 사원, 국회의사당, 빅벤을 보고, 헬링턴 기념탑을 보고, 마지막으로 대영박물관을 보았다. 런던에는 빨간색이 많았다, 빨간 2층 버스, 빨간 전화 부스, 빨간 우체통, 근위병의 유니폼까지 빨간색이다. 빨간색을 보며 열정이 넘치는 국민성을 느꼈다.

영국 나들이를 모두 마치고 공항으로 가기 위해 대영박물관에서 버스를 탔다. 영국을 안내한 현지 가이드는 시간이 되면 영국을 다시 찾아 달라는 말을 남기고 차에서 내렸다. 그리고 조금 나오다 골목길에서 갑자기 버스가 멈추어 섰다. 가이드는 불안한 표정으로 시계를 들여다보며 어딘가에 전화하고 있었다. 운전기사는 진땀을 흘리며 오르락내리락하였으나 고장 난 차는 움직일 기색이 없다. 모두 차에서 내려서 대로변까지 50여m 버스를 밀어야 했다. 현대문명 발생지인 영국, 버스에 실은 짐을 모두 내리고 30분 기다리다 다른 버스를 타야만 했다.

인간이든 기계든 실수할 때가 있지만, 영국 런던의 고장 난 버스는 내 기억에서 쉽게 지워지지 않을 것 같다.

영혼을 살찌우는 모차르트 레퀴엠

모차르트를 모르는 사람이 없다. 책에서 거리에서 하다못해 초콜 릿에도 그의 얼굴이 박혀있다. 찰스부르크 뿐만 아니라, 빈, 프라하 같은 도시의 관광청들은 세계적인 작곡가를 칭송하며 해마다 수많 은 관광객을 불러들인다.

음악가 모차르트를 낳은 축제의 도시답게 찰스부르크는 아름답다. 모차르트광장, 레지텐츠, 대성당, 축제극장, 호엔찰츠부르크성, 게 트라인데 거리를 중심으로 하는 주황색 지붕과 상가들이 즐비하다. 1997년 유네스코가 구시가지 전체와 미라벨 궁전과 정원을 세계문 화유산으로 인정했을 정도로 전통문화가 넘치는 도시이다.

폭이 좁은 잘차흐 강물 위로 보트 다섯 대가 미끄러져 내려가고 있 었다. 어깨를 나란히 한 주황색 지붕과 마을 중앙에 우뚝 서 있는 성 당, 멀리 푸른 녹지가 어우러져 사진 촬영지로도 손색이 없었다. 전 형적인 유럽풍이었다. 조화로움에 감탄하면서 몇 카트의 사진을 찍 었다. 다리를 건너 광장에는 분홍색 집이 있는데 모차르트가 살던 곳 이다. 전쟁 중에 피해를 당하여 모차르테움 재단에 의해 증개축 되었 다고 한다. 실내악 콘서트를 듣고는 좁은 골목길로 뻗어있는 게트라

이데 거리를 걸었다.

　상점마다 독특하게 만들어 놓은 철제 간판이 아담하여 인상적이었다. 구두 그림은 구둣가게, 빵 그림은 빵 가게라는 표시가 옛스러움을 풍겼다. 건물 정면의 모차르트란 글씨가 눈에 들어왔다. 1756년 1월 27일 모차르트가 태어난 생가로 17살 때까지 살았던 3층 건물의 2, 3층은 박물관이었다. 1층 가게에는 모차르트 초콜릿, 빵, 과자류를 판매하고 있었다. 과자를 몇 봉지 샀는데 가격은 우리나라 제품보다 저렴했다.

　모차르트는 인류 역사상 유례를 찾아볼 수 없는 천재라던가. 그의 삶을 보고 싶었다. 서울에서 오기 전부터 마음먹었던 일이기도 했다. 복도 입구에 중년 여성이 앉아 입장권을 팔고 있었다. 입장료는 10유로. 한국 돈으로는 14,000원이다. 실내로 들어서자 대여섯 명이 관람 중이었고 잔잔한 피아노 협주곡이 흐르고 있었다. 여행에 지친 나그네의 피로가 음률에 녹아내렸다. 쉬고 있는 바이올린에서 작곡과 연주로 행복했던 그의 어린 시절을 떠올려 봤다. 편지에서 아들을 위대한 음악가를 만들기 위한 아버지의 지극한 사랑을 보았다. 자필악보에서 육백 여곡을 그리며 번뜩이는 천재적인 영감과 친구에게 보낸 편지에서 돈의 노예가 되어야 했던 생활상을 볼 수 있었다. 그가 남긴 흔적은 음악인으로 치열하게 살다간 한 생애의 면모를 발견하기에 부족함이 없었다.

　레지덴츠 내부의 모차르트가 연주했던 홀과 통치자들이 거주했던 방이 화려하여 눈길을 끌었다. 대성당에는 모차르트가 유아 시절에 세례를 받았던 성수함도, 그가 연주했던 파이프 오르겐도 그대로였다. 그는 다섯 살 때 아름다운 춤곡을 혼자서 작곡했고 첫 교향곡을 여덟 살에 작곡했다. 생전에 작곡한 교향곡이 40여 개라, 머릿속에서 수십 개의 악기 소리를 동시에 떠올린다는 것은 대단한 능력 아닐 수 없다. 한 작곡가가 일생동안 많아야 교향곡 열곡 정도도 작곡하기도 어렵다는 것과 비교한다면 서른다섯 해의 짧은 생애 동안 불가사의한 창조를 했다. 하지만 그는 이렇게 말했다.

"사람들은 내 음악이 쉽게 만들어진다고 오해하고 있다. 그 누구도 나만큼 작곡하는데 많은 시간을 보내고, 작곡에 대해 많이 생각하지는 않을 것이다. 내가 연구하지 않은 음악의 거장은 아무도 없다."

그가 남긴 편린들을 통해 천재 음악가의 삶을 둘러보기는 쉽지 않았으나 즐거운 일이었다. 음악적 명성에도 불구하고 많은 빚을 진 그는 변두리로 이사해야 했다. 이런 면에서 짧은 생애를 살다간 그가 과연 행복했을까 라고 의문을 제기하는 사람들도 있는 모양이다. 하지만 인류를 위해 어떤 일을 했느냐가 중요한 문제일 터이다. 삶과 죽음은 늘 함께 있는 것이며 낡은 것은 떨어지고 새것이 태어난다. 늙지 않아도 예측할 수 없는 것이 인생이다. 이별과 새로운 만남이 불변의 진리로 작용하는 한 세상은 새롭고 아름다운 것이 아닐까.

모차르트가 묻혀 있을지도 모를 공동묘지가 있다는 말을 가이드로부터 듣고 아내와 일행 2명과 함께 그곳으로 향했다. 우리는 개성 있는 간판을 쳐다보며 갔다. 골목길로 접어들자 찾기가 어려워 지나가는 사람을 붙잡고 물어물어 주택가에 이어진 묘지에 도착했다. 수백 기의 묘비에 새겨진 글귀는 우리네와는 다르게 길지 않고 간단했다. 모차르트의 묘는 없었다.

비엔나 시당국은 공동묘지에 묻힌 모차르트 유해를 수소문 하였으나 찾지 못하여 흩어져 있는 다섯 곳의 묘지를 한데 모아 중앙묘지를 조성했다고 한다. 베토벤, 슈베르트, 브람스 등 유명한 음악가들의 묘소를 이장했고 모차르트의 기념비는 중앙에 세워져 중심을 잡고 있었다.

모차르트의 주검은 장례식이 치러진 슈테판 성당에서 3마일 떨어진 성 마르크스 공동묘지로 옮겨져 면자루에 담긴 채 다른 주검들과 함께 매장되었다. 매장방식은 장례절차 간소화로 그 시대로서는 일반적인 것이었다. 그래서 그가 묻힌 정확한 자리는 알 수 없다. 황제 요제프 2세는 전통 장례 의식의 불필요한 낭비를 싫어해서 자신의 재위 기간에 영구차 뒤따르는 문상 행렬을 없애고 자루 매장 방식도 규범화했기 때문이다. 모차르트의 초라한 장례식에 대한 사회 무관심을 비난할 일은 아니라는 것이다.

미완성 '레퀴엠'이 모차르트의 진혼곡이 된 것인가. '레퀴엠'이란 문장 전체를 번역하면 '주여, 그들에게 영원한 안식을 주소서'다. 그는 죽기 6개월 전부터 자기를 시기하는 누군가가 자기를 독살하려 한다는 망상에 사로잡혀 있었다. 예술가들에게 흔히 있는 중증의 우울증이리라. 이즈음 음악가 프란츠 폰 발제크 백작이 세상을 떠난 아내를 추도하기 위해 모차르트에게 레퀴엠을 의뢰했다. 재산이 몰락되고 두통과 전신 통증으로 잠을 이루지 못하는 그에게 슬픈 곡이 맡겨졌으니. 이 곡이 자신을 위한 진혼곡이 되지나 않을까 하는 불길한 생각에 사로잡혀 있었다. 그러다가 갑자기 손발이 붓고 토하기 시작하더니 일어나지 못했다. 병상에서 마지막 순간까지 작품에서 연주

될 음을 제자에게 지시해 주면서 숨을 거두었다. 1791년이니 서른다섯 살의 나이였다.

모차르트 음악은 부드럽고 순수하다던가. 공원이나 텔레비전에서 흘러나와 귀에 익은 음악이 더러 있다. 친근한 일상어로 지극한 삶을 상징하는 시처럼 아름다운 세계로 우리를 데려간다. 기쁨과 슬픔, 설렘과 외로움 그리고 고통까지도 그의 손을 거치면 언제나 순도 높은 아름다운 음률이 된 것인가.

장중한 진혼곡을 듣는다. 감미로운 음악 소리에 취해 별조차 다 떨어진 캄캄한 밤이다. 레퀴엠 한 조각이 집어삼킬 듯 밤새 내 가련한 영혼을 살찌우고 있다.

이탈리아의 손님 접대 문화

유럽의 음식은 주식이 빵이다. 주로 빵과 우유로 간단히 식사하지만 서유럽의 아침 식사는 나라마다 조금씩 달랐다. 그중 독일의 아침 식사가 제일 좋았다. 빵과 과일, 우유, 주스가 넉넉했다. 오스트리아도 괜찮았다. "앞으로 아침 음식은 여기보다 못할 거예요." 여러 나라를 여행한 가이드가 말했다. 이탈리아를 두고 한 말이라는 것을 나중에야 알았다.

서유럽을 여행하면 이탈리아에서 3일을 머물렀는데 다른 나라에 비해서 음식이 제일 거칠었다. 호텔에서 아침마다 주는 빵은 딱딱하고 짜서 먹기가 불편했다. 부드러운 빵도 많이 있을 텐데 굳이 이런 맛없는 딱딱한 빵을 주는 것인지 이해가 되지 않았다. 다른 음식도 마찬가지지만 빵과 과일은 수량이 정해져 있었다. 과일은 달랑 사과 한 개, 보편적으로 음식마다 소금을 많이 넣었다. 야채샐러드도 짜서 먹을 수 없었다. 자주 나오는 국수도 그렇다. 정성이 들어 있지 않았다. 그들은 손님 접대는 안중에도 없었다. 음식에 소금을 많이 넣는 것은 음식을 먹지 못하도록 하기 위한 심산이 아닌가 생각이 들기도 했다. 나는 아침마다 그나마 입맛에 맞는 우유와 주스로 배를 채웠다. 우유는 한국에서 판매되는 것보다 월등히 맛도 좋고 많이 마셔도 탈이 없었다.

우리가 묵었던 호텔 사정도 좋지 않았다. 로마에서 1시간가량 떨어져 있는 숙박소는 4층 건물이었는데 우리는 3층을 배정받았다. 엘리베이터가 없어 무거운 짐을 들고 오르내렸다. 주인아저씨는 상냥한 편이었는데 부인은 무뚝뚝하고 눈썹은 작대기처럼 그어진 일자 눈썹이었다. 저런 일자 눈썹이 이태리에선 유행이란다. 자주 드나드는 가이드가 말했다. "아저씨가 밤늦게까지 일하고 부인은 아침에 잠깐 나와 일하고 저녁 무렵 돈을 수령하고 일찍 집으로 들어가요, 부인은 별로 하는 게 없어요." 어딜 가나 여성의 권위가 대단하다.

호텔 샤워실이 유난히 작았다. 물이 밖으로 튀지 않도록 플라스틱 미닫이를 하였는데 몸을 씻을 때면 손이 벽에 부딪혀 마음대로 움직일 수 없었다. 너무 좁은 것 같아 자로 재어 보았다. 정사각형으로 가로, 세로가 각 70cm였는데 몸집이 뚱뚱한 사람은 그 안으로 들어가기조차 힘들 것 같았다. 변기 옆이 샤워실인데 물이 변기 쪽으로 흘러내리면 빠질 배관이 없어 조심해서 샤워해야 했다. 그래도 변기 쪽으로 물이 흘러가 나와 물바다가 되어 수건으로 닦아내었다.

여행객에 대한 배려가 없는 음식과 호텔구조는 이탈리아의 오랜 전통문화인 것 같다. 이런 문화는 예로부터 악명이 높았다. 이탈리아 북부는 다른 지역에 비해 상대적으로 번영한 곳이었다. 18세기 온라인 투어가 한창일 때 여행 온 영국인들은 끊임없이 숙박시설과 음식에 대해 불평해댔다. 건물은 낡고 더러운 데다 서비스는 형편없고 음식은 손님들을 거의 독살시킬 수준이라는 것. 특히 음식 대접에 인색하다는 것이었다. 손님을 초대해 놓고도 몇 시간이 지나도록 커피 한잔이나 수박 한쪽을 내놓는 것이 고작이었다고 한다. 이탈리아의 주택이 난방하지 않는다는 것도 원성을 샀다. 당시 이탈리아를 여행한 영국인들은

"당신이 아무리 상상력을 발휘한다 할지라도 침구, 음식, 역참, 마차, 불결함이 영국 여행자에게 주는 불쾌감을 반도 이해하지 못할 것이다. 가는 곳마다 커튼이라고는 찾아볼 수 없을뿐더러 베네치아에서 로마까지 어디에도 청결하고 유용한 발명품인 변기는 존재하지 않는다."라고 말했다.

오늘날의 시각으로 보면 세계적으로 각광받는 이탈리아 음식에 대해 이런 불평을 늘어놓는 것을 이해하기 어려운 사람들도 있을 것이다. 게다가 맛없기로 유명한 영국 음식이 상대적으로 후한 평가를 받고 있었다.

많은 유적지와 찬란한 문명을 가진 이탈리아, 손님 접대의 인색함에도 불구하고 많은 관광객의 발길이 이어지고 있었다. 짠 음식도 손님을 잘 접대하지 않는 것도 그 나라의 전통이요 문화라고 생각했다.

못 잊을 베네치아

베네치아는 내가 여행 다닌 도시 중에서 가장 인상에 남는 곳이었다. 오랜 세월에 걸쳐 물 위에 도시가 건설되어 인간의 무한한 힘을 보았기 때문이다.

6세기 롬바르디아인들을 피해 온 난민들과 토착어민들이 아드리아 해의 석호 위에 세운 도시였다. 수백만 떡갈나무 말뚝을 바닷속 점토층에 깊숙이 박고 진흙을 채워 건물을 올린 신비의 세계이다. 불굴의 의지와 상상력으로 일군 대역사는 참으로 경이롭다. 떡갈나무는 물속에서 돌이 되었는가. 수백 년이 지난 지금도 베네치아를 굳건히 떠받치고 있다.

산 마르코 광장 행 수상 버스를 탔다. 운하의 잔물결이 찰랑대며 반사하는 빛이 들어왔다. 여행객을 태워 온 크루즈선 여러 대가 정박해 있고 수상 보트와 하키, 곤돌라가 바다에 널려있었다.

나는 물 위에 뜬 거대한 인공 도시를 보면서 사람이 할 수 있는 일을 다 한 곳이 여기에 있다고 말하고 싶다. 비정상적이면서 정상적이었다. 너무나 달라서 달리 다른 곳과 비교될 수 없는 곳이었다. 눈앞은 현란하면서도 아무것도 손에 잡히지 않는 무아 경지였다. 토마스

만이 베네치아의 이미지를 소설로 형상화했다.

베네치아는 동방 무역의 주역으로 신문물을 빠르게 접수한 상인의 도시였다. 상인은 상대방의 종교나 문화를 묻지 않는다. 난민들에게 바다 너머 낯선 사람들의 거래와 공존은 생존본능의 결과였다. 개인 숭배와 파당이 없는 철저한 공화제로 무역 강국의 기치를 세우고 해양국으로 성장해갔다.

마르코 폴로의 시절이던 13세기 베네치아는 유럽 최고의 부자 도시였다. 10만 명 정도의 시민이 3,300척의 선박을 보유하고 3만 6,000명에 달하는 선원을 가지고 해외로 나아갔다. 이 선박은 필요시 전투할 수 있도록 무기를 싣고 다녔다.

베네치아 사람들의 진취적 기상은 동방을 진정 알았던 유일한 유럽인이었다. 동방견문록의 주인공 마르크폴로의 집안처럼 중국에만 간 것이 아니다. 카보토 형제가 그린란드를 발견하고 다모스토가 아프리카의 카포베르데에 이른 것들이 그러하다.

베네치아는 지극히 차분하고 평화롭고 고요한 경지였다. 빛과 돌과 물이 어우러져 만들어 낸 공기와 물안개는 많은 이들에게 영감을 주기에 충분했다. 음악과 미술에 애정을 바치는 예술가의 도시요 격정적인 만남을 꿈꾸는 몽상가들의 도시였다. 그래서 내가 가장 좋아하는 비발디의 사계가 이곳에서 탄생되었는가. 사계는 활기찬 리듬과 감미로운 선율로 어디서나 들을 수 있는 음악이다. 18세기 최고의 바람둥이로 불리던 카사노바도 여기서 수많은 여성들과 사랑을 속삭였던가.

산 마르코 광장은 아드리아 해를 사이에 두고 있다. 역사적으로 슬라브족의 대유입이 있었고 기독교의 대분열도 있었다. 두 문화가 만난 곳이라 풍요로움을 보여준다. 그래서 산마르코는 서유럽 성당들과 외관이 다르다. 광장 한쪽에 서 있는 산 마르코 대성당은 동양의 비잔틴 양식을 기본으로 하고 서양의 로마네스크와 르네상스가 어우러진 유럽의 걸작품이다. 약 천 년 전, 성인 마르코의 유해를 안치하기 위해 건축되었다고 한다. 대성당 입구 4두 청동 마상과 베네치아 수호신이라는 날개 달린 사자상이 인상적이다. 대성당 옆엔 박물관으로 개방된 두칼레 궁전이, 건너편엔 종탑과 마르차나도서관이, 그 옆으로 상가들이 즐비하다.

나폴레옹이 유럽에서 가장 우아한 응접실이라고 극찬한 산 마르코 광장을 아내와 함께 걸었다. 광장 안에는 플로리안 카페와 헤르즈 바가 있다. 플로리안은 악사들의 연주가 있는 음악 카페로 지식인들이 모여 삶을 토론하고 예술의 영감을 키운 곳이었다. 괴테, 릴케, 바이런 등 많은 명사들이 찾았다. 헤르즈 바에도 헤밍웨이를 비롯해 많은 작가들이 즐겨 찾던 곳이라 한다. 아내와 커피 한잔을 나누고 싶었으나 빠듯한 일정으로 시간이 허락되지 않았다.

상점 안에서 유리 공예품을 흥정하는 사람들이 보였다. 선착장에서 넘실대는 물결 건너편에 있는 산 조르조 마조레 성당의 웅장함과 흰색 대리석이 손에 잡힐 듯이 나를 유혹하고 있었다. 거리는 관광객 인파로 넘쳤다.

베네치아는 물 위에 세워진 도시이니 오래전부터 농토가 없고 농토가 없으니 영지가 없었다. 차가 다닐 만한 넓은 길이 없으니 커다란 배가 버스가 되고 까만 곤돌라가 택시 역할을 한다. 그러니 베네치아에 도착해서 시내로 가려 하는 여행객은 누구나 수상 버스나 곤돌라를 탈 수밖에 없고, 그 뱃전에서 바라보면 풍경 되는 것이다.   베네치아는 118개의 작은 섬과 177개의 운하를 400여 개의 다리가 연결하고 있어 낭만적인 풍경이다. 도로가 된 물길, 큰 물길 작은 물길이 사방으로 이어진다. 콘도라, 수상택시, 수상버스가 사람과 짐을 실어나르고 푸른 물 넘실대는 주택가 골목길 고양이 강아지 아이들이 뛰어다닐 자리에 물고기들이 헤엄치며 돌아다닌다.

산마르코 정류장에서 두 대의 수상택시에 14명씩 나누어 탔다. 산타루치아 역까지 가는 코스로 40분 소요되는 거리. 운하 옆으로 폐기 구겐하임미술관, 아카데미미술관을 거쳐 리알토다리를 지나면서 성당과 교회, 명사들이 살았던 저택이 즐비했다. 성악을 전공한 40대의 강 씨 가이드는 목청을 뽑았다. 돌아오라 소렌토로, 싼타루치아, 오솔레미오, 제비꽃의 노래가 이어졌다. 가이드는 처음부터 끝날 때까지 노래를 부르거나 많은 정보를 알려주려고 열정적으로 안내했다. 한국에서 성악을 공부하러 이탈리아로 유학 왔다가 유능한 가이드가 되었다고 한다.

베네치아는 운하가 도로인 이곳에서 곤돌라는 중요한 교통수단이었다. 뱃사공은 챙 모자를 쓰고 검은 바지에 줄무늬 티셔츠를 입었다. 곤돌라는 길이 10m, 너비 1.38m의 휘어진 활모양이다. 검은색으로 통일했다고 한다. 3m 길이의 노를 한쪽에서 젓기 때문에 약간 기울어져 나아간다. 뱃사공은 소정의 시험을 거쳐 면허증을 따고 허가증이 있어야 곤돌라를 운행할 수 있었다. 17세기 그 수가 일만 척에 이르렀으나 지금은 400대가 남아 관광객들이 이용하고 있었다.

우리 일행 여섯 명이 탄 곤돌라는 좁은 수로를 따라 나아갔다. 수로는 미로처럼 얽혀 있었으나 찾기 쉽도록 집 번지와 안내판이 붙어 있었다. 수로를 따라 탄식의 다리를 지나자 뱃사공이 들려주는 노래는 감미로웠다. 곤돌라는 춤추듯 흔들리며 박자를 맞춰주었다. 수상주택가 주변엔 배를 정박해 두는 떡갈나무 말뚝이 곳곳에 세워져 있었다. 물에 맞닿은 건물벽은 이끼가 끼어 사람들이 살고 있을까 하는 의문이 들었다. 물 위에 조금씩 기울어진 건물도 더러 보였다.

해마다 수십 차례 건물이 물에 잠긴다고 한다. 베네치아의 제일 큰 광장 산 마르코 광장까지도 최근 5년 전부터는 물난리를 치른단다. 지구온난화로 바다의 수위가 높아져 건물은 1년에 2mm씩 바다 밑으로 가라앉는다. 그래서 큰 건물도 우리 돈 1억 원이면 살 수 있다는 소문에 동행한 동갑 김 씨, 썩어서 기울어지는 집을 사서 무엇하리라며 고개를 흔든다.

갤리선들 가득하던 베네치아 만에는 여행객을 태운 곤돌라들만 한가롭다.

세상에 영원한 제국은 없었다

　나는 여행 상품을 고를 때 박물관이 있는지를 먼저 살핀다. 박물관
에는 그 나라의 역사를 한눈에 볼 수 있기 때문이다. 그래서 경치보
다는 유적지를 선호한다.

　산과 호수는 우리나라에도 많이 있다. 중국의 장각산이 웅장하다
고는 하나 우리나라에도 설악산과 지리산이 있다. 중국에 서호가 있
다고는 하나 우리나라에도 경포호수가 있다. 산은 깊이와 높이에서
조금 차이가 있을 뿐이고 호수는 넓이에서 차이가 있을 뿐이다. 그래
서 산은 산이고 호수는 호수일 뿐이다.

　서유럽 여행 중에 세계 3대 박물관이라 할 수 있는 바티칸 박물관,
루브르 박물관, 대영박물관을 둘러보고 느낀 점이 많았다. 짧은 시간
에 많은 사람들 속에서 하나라도 더 보려고 뛰었다.

　바티칸 박물관을 설레는 마음으로 입장하였다. 그날은 웬 사람들
이 그렇게 많은지 어깨가 부딪히고 등을 떠밀리며 들어갔다. 그림과
조각을 보면서 사진을 찍으려니 정신없이 바빴다. 1,400여 개의 방
에는 르네상스 시대의 유명한 조각과 회화들에 눈이 취하고 마음이
취했다.

교황을 선출하는 장소로 유명한 시스티나 성당에 들어서면 미켈란젤로의 천장화인 천지창조와 최후의 심판을 만난다. 천지창조는 1508년부터 4년 동안 미켈란젤로 혼자서 그린 대작이다. 천정 밑에 작업대를 설치하고 올려다보면서 그림을 그린다는 것이 얼마나 어려운 일인가. 이 그림에서 혼신을 다한 흔적이 나타난다. 391명의 인물이 등장하는 '최후의 심판'은 살아서 꿈틀거리는 근육질의 육체가 나를 사로잡았다. 나약하지 않은 인간의 무한한 힘을 느꼈다. 나는 그저 넋을 잃고 멍하니 바라볼 뿐이었다.

미켈란젤로는 등장인물들을 실오라기 하나 걸치지 않은 나체로 그렸으나 교황이 미켈란젤로의 제자 볼테라를 시켜 성기를 살짝 가렸다니 어처구니없는 일이다. 사람은 태어날 때 알몸이다. 자연 그대로인 몸이 얼마나 보기 좋은가. 종교적인 잣대로 예술적 가치를 반감시켰다는 느낌이 들었다.

전 세계 성당 중 가장 큰 베드로 대성당은 장엄했고 광장에는 해마다 1,000만 명 이상 다녀간다니 그럴 만도 할 것 같다. 예수의 유해를 안고 비탄하는 성모마리아 조각 '피에타' 앞에 서니 미켈란젤로가 혼신을 다해 표현한 예술적 정열과 종교적 진지함이 보인다. 서유럽 여행 중 내게 제일 기억에 남는 박물관은 바티칸박물관이었다.

매년 850만 명이 다녀간다는 루브르 박물관은 파리 여행에서 절대 빼놓을 수 없는 공간이다. 이곳을 보지 못하면 파리를 보지 못한 것이나 다름없다. 함무라비 법전, 밀로의 비너스, 레오나르도 다빈치의 모나리자, 승리의 여신 니케, 메두사의 뗏목, 나폴레옹 황제와 조세핀 황후의 대관식이 눈길을 끈다.

박물관 이용자들을 대상으로 실시한 설문조사에서 루브르박물관이 1위를 차지한 것만 봐도 알 수 있다. 바티칸박물관이 2위, 미국의 뉴욕 메트로폴리탄박물관이 3위를 했다.

매년 500만 명이 다녀간다는 대영박물관, 입장료는 공짜다. 전시되고 있는 유물들에 대부분이 외국으로부터 기증을 받거나 식민지로부터 가져온 것이기 때문이다. 94개의 전시실로 나누어져 있다. 전시실 동선은 4km에 달해 모든 작품을 관람하려면 사나흘은 걸린다. 이집트 조각 전시실, 중동아시아 전시실, 그리스, 로마 전시실과 함께 한국전시실도 한자리 차지하고 있다.

대영박물관에서 가장 주목받고 있는 전시실은 이집트조각 전시실과 미라 전시실이다. 이집트 상형문자를 해석할 수 있는 중요한 단서가 된 로제타스톤이 전시되어 있다. 이집트 상형문자, 민간문자, 그리스어로 법령이 새겨진 검은 현무암이다. 나는 이 암석에서 기록의 중요성을 실감했다. 람세스 2세의 조각상과 이집트의 미라 전시실을 보면서 이집트박물관으로 착각할 정도였다. 그리스, 로마 전시실은 파르테논신전의 주요 조각을 옮겨다 놓았다. 지금까지 계속 그리스 정부와 소유권 문제로 분쟁 중인 것으로 알려졌다. 대영박물관에 영국은 없었다.

한국관 전시품들은 빗살무늬토기와 신라 시대의 금관, 분청사기, 정선의 산수화, 옛 책들, 병풍, 부채가 있고, 전통한옥에는 한영당이라 쓴 여초 김응현의 글씨가 보인다. 중국, 일본관에 비하면 초라하다는 느낌이 든다. 그래도 한국관이 있어 우리 역사와 문화를 알 수 있다는데 자부심을 느꼈다. 부족한 것은 개선해 나가면 될 것이다.

시간에 쫓겨 전시된 유물을 자세히 볼 수 없었던 아쉬움이 있지만 다른 여행상품에서 느끼지 못한 세계사를 한눈에 볼 수 있었다. 세상에 영원한 제국은 없었다.

요르레히로로헤레르히레레히히리리

스위스 인터라켄 동역 근처에서 바라본 먼 산, 유럽의 지붕 알프스 산맥에는 만년설이 쌓여있었다. 푸른 풀밭 위에서 한가로이 풀을 뜯는 젖소들, 예쁜 꽃들로 장식된 아담한 집들이 보였다. 저녁을 먹기 위해 들른 음식점은 통나무로 지어져 아름다웠다. 일행이 자리에 앉자 음식이 차려졌다. 꼬리곰탕이었다. 음식을 날라주는 여성은 이십 대 후반의 한국인, 우리 동포가 운영하는 식당이라 했다.

한국인이 온다고 하여 마련된 저녁 공연의 자리, 한쪽 귀퉁이에 나이 지긋한 남성 두 명이 악기를 다루고 여성 한 명이 요들송을 불렀다. '아름다운 베르네 산골'을 기쁜 표정으로 부른다. 둔중한 소리의 알프호른과 낡은 아코디언의 조촐한 연주이다. 어딘가 모르게 어수선한 분위기이지만 그들은 개의치 않았다.

'아름다운 베르네 맑은 시냇물이 넘쳐흐르네, 새빨간 알핀로제스 이슬 먹고 피어 있는 곳'으로 시작되는 노래, 독특한 창법인 요들송을 웃음을 머금고 부르는 여성이 인상적이다. 신비스럽고 독특한 떨림의 요들송과 이를 바치는 깊고 느릿한 악기 소리는 조화를 이루고 있었다.

식사를 마칠 무렵 마음씨 좋아 보이는 듯한 악사가 우리 곁으로 다가왔다. 2m나 되는 악기 알프호른을 불어보라고 하였다. 소리가 잘 나지 않았다. 어찌 단번에 소리가 나랴. 그러자 입 모양을 보고 따라 해 보라며 방법을 가르쳐 주었다. 호기심이 발동하였는지 몇 사람들이 불었다. 어떤 사람은 소리가 '빽' 하고 나더니 그쳤다. 그냥 지나칠 수도 있는데 그들은 참 친절해 보였다. 그 여유로움은 지금도 내 가슴속에 선명히 남아있다.

경험 많은 가이드가 말했다

"이곳 사람들은 산중 사람들이라서 그런지 다른 유럽인들에 비해서 우직하면서도 순박한 것 같아요, 그래서 정감이 더 가요."

그렇다. 우직하면서도 충성스러운 사례를 빈사의 사자상에서 볼 수 있다. 프랑스 혁명 당시 루이 16세 일가를 지키다 죽은 스위스 용병 786명의 충성 이야기다. 용병들은 식구들을 벌어 먹이려고 이웃 나라를 위해 대신 싸웠다. 루이 16세의 옳고 그름을 떠나 그들의 사명은 왕을 지켜내는 것이었다. 등에 창이 찔려 죽어가면서도 루이 16세의 방패를 가슴에 깔고 있다. 신의와 의리를 위해 죽음을 택한 그들이다.

루체른 호숫가를 걸을 때였다. 맞은편에서 걸어오던 나이 지긋한 여성과 약간 몸이 부딪쳤다. 그 여성이 먼저 미안하다며 웃는다. 옷깃만 스쳐도 미소 짓는 그들, 소박하면서도 인정미가 넘치는 사람들이다. 그들의 미소를 지금도 잊을 수가 없다. 길이가 무척 긴 악기인 알프호른은 스위스의 상징이라는 것도.

알프스 지방의 전통 민요인 요들송은 창법이 독특해서 나는 흉내조차 내기 힘들다. 우리에겐 느리고 구슬픈 느낌을 주는 아리랑이 있다면 그들에겐 빠르고 경쾌한 요들송이 있다. 아리랑이 민족의 한을 노래했다면, 요들송은 자연의 아름다움을 마음껏 찬미한 노래이다. 요들송은 그들의 자랑이요 즐거움이다.

옛날 목동들이 험준한 알프스 산악을 누비며 가축 몰이하던 소리가 산울림이 되어 아련히 들려오는 듯하다. 그리고 서로를 알리기 위해서 부르기도 했던 소리.

"요르레히로로헤레르히레레히히리리호로로로으으이히리이히히이리리히히리리이리리"

만년설에서 발원하여 내려오는 산골짜기 물소리도 정겹다. 우리가 살아오면서 잃어버린 소중한 그 무엇이 그곳에 있었다. 요들송에서 상실된 자연에 대한 그리움을 찾을 수 있었다.

동유럽을 여행하며

"우리가 4,000km를 달렸네요."

동유럽 8개국을 10일간 여행하고 마지막 날 가이드가 버스 미터기를 보고 한 말이다. 1일 400km 거리를 달렸으니, 하루 평균 6, 7시간은 차를 탔다는 계산이었다. 그래서 여행이 끝날 무렵 모두 파김치가 되었다.

아내는 여행 떠나기 하루 전 날 대상포진에 걸렸다. 등 뒤로 붉은 반점이 보였다. 곧장 병원에 달려가 약을 지었다. 일주일 치였다. 아내가 의사에게 내일 여행 떠난다고 말하자 의사는 쉬어야 한다고 했다지만, 마음먹었던 일이라 우리는 계획했던 대로 떠나기로 했다. 아내의 여행 의지가 강했기 때문이다. 아무 일이 없기를 바랄 뿐이었다.

나는 대상포진에 걸린 적이 없었기 때문에 어느 정도인 줄은 잘 모르겠지만, 경험자들은 상당히 아프다고 했다. 아내는 진통제를 먹어가면서 10박 12일간 일정을 35명의 일행과 똑같이 소화해 나를 놀라게 했다.

왜냐하면 아내가 그다지 건강한 편은 아니기 때문이다. 아내는 갑상선 저하증도 있었고, 맥박도 약하게 뛰니 조금만 움직여도 쉽게 피곤을 느끼는 체질이었다. 그래서 6개월마다 정기 검진을 받는 형편이다.

그래서 무리하게 일을 하지 않는다. 장기여행에 신경 쓰이는 것도 이 때문이었다. 아내가 환자인 상태에서 극한 상황에서도 완주할 수 있었던 것은 여행이 주는 새로움이 아니었을까. 매일 다른 볼거리가 있었기 때문이었다.

인천공항에서 비행기로 10시간 만에 독일 프랑크플루트 공항에 도착했다.

첫째 날, 독일 분단의 역사를 보여주는 베를린장벽과 브란덴부르크 문을 보았다. 나치에 의해 희생된 유대인 추모비를 넓게 조성한 것은 독일인들이 얼마나 철저하게 과거를 반성하고 있는가를 보여주고 있었다. 독일의 과거 속죄는 세계가 알고 있는 사실이다. 독일인들은 이 엄청난 사건이 한 독재자의 비뚤어진 인성 때문이기도 하지만 지나친 국수주의가 빚어낸 결과라고 생각하기 때문에 나라 사랑, 조국을 위해라는 말은 쓰지 않게 되었다고 한다. 그래서 독일은 유럽연합을 리더 하는 국가가 되었는지도 모른다. 쿠담거리를 걸으며 카이저벨헬름교회 일부가 폭격으로 파괴되었으나 그대로 보존하고 있었다. 독일은 허름한 외양에 상관없이 붕괴의 위험이 없는 한 그 건물이 가지고 있는 역사에 더 큰 의미를 부여하고 있었다. 겉모습은 그대로 남겨두고 그 안에서 문화의 꽃을 피우는 적업을 하고 있었다.

둘째 날, 수백만 명의 목숨을 앗아간 아우슈비츠 수용소에서 인간은 얼마나 악해질 수 있는가, 인간의 본성은 무엇인가. 사람은 선과 악을 동시에 갖고 있음을 돌아보게 했다. 소금광산에서 좁은 통로를 따라 굴속으로 들어갔다. 1,500만 년 전의 소금으로 집을 지었다. 소금 2만 톤으로 만든 예배당, 예수와 제자들의 벽화, 조각상, 장신구가 소금으로 빛났다.

셋째 날, 알프스 타트라산맥을 거쳐 자연풍광을 감상하며 헝가리로 이동했다. 헝가리 사람들은 생김새가 왜소하여 우리와 닮았다는 느낌이다. 다뉴브강 유람선에서 노을의 찬란함과 부다페스트 밤의 아름다움을 보았다.

넷째 날, 겔레르트 언덕에서 부다페스트 전경이 한눈에 들어왔다. 영웅광장에서 밀레니엄 맨 꼭대기에 날개 달린 천사 가브라엘의 왼손에는 이슈트반이 로마 교황청에서 받은 왕관을, 오른손에는 십자가를 들고 있었다. 기독교가 헝가리를 발판으로 크로아티아 등 발칸 지역으로 확장된 현장이었다. 성 이슈트반 성당에는 이슈트반의 오른손이 미라로 보관돼 있었다. 부다페스트왕궁에는 십자가를 든 이슈트반의 조각상이 우뚝했다.

다섯째 날, 비엔나로 이동하여 쉔부른궁전, 슈데판대성당, 케른트너거리, 비엔나 시청사를 보고 크로티아의 수도 자그브레로 이동했다.

여섯째 날 크로아티아 폴리트비체 국립공원, 2시간 걸으며 숲 안에서 숲을 보고, 호수를 보고, 하늘을 보고 바람을 느꼈다. 수정처럼 맑은 호수에 숲과 하늘이 담겨있었다. 청동오리가 지나가며 그들을 지웠다. 폭포가 끊임없이 계단처럼 흘러내리며 장관을 이루었다.

일곱째 날, 슬로베니아로 이동하여 세계에서 두 번째로 긴 포스토니아 동굴을 관람했다. 종류석 문양이 다양하고 화려하여 경이로운 자연미술관이었다. 블레드성에서 바라본 호수와 주위 경관은 김

일성이 반한 만큼이나 아름다웠다. 멀리 알프스산맥의 잔설이 보였다. 짤스부르크로 이동하여 게트라이더거리를 걸으며 모차르트 생가를 방문했다.

여덟째 날, 호수지대 짤스감머굿에는 모차르트의 외가가 있는 곳으로 호수가 아름다웠다. 케이블카를 타고 정상에 올라 바라보면 호수가 군데군데 보이고 가지런한 산맥이 줄기차게 달리는 모습이었다. 다음은 체코 프라하로 이동했다. 구시가지 시청사 남쪽 부분은 천문시계로 장식되어있고 정시만 되면 시계 기둥에는 죽음과 허영 터키인과 바보를 비유한 인형들이 서 있고 해골이 줄을 당겨 종을 울렸다. 맨 위쪽의 창문이 열리고 예수의 열두 제자들이 한 사람씩 지나면서 얼굴을 보여주었다. 정시에 가까워지니 발 디딜 틈조차 없었다. 체스키크롬프로성을 둘러보고 프라하 야경을 감상했다.

아홉째 날, 블파다강을 가로지르는 카를교, 추적추적 내리는 비를 맞으며 다리 위를 걸었다. 수백 년 전 조각상은 저마다 다른 의미가 있었다. 시내를 조망하는 프라하성을 오르는 길가에는 삼성로고가 펄럭이고 있어 한국기업들의 활동상을 볼 수 있었다. 도시계획이 잘 된 중세의 향기를 그대로 간직한 유럽의 박물관. 그래서 매년 1억 명의 관광객이 찾는 것일까.

열째 날, 중세마을 독일 로텐부르크를 찾았다. 시청사 주위로 다양한 색상으로 개성 있게 지어진 건축물이 돋보였다. 30년 전 당시 로텐브르크 시장의 무용담을 인형으로 재현하고 있었다.

유럽을 여행하면서 특히 느끼는 점은 마을마다 도시마다 그 중심에는 늘 성당이 자리 잡고 있었다. 그런 성소를 중심으로 공동체의 삶이 이루어지고 있었고 예술이나 사상은 기독교에 근원을 두고 있었다.

여행이 끝날 무렵 아내의 몸통 옆구리에서 등 뒤쪽으로 물집이 띠 모양으로 난 대상포진은 수그러져 더 누듯 했으나 붉은 반점은 그대로였다. 여행 중에 낙오되면 어떡하나 하고 가슴 졸였지만 아무 일도 없었다. 그래서 감사했다. 인간은 마음먹기에 따라 어떤 환경에도 적응할 수 있다는 것을 보여주었다.

여행을 마치고 집에 도착했을 때 아내는 시차 적응과 긴장이 풀리면서 어려움을 겪었지만, 마침내 이겨내었다. 그렇지만 바늘로 찌르는 것 같다며 통증을 호소했다. 대상포진 후유증은 6개월 이상 지속하였다.

나는 이번 여행에서 나이 많으면 장거리 여행은 부담된다는 것을 알았다. 가슴이 뛸 때 여행을 떠나라고 하지만 늘그막에 떠난 여행으로 후유증을 호소한 지인들을 여럿 보았다. 인생의 목적을 돈으로만 평가하는 이들의 삶은 오히려 무미건조해질 수 있다.

그래서 나는 젊은이들에게 말하고 싶다. 젊은이여 여행을 자주 떠나라. 가슴으로만 느끼지 말고 기록을 남겨라. 시간이 지나면 이 모든 것이 희미해질 뿐이므로.

문화의 차이

여행을 하다 보면 그 나라만의 문화가 있다.

유럽 공중 화장실은 대개 유료다. 로마에 가면 로마의 법을 따라야 겠지만 불편한 게 사실이다. 소변볼 일은 바쁜데 쩔쩔맨 적이 한두 번이 아니다. 동전을 챙겨야 하는 번거로움 때문이다

독일 고속도로 휴게소 화장실 입구엔 지하철 개찰구처럼 생긴 개폐 장치가 있다. 유로 70센트, 950원쯤 동전을 넣어야 열린다. 제대로 동전을 넣고 들어오는지 사람이 지키고 서 있다. 나라마다 조금씩 차이가 있어 50센트를 받는 곳도 있다. 이탈리아 휴게소 화장실도 역시 사람이 지키고 앉아 돈을 받는 곳이 많다.

어느 언론인이 2년 전 유럽 여행을 하다 피렌체 가는 길에 진풍경을 만났고 했다. 중국인 단체 관광객들이 화장실 요금 낼 생각은 전혀 않고 거침없이 드나들었다는 것이다. 돈 받는 직원은 하루 이틀 일 아니라는 듯 쳐다보고만 있었다고 했다. 내 나라 중국화장실 이용은 무료인데 동전을 지불해야 하니 귀찮았을 것이다. 문화의 차이인 것 같다. 카페와 호텔에선 팁을 주지 않는 중국인 · 인도인이 많다고 했다. 유럽 웨이터가 아시아인에게 불친절한 것은 하나의 현상이 됐

다는 것이다. 이 문제에 대해선 나는 할 말이 있다. 팁을 주고 안 주고는 손님의 마음이다. 팁을 주지 않는다고 해서 불쾌하게 여긴다면 그건 문화의 차이가 아닐까.

얼마 전엔 몰디브에 간 시진핑 주석이 "해외여행 때 컵라면 덜 먹고 현지 음식을 많이 먹어야 한다"고 했다. 몰디브 고급 호텔에 묵은 중국인들이 방 안에서 세끼를 컵라면으로 때운다는 얘기를 듣고서다. 호텔 측은 객실에서 물을 못 끓이도록 전기 주전자를 치워버렸다고 한다. 어쩌면 이런 현상도 문화의 차이다.

한참 된 이야기지만 한국인들도 외국 관광지 호텔에서 고함을 지르며 싸운다거나 보신관광, 쇼핑관광으로 언론의 도마 위에 오르기도 했다. 오랜만의 해외나들이에 마음이 들떠서일 것이다. 지금 그런 이야기가 들리지 않는 것을 보면 그 나라 문화에 적응되어가고 모양이다.

해외여행에 나서는 중국인이 한 해 1억 명으로 늘어났다고 한다. 내가 최근 동유럽 여행지에서 들은 중국인들에 대한 이야기는 사뭇 달랐다. 가이드 생활 23년째 하고 있다는 신모 여성은 유럽에선 중국 관광객을 최고로 반긴다고 한다. 돈을 많이 쓰고 가기 때문이라 했다. 다음으로 한국 관광객을 좋아하고 일본 관광객은 그 다음이라 했다. 일본인들은 돈을 쓰지 않기 때문이라는 것이었다.

중국인들의 해외 관광 중에 돈 씀씀이는 세계적으로 알려진 사실이기도 하다. 서울 롯데백화점에 진열된 물건 한 칸을 통째로 중국인이 사서 화제가 된 적이 있었다. 그래서 중국 관광객을 유치하려고 노력하는 나라가 많다고 했다.

일본인들은 절약한다. 쓰던 물건을 버리기 전에 남이 쓸 수 있도록 배려하는 이야기는 익히 들어온 터이다. 일본인들이 함부로 돈을 쓰지 않는 것은 검소함이 몸에 배어있기 때문 아닐까. 돈을 내고 화장실을 이용해야 하는 것은 유럽 문화이다.

나라마다 문화의 차이로 가끔 오해를 부를 수 있다.

리콴유

    세상에는 위대한 지도자들이 많다. 위대한 사람은 사람들에게 얼마나 많은 도움을 주었느냐가 위대함의 기준이라고 본다. 자신의 희생을 통해 타인에게 감동을 주는 자세이다. 내가 존경하는 지도자는 아소카, 세종, 이순신, 링컨, 김구, 리콴유를 들 수 있다.

    리콴유 싱가포르 전 총리가 지난해 여섯 번째 책을 내었다. 91세인 그가 책을 내었다는 신문 기사를 읽고 놀랍기만 했다. 몇 년 전에 그의 자서전을 읽고 국가지도자는 이렇게 정의로워야 한다는 생각을 한 적이 있다. 그가 이뤄낸 업적에 대해 진정 감탄을 금할 수 없다. 무엇보다 부정부패를 근절시키고 싱가포르를 세계사에서 가장 빠른 시일에 도시국가를 만들어 냈기 때문이다.

    지도자는 한 국가의 운명을 좌우한다. 도덕성이 오늘의 싱가포르를 있게 한 것이다. 부정한 공직자는 발을 붙일 수 없었다. 엄격한 도덕성이 내가 리콴유를 존경하는 이유이기도 하다. 혹독한 법치와 반부패 제도를 확립해 거리에서 껌만 뱉어도 심하면 태형笞刑을 받을 수 있는 나라, 마약은 0.5g 이상 가져도 사형당할 수 있는 나라로 바뀠다.

1819년 이후 영국의 식민지가 된 싱가포르는 영국으로부터 독립했던 1959년 158만 인구의 작은 도시국가에 불과했다. 면적도 제주도 2배 정도밖에 되지 않는다. 경제발전에 필요한 부존자원이나 기술 자본 어느 하나 갖추어진 것이 없었다. 그는 35세에 국민의 압도적 지지를 받고 총리에 취임하여 불과 25년 만에 평균 개인 소득 2만 달러의 선진국으로 올려놓고 총리직에서 물러났다. 그러나 그의 후계자들은 정계 은퇴를 막고 원로 장관이라는 자리를 창설하여 계속 정부를 지도해 가도록 추대했다. 사실상 내각에서 그의 권능은 총리 재임 시절과 별로 다름이 없다고 알려졌다.

　싱가포르는 영국의 식민지였지만 일본이 단 2주 만에 11만의 군사로 영국군 13만 명을 물리치고 싱가포르를 함락시켰다. 그는 먹고살기 위해서 일본어를 배우고 일본군 치하에서 취직했다.

　일본 점령군 행정청의 연료 보급 담당 부서에서 일하던 아버지는 시모다를 찾아가 그의 취직자리를 부탁했다. 할아버지와 옛정을 생각해 그는 리콴유에게 일자리를 주었다. 상전이 일본인으로 바뀐 새로운 세상에 첫발을 내딛게 된 셈이다.

　그는 세 군데의 직장을 옮기며 1944년 말까지 거의 3년간 근무했다. 마지막 직장은 일본군 보도부에서 15개월간 근무했는데 연합국 국적 통신사들의 뉴스 전문을 해독하는 것이었다. 어쩌면 친일행위라고 비난할 사람들도 있을 수 있는 일이기도 하다.

　그가 일본군 치하에서 근무했던 것은 어둡고 부끄러운 일이라 할 수 있겠으나 빼놓지 않고 솔직하게 기록하고 있다.

　제2차 세계대전이 끝났으나 공산주의자의 난동으로 한 치 앞을 내다볼 수 없는 불안한 나날이 지속됐다. 리콴유는 자신의 힘으로 아무것도 할 수 없음을 깨닫고 케임브리지대학에 유학하여 법을 공부한다. 영국 유학 시절은 인생의 전환점이었다. 그곳에서 영국인들의 철저한 준법정신과 합리주의 사상에 큰 영향을 받았다고 그는 말했다.

이러한 경험은 나중에 국정운영의 틀이 된다. 그는 자신이 직접 일본군의 야수성과 잔인함을 체험하며 무엇이 상전과 하인을 결정 짓고 무엇이 사람을 복종하게 하고 더 나아가 충성하게 하는지 확실히 목격했다. 일본인을 상전으로 모시고 일본의 언어와 풍습, 역사와 문화를 배워야 했다.

리콴유는 강경 반공주의자로 알려졌지만 시대 흐름에 따라온 건 사회주의를 신봉했다. 좌파와 연정을 꾸렸으며, 급진 공산주의에 맞서며 국익을 좇았다는 점에서 실용주의자로 부른다. 독재 비판에 대해 "언론 자유보다 우선한 것은 국가 단합"이라고 말했다.

한국인에 대해 특별한 애정을 품고 있었다. 대만인과 일부 아시아인은 외세에 순종했지만, 한국인은 저항을 멈추지 않았다고 했다.

"일본은 한국의 풍습, 문화, 언어를 말살하려 했지만, 민족적 자부심이 있었다. 한국인은 굳은 결의로 야만적인 압제자에 항거했다. 일본은 수많은 한국인을 죽였지만 그들의 혼은 결코 꺾지 못했다."면서 한국의 유구한 문화와 민족적 긍지에 찬사를 아끼지 않았다.

죽음이 임박해서도 실용주의를 놓지 않았다. "내가 죽거든 집을 기념관으로 만들지 말고 헐어버려라."는 유언을 남겼다. 집을 철거할 경우 도시개발 계획을 바꿔 주변 건물을 높이 올릴 수 있기 때문이다.

리 전 총리는 동남아시아에 있어서 가장 핵심적인 인물로서 아시아적 후진성과 정체성을 극복하게 한 지도자로서 오래 기억될 것이다.

이념의 벽

유럽을 여행하다 보면 이웃하고 있는 나라와 국경의 개념이 없는 듯하다. 유럽이라는 큰 틀이 하나의 국가이고, 프랑스나 독일, 이탈리아, 헝가리, 폴란드, 체코는 하나의 도시라는 생각이 든다. 차량은 아무런 제지 없이 국경을 넘나들었다. 우리나라와 같이 국경을 지키는 군인도 없다. 남북한이 총부리를 겨누며 한반도에 사는 나로서는 그들이 부러울 뿐이다.

이런 유럽연합은 18세기 생피에르의 유럽 영구평화 방안, 루소의 국가연합에서 실마리를 찾을 수 있을 것 같다. 계몽 사상가들은 지적으로 유럽이 통일되었다고 생각한다. 대항해시대를 연 유럽은 산업혁명을 거치며 계몽사상을 낳고 과학기술의 발전을 이루며 민주적인 시스템을 확립하였다.

유럽은 하나의 거대한 공동체를 형성해 나가고 있다. 2013년 발칸반도의 크로아티아가 유럽연합에 가입하여 28개국이 되었다. 28개국 회원국은 1, 2차 세계대전에서 서로 적이 되어 총부리를 겨누면서 30년 전쟁을 치렀다. 상호대립과 파괴의 역사로 얼룩진 유럽이다. 그런 나라들이 자발적으로 동참하여 평화정착과 공동 번영을 추구하는 유럽연합을 이룬 것에 놀라지 않을 수 없다.

우리의 판문점과 마찬가지로 분단 독일 시절 상징으로 유명한 브란덴부르크 문을 보았다. 18세기 축조된 이 문은 히틀러의 나치군이 군사 프레이드를 벌이던 곳이었고 전쟁이 끝나면서 연합군이 팡파르를 울린 곳이기도 하다. 지금은 통일되어 자유롭게 드나들지만 동쪽과 서쪽의 경계가 되었던 금단의 문은 독일을 분단시키고 가로막는 장벽이었다. 미국과 소련 냉전의 상징이기도 했다.

레이건 미국 대통령은 브란덴부르크 문에 모인 청중 앞에서 베를린 장벽을 향하여 외쳤다. "고르바초프 서기장이여, 이 장벽을 허물어주시오." 그리고 29개월 후에 장벽이 무너졌지만, 미국 대통령의 말 한마디에 독일이 통일되었다고는 보지 않는다.

통일의 결정적 계기는 헝가리가 국경을 개방한 것이었다. 헝가리가 오스트리아 쪽 국경을 개방하면서 수많은 동독사람이 체코슬로바키아를 넘어 헝가리로 들어온 후 오스트리아를 거쳐 서독으로 탈출하는 데 성공했다. 동독의 붕괴는 시간문제가 되었다. 이렇듯 독일통일의 중요한 요인은 사회주의 빈곤에 염증을 느낀 동독 국민들의 자유에 대한 열망이 아니었을까.

어떤 제도이든 간에 인간의 모든 것을 완벽하게 충족할 수 있는 것은 없는 것 같다. 사회주의는 사회적 불의를 지적하지 않은 풍토 속에 바뀌어야 하는 것은 변하지 않고 겉모양만 변화시킨 것이다. 이상과 현실이 분리되고 말과 행동이 서로 다른 인간을 만들어 내는 사회라는 것이다. 자본주의가 완벽한 사상이 되지 못하는 것은 무한경쟁과 이윤추구로 인한 불평등 때문이다. 복지국가로 나아가야겠지만 한국 실정에 맞는 제도를 찾아야 할 것이다.

동유럽에서 정치적 변화가 일어났다. 공산주의 정권이 무너지기 시작했다. 동독 정부에서 국민에게 자유여행을 허가했다. 자유여행은 분단의 장벽을 무의미하게 만들었다. 동독 사람들은 헝가리를 통하여 서독으로 몰리기 시작했다. 탈출을 시도하는 시민들에게 동독 정부는 폭력을 행사했으나 자유의 열망을 막을 수 없었다.

국민들은 사회주의 체제가 우월하고, 지킬만한 가치가 있다고 생각하지 않았다. 그들은 쓸모없는 베를린장벽을 제거하였다. 동·서독 장벽이 허물어지고 독일은 통일되었다. 그리고 소련은 공산당 일당체제를 포기하면서 공산주의 종말을 고하였다.

베를린에는 시청 서북쪽 베르나우어가를 따라 200m 남짓 장벽이 남아 있다. 사람들이 장벽 조각을 기념품 삼으려고 망치와 정으로 쪼아내 철근이 다 드러났다. 동네 복판을 장벽이 가로질러 분단과 이산의 아픔이 컸던 곳은 역사의 뒤안길에 묻혀 졌다.

장벽을 넘다 사살된 동독인이 얼마나 많았던가. 장벽이 세워진 이후 28년 동안 5천 명의 동독 사람들이 장벽을 넘는데 성공했고 체포된 사람도 5천 명에 이르렀다. 192명은 장벽을 넘는 순간 사살되었다. 장벽 동쪽을 지배했던 것은 속박이요, 서쪽에 넘쳤던 것은 번영이었다. 155km 베를린 장벽은 역사를 말해주고 있다.

독일 통일의 주역이었던 콜 수상은 동독 방문의 첫 대중연설에서 독일 민족의 자주권행사가 통일을 가져왔다고 말했다. 민족의 자주권행사가 얼마나 중요한 것인가. 독일은 통일 이후 유럽중심국가로 거듭났다. 폴란드 헝가리 체코와 같은 동유럽 국가는 개혁 개방을 통해 다른 국가로 탄생하는 모습을 보았다.

남북이 분단 된지 70년을 맞이하였다. 우리도 독일처럼 자주권을 가지고 통일할 수는 없을까. 남북문제에 환상에 젖어서도 안 되지만 미리 체험하고 낙담할 필요도 없다. 통일 비용이 독일보다 2.5배가 더 든다고 해서 주저앉아서도 안 될 것이다. 드러내 놓고 통일을 외치는 방법도 있으나 조용히 대화로 추진하는 방법도 있을 것이다.

개혁, 개방은 북한 체제 생존을 위한 필수조건이 되고 있다. 우리식 사회주의가 설 땅이 없기 때문이다. 북한이 중국식이든 베트남식이든 간에 시장경제를 받아들이고 개혁 개방을 할 경우 10년 후인 2024년 말에는 경제 규모가 지금보다 2.4배 이상으로 커진다는 연구 결과가 있다. 북한이 현재처럼 핵 개발을 계속하고 폐쇄적이고 부분적인 개혁 개방을 고집할 경우 경제는 10년 안에 한계에 부딪힐 가능성이 큰 것으로 보고 있다. 북한 주민의 소득이 아프리카나 아시아의 최빈국 수준으로 떨어진다는 의미이다.

통일이 된다면 한반도가 한 번 더 웅비하게 될 것이다. 우리는 만주로 몽골로 러시아를 거쳐 유럽으로 가야 한다. 불과 몇 시간 거리를 막는 분단 벽, 아직은 높아 보이지만 독일에서 허물어진 이념의 벽을 보았듯이 무너지지 않는 벽은 없을 것이다.

일본은 친절한 나라인가

일본에 여행했을 때 일이다. 오사카 간사이공항에 도착하여 수속을 밟을 때 나이 지긋한 분이 열심히 안내하고 있었다. 교토에서 하루 일정을 마치고 호텔로 향했다. 짐을 들고 계단을 오르는 순간 안내원이 달려와 가방을 들어주었다. 아침 식사할 때도 주방 여성이 연신 인사하기 바쁜 모습이었다. 내가 여행을 그렇게 많이 한 것은 아니지만 다른 나라에서는 볼 수 없는 일이다.

오사카 신사이바시 거리에서 시장을 관광하던 중이었다. 갑자기 소변이 마려워 경비실 안내원에게 화장실을 물었을 때, 지하도에 있다며 따라 나와 정중히 안내해 주었다. 같은 유니폼을 입은 두 사람이 상가주위를 돌고 있었다. 경비원이 순찰 중인 듯했다. 한 시간가량 상점을 드나들며 구경하고 있었는데 그들을 세 번이나 마주쳤다. 그들을 보고 협동과 질서를 생각했다.

오사카 성을 관람하고 일행은 먼저 내려가고 혼자 걸어오다 유적지가 보여 들렀다. 나중에 안 일이지만 도요토미 히데요시를 모신 호코쿠신사라 했다. 입구로 들어가는데 저편에서 한 여성이 걸어오고 있었다. 언뜻 보기에 얌전하고 지적이었다. 그 여성은 내가 지나갈 때까지 다소곳이 서 있었다. 남자 앞을 먼저 지나치지 않겠다는 배려였다. 신사는 조용하다 못해 적막이 흘렀다. 사람들은 그리 보이지 않았다. 건물 안에는 전통복장을 입은 남성이 있었다. 주위를 둘러보고 나올 무렵 문 앞에서 홀로 진지하게 묵념하는 그녀가 보였다. 여행 중 일본인들의 질서와 친절은 지금도 나의 뇌리에 남아있다.

일본인들의 배려와 친절은 여러 곳에서 나타나고 있다. 2011년 3월 11일 대지진 때도 물건 사재기와 약탈이 없었다. 몇 백 미터씩 줄서서 구호물자를 배급받는 일본인에게 세계가 놀랐다. 먹을 것이 부족한 마트에서 자기에게 할당된 식료품만을 사서 나오며 더 달라고 애원하는 사람이나 거부하는 모습을 찾아볼 수 없었다. 사상 초유의 재난에도 오히려 평상시와 다름없는 모습을 보여주어 세계가 믿을 수 없다는 반응이었다.

몇 해 전 부산 화재로 일본인 관광객 일곱 명이 숨졌을 때도 부산을 찾은 유족들은 오히려 "미안하다"고 했다. 울부짖는 유족들의 모습을 볼 수 없었다. 의연하고 침착했다. 통곡도 폐 끼치는 것이어서 슬픔을 안으로 삭이는 것이다.

이슬람 무장 단체 IS에 처형됐다는 일본인 유카와가 인질로 잡혔다. 일본 아베 총리는 공개적으로 "IS와 싸우는 나라들에 2억 달러를 지원하겠다."고 했다. 일본에선 아베의 말이 처형을 불렀다는 주장도 있었다. 그런데도 유카와 아버지는 "국민에게 폐 끼쳐 죄송하다. 정부 노고에 감사한다."며 몸을 낮추었다. 2004년 일본인 다섯 명이 이라크에 들어가 '자위대 철수'를 요구하다 무장 단체에 납치됐을 때도 가족이 "폐 끼쳐서"라고 말하게 됐다.

일본인은 왜 이렇게 친절한가. 초등학교 들어가면 가장 먼저 배우는 게 '폐 끼치지 말라'이기 때문이었다. 물론 가정교육도 마찬가지라 한다. 그렇게 배운 아이들은 어른이 돼 '폐 끼치지 않기'를 실천한다. 어쩌면 폐 끼치지 않기는 단합된 힘이 되어 다른 나라를 괴롭혔는지도 모를 일이다.

그래서일까. 일본을 집단사회라 한다. 이런 집단문화는 우리나라와 주변국들을 침략하여 큰 고통을 안겨주었다. 한반도를 짓밟고, 만주사변을 일으키고, 아시아를 넘어 미국 진주만을 습격해 태평양 전쟁을 일으켰다. 장정들이 끌려갔고 앳된 소녀들도 끌려갔다. 전투를 앞둔 칼날은 소녀들을 차례차례 욕보였다. 위로받지 못한 소녀들의 비명이 안타깝게 스러져갔다. 그릇된 야망이 대지를 흔들었다.

일본은 진정 친절한 나라인지 묻고 싶다. 내가 여행 중에 만난 일본의 친절은 상황에 따라 다른 것인가. 지금도 일본은 참혹한 역사를 부인하고 사죄하지 않는 건 그들 위에 왕이 있어서인가. 위안부를 강제 동원하지 않은 척, 침략전쟁을 하지 않은 척해서는 안 된다. 이제는 늙고 병들어 생명을 다하는 이 순간에도 그들은 여전히 눈치를 살핀다. 종전기념일에는 정치인들이 앞다투어 야스쿠니신사에 달려가 전범을 추모하고 군국주의 시절을 기린다.

지금이라도 일본이 과거의 잘못에 대해 속죄하고 이웃나라에도 '폐 끼치지 않기'를 실천해 보면 어떨까. 진정으로 친절한 나라가 되려면…….

본색

아시아지역의 새로운 골칫거리 일본
독도의 영유권 주장, 위안부 문제
아베 일본 총리의 야스쿠니 신사참배
미국과 유럽이 나서야만 고개를 숙인다.

아소다로 일본 부총리가 말했다.
"히틀러는 바이마르헌법 선거를 통해 선출됐다.
독일의 바이마르 헌법은 누구도 눈치채지 못하는 사이에 나치 헌법
으로 바뀌었다.
우리도 그 수법을 배우면 어떤가."

전파를 타는 "헛 헛 헛 헛" 웃음소리
저녁 뉴스에서 늑대 같은 음성을 들었다.
저 자신만만한 웃음소리, 온몸에 소름이 돋았다.
그들 본래의 모습인가.

나치가 바이마르헌법을 무력화하고
인접국을 침략해 세계대전을 일으키고
유대인 대학살이란 참극을 초래했다.

미국, 유럽 언론과 나치 전범 추적으로 알려진
유대인 단체 '사이먼비젠탈센터'가 들고 나서자
아소는 서둘러 꼬리를 내렸다.

늘 이런 식인가. 급할 때는 고개를 숙이고
잠잠할 때는 독사처럼 고개를 쳐드는

천황숭배의 뇌쇄, 무사도
전 세계의 우두머리가 되어야 한다는 망상증
그들의 정중과 예의는 껍데기일 뿐

저녁 뉴스에서 야수의 으르릉대는 소리를 들었다.

제6장
내가 걸어온 문학

아동문학을 접하면서

자라나는 어린이는 가식과 꾸밈이 없어 아름답다.

아동문학 단체 모임도 그런 면이 있는 것을 보았다. 2004년 여름이
니까 벌써 10년이 되었다. 동시를 쓰던 중에 엄기원 아동문학연구 회
장님을 만났는데, 이것이 계기가 되어 아동문학인들의 세미나에 참
가하게 되었다.

행사에는 정년퇴임한 교장 선생님도 몇 분 계셨고 유경환 시인, 김
완기 선생, 학교 선생들이 대부분이었다. 늦은 저녁, 주제 발표에 이
어 놀이마당이 펼쳐졌는데 소풍 간 어린아이들이 노는 모습처럼 해
맑은 동심 그대로였다. 일흔을 넘긴 분들도 여럿 계셨는데 그날만큼
은 어깨동무를 하고 동심으로 되돌아가 1박 2일을 보내고 왔다.

만남이 계기가 되어 동요를 몇 편 지어 김완기 선생님께 우편으로
보이고 하였는데 전혀 싫은 기색 없이 작품에 대한 의견을 말씀해 주
셨다. 아무런 대가 없이 흔쾌히 봐주셔서 지금까지 그 마음을 기억하
고 있는 것이다. 자로 잰 듯한 정확성을 기대하거나 상대에게 그 자
체를 요구하는 것이 아니기 때문이다. 인간의 정이 어떤 목적 달성을
위한 수단이나 방편으로 이용될 때 그것은 본연의 빛깔을 상실한 추

잡하고 혐오스러운 것으로 전락하고 만다.

이후로도 문학행사에 몇 번 참석하였다.

2007년쯤으로 기억되는데, 한중아동문학 공동 발전을 위한 자리였다. 유창근 교수와 중국연변대학 김만석 교수의 한중아동문학 발전에 대한 발표가 있었다.

김년균 문인협회이사장, 이재철 시인, 김종상 시인, 이상현 시인이 참석했는데 인사를 나누었다. 이 자리는 한민족 민족정신을 되살리는 것이 양국 간 공통 과제이다.

연변은 우리 한민족의 민족정신이 깃든 문화유산 중심지다. 그들이 지은 동시도 읽어 보았다. 조선족의 동시는 예술성보다는 목적주의 요소가 강하고 한국은 개방적이며 예술적인 면을 중시하고 있다는 느낌을 받았다. 체제가 서로 다른 결과일 것이다.

중국에서 소수민족인 조선족이 우리 문학 뿌리를 그대로 간직하고 이어가는 것은 끈기 있는 겨레의 정신이라 할 수 있다. 막연한 교류의 의미를 넘어서서 한국 작품이 중국 땅에 건너가고, 중국 조선족 작품이 한국독자에게 가까이 다가와야 한다. 좋은 의미의 행사였다.

다른 문학 행사도 여러 번 참가해 보면 나름대로 알찬 내용을 구성하고 있었지만, 아동문학 행사는 때 묻지 않은 동심 그 자체로써 나를 끌었다. 꾸밈이 없는 동심은 언제나 정겹다. 격식에 얽매이지 않는 순수한 마음이 우리를 편안하게 한다.

그것은 다른 문학 단체에서 보지 못한 새로움이었다. 행사 진행과 내용도 알찼고 아동문학인들의 세계는 아기자기하면서도 푸릇푸릇 싱그러운 맛이 있었다. 그때부터 내게는 동시에 대한 관심이 새록새록 싹트기 시작했다.

동시를 쓰고 있는 만큼은 동심으로 되돌아갈 것이다. 어린이의 마음을 읽고 표현할 줄 아는, 어린이의 눈빛을 그릴 줄 아는, 어린이의 미래에 돌다리를 놓을 줄 아는 그런 마음을 가질 것이다.

그렇다고 동시만 쓰겠다는 말이 아니다. 작가는 시, 시조, 수필, 소설을 불문하고 모든 글을 쓸 줄 알아야 한다. 많은 책을 읽고 글을 써야 한다. 그리고 책을 내야 한다. 그래야 진정한 작가가 아닐까. 나는 지금 작가가 되기엔 만 분의 일도 미치지 못한다. 모든 문학 장르를 다룬다는 것은 어려운 일이나 그렇게 되도록 노력하는 수밖에 없을 것이다.

나의 인생 4모작

소방공무원으로 퇴직하면서 남은 시간을 어떻게 보낼 것인가 고민하였다.

글을 쓴다는 생각은 가지고 있었지만, 퇴직 후 30년 동안 활동해야 하는 10만 시간을 어떻게 보낼지 해결 방법이 모호했기 때문이다. 1주일 단위로 시간표를 만들어 도서관, 구민회관, 문화원에서 인문학과 사진 강좌를 듣고 있다.

며칠 전 서울시청 사진동호회에서 다문화가족 추억 만들기 행사를 했다. 회원으로 카메라를 둘러메고 참가했다. 광화문에서 네팔, 베트남, 일본, 중국, 인도네시아에서 한국으로 시집온 12가족 30여명을 만났다. 사진 동호회원 10명이 그들과 서울시티투어버스를 타고 시내를 둘러보고, 남산한옥마을과 동대문 디자인플라자를 관광하면서 사진을 찍어주었다. 가족과 함께한 나들이라 그런지 모두 즐거운 표정이었다. 짧은 시간이라 아쉬웠지만 많은 이야기를 나누었다.

중국인 어머니와 함께 온 고등학생에게 장래 희망을 물었더니 관광객을 안내하는 가이드를 하고 싶다고 말했다. 그는 처음에 한국 정착하느라 어려웠던 이야기를 들려주었다. 아는 사람도 없고, 국가적 관심이 적은 때였기 때문이었으리라. 최근 정부의 다양한 프로그램이 마련되어 외로움을 느끼지 않는다고 했다. 이렇게 재능봉사를 하며 시간을 보내는 것도 괜찮다는 생각이 든다.

지난 세월을 되돌아보니 내 인생의 1모작은 고향 울진에서 울진농업고등학교를 졸업하고 6년간 농사를 짓던 시간이었다. 방위병으로 해안초소에 배치되어 근무하면서 집안일을 도왔는데, 논밭을 갈며 써레질을 했던 기억이 난다. 당시 동해안 일대는 많은 장정들이 내 고장을 지키는 병력으로 배치되었다. 병역기간은 1년이었는데 격일제 근무를 하면서 국방 의무를 다했다. 지금이야 기계로 논과 밭을 갈지만, 당시만 해도 소를 앞세운 쟁기질을 했다. 하루 500평씩 5일 정도 논밭 갈이를 하면 몸속의 진액이 다 빠지는 느낌이었다. 무리하게 농사일을 하다가 쓰러진 적도 있었다. 소도 힘들었는지 가는 길을 멈추었고 숨이 차고 하늘이 빙빙 돌았던 기억은 아직도 내 가슴속에 아련하다. 똑같은 일을 반복하는 따분함이 나를 지치게 만들었던 시절이었다.

2모작은 고향을 떠나 서울에 정착하여 5년간 '금성통신공사'라는 회사에서 산업역군으로 열심히 일한 시기이다. 전화 회선 증설을 하청받는 회사였는데 전화국을 옮겨 다니며 일했다. 서울을 중심으로 해서 부산 수원 대전 등 지방을 오르내렸다. 그때 말단 근로자들의 어려움을 알았다.

3모작은 소방공무원으로 임용되어 서울에서 30여 년간 근무한 시기이다. 늦깎이로 입사해 동료 중에서 내 나이가 제일 많았다. 그래서 남들보다 더 노력했는지도 모른다. 그때 나의 열정은 국민의 생명과 재산을 보호하는 일뿐만 아니라 대학원까지 학업을 마치도록 인도했다.

문학 활동은 삶의 원동력이기도 했다. 안전체험에 관한 논문을 몇 편 썼는데 '안전 프로그램을 활용한 외국 관광객 유치증대 방안'이 서울 시정연구 우수논문으로 선정된 것은 또 하나의 기쁨이었다. 서울시의 배려로 9일간의 인도연수를 다녀와서 인도 여행기란 책자를 발간했다. 일과 시간 후 시와 수필을 쓰며 노력한 결과 시집 2권과 산문집 3권을 발간했다. 이 모든 것은 가족과 주위 사람들의 관심과 격려가 있었기에 가능했다.

소방공무원으로 퇴직 후 시작된 4모작은 국립중앙도서관과 문화원에서 문학 강좌를 들으면서 그동안 미뤄온 여행을 했다. 동유럽과 서유럽을 여행하고 중국 서안, 일본 오사까를 다녀왔다. 도서관을 드나들며 책을 읽고 글쓰기에 정진하면서 국가로 받은 혜택을 지역사회에 돌려준다는 마음으로 살아가고 있다.

그간 맺어온 인연에 대하여 무관심할 때도 있다. 관계를 지속하다 보면 어쩔 수 없는 갈등과 긴장이 생기기도 한다. 각자 생긴 모습도 다르고 성격과 성향도 다양한 사람들이 함께 목표를 향해 달려가다가 생기는 부작용들이다. 다양한 문화생활을 하면서 새롭게 만나는 즐거움도 있지만, 그동안 쌓아온 지인들과 관계를 놓치는 것 아닌지 조바심이 날 때도 있다.

4모작까지 오는 동안 수많은 고난과 어려움이 있었다. 힘들 때는 여행지, 미술관, 박물관 등으로 나들이하며 에너지를 충전하고 글로 남겼다. 틈틈이 쓴 글을 모아 6번째의 책 산문집 발간 준비를 하고 있다.

　기쁨에는 괴로움이, 괴로움에는 기쁨이 있어야 한다는 말이 있다. 인생의 기쁨은 다른 사람이 할 수 없는 일을 하는데 있다. 잠시 숨을 돌리고 어디를 향해 달려가고 있는지 되돌아본다. 장수시대에 재능 기부와 봉사로 활력소를 찾는 것은 어떨까. 과거의 명예와 지위를 내려놓고 낮추며 살아보자. 고통스러운 일이 생길 때면 "시간이 지나면 잘 될 거야."라며 긍정적으로 생각해 보자.

　살다보면 삶에 덧없음을 느낄 때도 있다. 세상이 혼탁해도 정성은 통하게 되어있고 진실로 행동하는 삶은 아름답지 않은가. 인생은 바람과도 같지만, 끝없이 도전하며 행복을 찾아가는 여정이 즐겁다.

내가 걸어온 문학

초등학교 다닐 무렵이다. 내가 책을 읽거나 공책에 글씨를 쓸 때면 할머니께서 흐뭇한 표정을 지으셨다. 책을 가까이하는 모습이 좋았던 모양이다. 언제나 할머니의 가르침은 잠언 같은 것들이었다. "너는 다른 아이들과는 달라야 한다."며 한글도 익혀야겠지만 한문도 알아야 한다고 하셨다. 종손으로써 학문의 기본 소양은 갖추라는 뜻이었을 게다. 하지만 나의 한문 실력은 할머니의 기대에 미치지 못했다.

어려서부터 나는 농사일을 즐겼다. 내 또래의 농촌 아이들이 그렇듯 학교 갔다 오면 소 먹이러 산으로 갔다. 소가 큰 재산이었으므로 가족이 합심해서 거두었다. 아이들과 논둑 밭둑을 찾아다니며 꼴을 베었던 것은 나의 즐거운 놀이였다.

장손에 대한 기대가 많았던 할머니의 바람과 달리 나는 글쓰기에 재능이 없었다. 죽변초등학교 다닐 때 특별활동 시간이라 해서 글짓기, 붓글씨, 체육활동반이 있었는데 글짓기가 아닌 붓글씨반을 택했다. 중변중학교와 울진농업고등학교를 다닐 때에도 문학에 전혀 관심이 없었다. 꾸준히 일기를 쓴 기억도 없다.

독서를 즐겨 전기, 위인전, 역사물 등 닥치는 대로 읽었다. 삼국지, 수호지, 돈키호테, 이광수의 무정을 밤새도록 읽었고 문턱이 닳도록 책방을 드나들었다. 이 무렵 히틀러의 성장 과정과 전쟁을 다룬 책을 읽기도 했다. 여러 서적을 읽으면서 에세이를 쓰면 좋겠다는 생각을 한 적이 있었다.

독서가 쌓일수록 글쓰기는 특별한 사람이 하는 것으로 생각했다. 시를 쓰는 것은 하늘이 내려준 특별한 능력이라고 믿었다. 나 같이 평범한 사람이 시를 쓴다는 생각을 못 했다. 나이 들어 신문이나 책을 읽으며 글을 잘 쓰는 사람이 부러울 뿐이었다.

늦은 나이에 내가 시를 쓰게 된 것은 정말 우연이었다. 늦가을 고속버스를 타고 울진 갈령에 모신 15대조 시제 가는 길이었다. 홍천을 지나면서 창밖은 단풍이 절정이었다. 대관령을 굽이굽이 내려오면서 '이 세상에 태어나 시 한편이라도 남겨야 되지 않겠는가' 라는 생각이 뇌리를 스쳤다. 울진 북면에 있는 갈령 산소에서 종친들과 시향제를 올리고 다시 상경하는 고속버스를 탔다. 서울로 올라오면서 이대로 일생을 마칠 수는 없지 않은가. 문득 우리나라 산천의 아름다움을 시로 써보고 싶다는 생각을 했다. 내 인생의 새벽을 다시 맞이하리라. 그때 내 나이 49세였다.

집에 도착하여 며칠 만에 시 한 편을 완성하였다. 한 편에서 두 편, 세 편, 그렇게 시작한 시 쓰기를 하면서 등단을 결심하였다. 시 한 편만 써 본다는 것에서 발전하여 꿈은 계속 커갔다. 혼자서 쓴 시를 보고 수준 있는 글인지 판단이 서지 않았다. 나에게 문학의 길을 안내하는 선생을 찾아 나섰다. 수소문 끝에 윤금초 선생을 뵈었다. 합평회를 거치면서 열심히 습작하였다. 2002년 행정자치부에서 주관한 공무원 문예대전에서 '불타는 인형'으로 시조부문 최우수상을 차지하였다. 시조를 쓰기 시작한 지 1년 만이었다. 그리고 2004년 농민신문 신춘문예에 시조가 당선되었다.

문학인이라면 모든 장르를 할 줄 알아야 한다는 생각이 들어 동시에 도전했다. 똑같은 일을 반복한다는 것은 지루하기 때문이었다. 여러 사람을 만나고 새로운 언어를 배워야 했다. 박두순 선생을 만나면서 동심의 세계에 빠졌다. 2006년 오늘의 동시문학으로 등단 절차를 거쳤다. 2007년 공무원문예대전에서 '할머니와 느티나무'로 동시부문 최우수상을 받았다. 이상현 선생과 오순택 선생이 심사를 맡았는데 응모한 작품 5편 모두 우수하다는 심사평을 받았다. 6개의 장르에서 최우수상 수상자가 모두 교사였으나 동시부문에서 소방공무원인 내가 최우수상 수상자로 선정되어 신문사와 인터뷰를 하기도 했다.

문학을 하면서 훌륭한 선배를 만나는 것은 나에게 엄청난 행운이었다. 수필은 한상렬 선생으로부터 많은 도움을 받았다. 사실 나의 언어는 모두 누군가로부터 빚진 언어들이다. 내 글은 이 빚진 언어들에 의해 겨우겨우 헤쳐나갈 수 있었다. 더불어 나의 비루한 언어가 더 풍성해질 수 있도록 도와준 문우들에게도 고맙다는 말을 전한다.

글쓰기는 쉬운 일이 아니다. 내가 꼭 글쓰기를 해야 하는가에 대한 심리적 압박감을 받을 때도 있지만 그럴 때면 죽을 각오로 나 자신을 추스르고 마음을 다잡는다. 글을 쓴다는 것은 자신의 존재를 증명하기 위해 목숨을 조금씩 덜어내는 것인지도 모른다.

어떻게 하면 시를 잘 쓸 수 있을까. 체계적인 공부가 필요했다. 시를 좀 더 잘 쓰기 위해 방송통신대학교 국어국문학과를 택했다. 나이 50세에 중단된 공부를 계속하게 된 것은 순전히 시에 대한 열정 때문이었다. 4년 만에 대학을 졸업하고 1년을 쉬고 한양대학교 대학원 행정학과를 진학했다. 1년을 쉰 것은 담당 직원 실수로 서류 접수 날짜가 적힌 공문을 시달하지 않았기 때문이었다. 소방공무원으로 20년 근무한 경력이 있어 학자금은 서울시에서 50%를 지원하고, 나머지는 대학교에서 지원하여 무료로 다녔다. 서울시와 학교에 고마움을 갖고 있다.

오직 시를 써야겠다는 일념이 대학원까지 졸업하게 된 셈이다. 석사학위 논문을 준비하면서 시와 산문을 쓰면서 업무도 소홀함 없이 바쁘게 움직였다. 시를 쓰게 된 것도, 그때 대학을 다니면서 공부를 한 것도 잘했다는 생각이 든다. 돌이켜보면 제일 고되고 바쁠 때 더 많은 작품을 쓰고, 더 열정적으로 살았던 것 같다. 시를 쓰는 것은 밥벌이가 되는 일이 아니지만, 동료의 영혼을 달랠 수는 있었다.

서울소방학교에는 순직소방공무원을 기리는 소방혼탑이 있다. 내가 쓴 추모헌시 '늘 푸른 나무'가 공모전에 당선되어 탑전에 새겨졌다. 시를 통하여 순직한 동료 소방관을 추모하는 것은 나에게 영광스러운 일이다. 소방 현실을 알리기 위해 틈나는 대로 안전칼럼을 써서 신문에 기고하고 방송사와 인터뷰도 적극적으로 임했다.

2013년 공직생활 30년 만에 정년퇴임을 했다. 퇴임사에서 앞으로도 글을 쓸 것이며 지금까지 다섯 권의 책을 냈지만 다섯 권의 책을 더 내겠다고 다짐했다. 이 약속은 지키려고 한다. 벌써 퇴임한 지 1년이 훌쩍 지났다. 퇴임 후 호소하는 허탈감이나 지루함을 느낀 적은 많지 않았다. 그동안 쓴 글이 여러 편이 되어 출판사를 정해 놓고 시집과 산문집 2권을 출간하려고 마지막 퇴고 중에 있다. 글쓰기에 대한 사유로 하루가 너무 짧다. 지금은 강남문화원에서 마경덕 선생과 시 합평회를 한다. 문우들과 어울리는 재미도 솔솔 하다.

뼈를 깎는 아픔도 있지만 글을 쓰면 좋은 점도 있다. 글을 쓰는 동안 잡생각에 끄달리지 않게 된다. 한 단어 한 문장을 가슴에 담고 발을 내딛는 것에만 골몰하게 되어 시를 쓰는 동안 상상의 날개를 달고 자유롭다. 일상을 벗어나 얽히고설킨 관계망에서 오롯이 혼자가 되는 그때 나의 글쓰기가 시작된다.

내 집 주위에는 도서관이 두 군데 있다. 그것은 나에게 큰 선물이다. 송파도서관과 송파글마루도서관은 걸어서 20분 거리에 있다. 버스를 타면 세 정거장 거리인데 운동하는 셈 치고 걸어서 다닌다. 필요한 책은 빌려서 보기도 하지만 도서관에서 보내는 시간이 더 많다. 도서관에 없는 책은 잠실 교보문고를 이용한다. 책과 소일하느라 하릴없이 지내는 날은 거의 없다.

나는 하루 5시간 독서를 한다. 하루라도 책을 읽지 않으면 글을 쓸 수가 없다. 독서로 많은 시간을 소비하다 보니, '글을 쓰면 가난하다'는 말에 동의하게 되었다. 재산을 불리는 생각을 하면 글이 되지 않기 때문에 물질에 대한 욕심을 내려놓고 산다.

내가 낸 책 다섯 권은 모두 자비출판이다. 아내는 돈이 드는 책 출간을 마땅치 않게 생각하지만 지금 사는 집으로 입주하면서 방 5개 중 한 칸을 서재로 만들었다. 책꽂이에 책이 가득 쌓이는 것을 보면 마음이 든든하다.

얼마 전 울진문학상 대상을 받은 것은 또 다른 기쁨이었다. 퇴직 후, 손을 놓지 않고 꾸준히 글을 쓴 결과이기도 하지만 내가 태어나고 자란 고향에서 받은 상이기에 더 소중하다. 당선작 내용은 고향마을 어부들의 삶을 소재로 한 시 〈죽변항〉이다. 초등부, 중등부, 일반부로 나누어 시상하는데 다른 지방자치단체에서 보기 어려운 문학상이다. 기업가인 배준집 회장이 문학발전을 위해 상금 전액을 지원했다. 어려운 가정에 연탄을 나누어주는 등 자선사업에 앞장서고 있는 배 회장님께 박수를 보낸다. 불경기에도 이 상을 제정한 울진신문사에 감사를 드린다.

내가 문학을 하는 것이 조상의 내력일까. 시를 쓰는 나는 조상들의 유전인자를 물려받았는지도 모른다. 족보를 보면 15대조까지 학문을 한 흔적이 없지만 주경순 朱景舜 외고조부님이 한시와 제문을 지은 문집이 있다. 외가의 영향을 받은 것인가. 재능은 타고나는 것이지만 글쓰기는 훈련을 통해 가능한 것이 아닐까. 나는 대부분 시간을 문학에 투자하고 있지만 잘살고 있는 것인지 반문할 때가 있다

인간이 살면서 집중해야 할 것은 무엇인가. 의미 없는 곳에 의미를 집어넣는 일, 희망 없는 곳에 희망을 주입하는 일은 우리의 삶을 지탱하는 근본이다. 삶에 의미가 없다고 여겨질 때 삶은 허망하다. 그리고 희망이 없다는 것은 내일이 없는 것이다.

살아 있다는 것은 감사한 일이요, 희망을 바라보는 일이다. 이것이 문학의 바탕이라는 생각을 해본다. 우리는 삶의 무게만 생각하면 고통 때문에 죽을 것 같지만 순간순간 작은 풀꽃의 웃음을 발견하며 산다. 이제는 고단한 삶에 위로가 되고 즐거움이 되는 시를 쓰고 싶다.

사람은 태어나면 반드시 죽는다. 죽음에 이르러 죽음을 안다는 것은 불행한 일이 아니다. 죽음을 기억하면서 글로서 내 사상과 정신을 기록한다. 누군가 내 글 한 문장이라도 기억해준다면 그것만으로도 내게는 위안이 될 것이다. 나에게 문학의 길은 행복역으로 가는 길이다.

나의 시 쓰기

시는 어떻게 쓰일까. 나는 시 한 편을 쓰는데 하루만에 완성되는 경우도 있으나 대개 1주일은 걸리고, 한 달, 두 달, 심지어는 1년도 간다. 쓴 것을 고치고 시간을 두고 묵힌 다음 다시 보면 느낌이 다르다. 내가 쓰고자 하는 대상에 이미지가 떠오르지 않을 때는 인터넷을 뒤지고 관련 책자를 본다. 때로는 초조와 조바심 때문에 버둥대는가 하면 고전을 읽고 남이 쓴 시를 뒤적거린다. 입에 단내가 나도록 완전히 곰삭을 때까지 인내의 고통을 겪게 되는 것이다.

드디어 탈고했을 때의 희열이란 높은 산을 정복한 것과 같다. 며칠을 고민하고 끙끙 앓다가 성취감에 젖어 창작에 겹친 피로가 한꺼번에 달아나는 것이다. 창작하는 사람만이 맛보는 기쁨이다. 그 맛에 시를 쓰는지도 모른다.

내 나름대로 시 창작 방법이 있다. 시 쓰기 10원칙을 정해 놓고 노력한다.

첫 번째, 알기 쉽게 쓴다. 쉽게 써도 될 것을 어려운 문장으로 쓸 필요가 있겠는가. 언어는 사회적 약속이다. 소통되어야 하는데 더러는 시가 어렵다. 고학력자인 사람들마저 시를 읽고 이해가 되지 않는다면 그 시에 문제가 있다고 본다.

두 번째, 무엇보다 진실해야 한다. 문학은 억지로 만드는 것이 아니다. 가슴에서 우러나오는 거짓 없는 표현이어야 한다.

세 번째, 문장은 재미가 있어야 한다. 그렇지 않으면 독자는 책을 덮어버린다. 시가 사람들에게 관심이 멀어진 이유는 재미를 잃어버렸기 때문이다. 고전은 쉽고 재미 때문에 살아남았을 것이다.

네 번째, 눈에 보이는 것은 물론 안 보이는 것까지 손으로 만진다. 지상위의 모든 사물과 생명체들은 다 눈과 귀, 입과 코가 달려 있으며 뚫려있다고 생각한다. 우주 안에선 모든 것이 생명체이다.

다섯 번째, 문제의식을 늘 가진다. 어떤 사물을 대할 때나 어떤 생각을 할 때 그리고 정치와 경제 사회와 문화적 현상을 접할 때 관심을 가진다. 이것이 시 정신이며 작가 정신이다.

여섯 번째, 울림이 있는 말이어야 한다. 직접 말하는 것보다 스스로 깨닫게 하는 것이 좋다. 친절하게 설명하는 말, 마음이 고이는 법 없이 생각과 동시에 내뱉어지는 말, 이런 말속에는 여운이 없다. 쏟아내기만 하는 말에는 향기가 없다. 말이 많아질수록 내면에 차오르는 기쁨이 없기 때문이다.

일곱 번째, 사물을 새롭게 바라봐야 한다. 남들이 미처 생각하지 못한 참신한 소재를 발굴해 내는 것이다. 익숙한 것을 낯설게 만든다. 그래서 사물을 한 번 더 살펴보게 해준다.

여덟 번째, 발상을 전환한다. 직설법을 삼가고 은유법과 상상력을 동원하여 시를 담아내야 한다.

아홉 번째, 정보를 이용한다. 신문과 잡지를 열심히 읽고 시사문제, 사회적 이슈와 모순을 메모하기도 한다. 다른 사람의 시도 읽고 장점을 내 것으로 만든다.

열 번째, 치열한 시 정신이다. 시는 언어의 유희가 아니다. 시혼이 깃들어 있어야 한다. 그리기 위해 자신이 몰두할 때까지 고치고 또 고친다. 산책하면서도 생각하고 자다가도 벌떡 일어나 미진한 대목을 수정하며 보완하는 절차탁마의 노력 없이는 훌륭한 문학작품을 얻어내기란 어려운 일이기 때문이다. 작품 대부분은 많은 모순을 안고 태어난다. 그 모순은 퇴고를 통해 말끔히 지워지게 된다. 시인은 완결된 작품을 남기기 위해 생애를 투자하는 사람이 아닌가.

나의 시 쓰기 방법을 보이기 위해 수상작을 예로 든다.

얼마를 내달려야 그의 곁에 이를 건가
더디 더디게만 다가서는 목 타는 안타까움
꽉 막힌 사거리 서면 초침마저 휘청거린다

머리 풀어헤친 버섯구름 회색 도시 삼키고
허물어진 흙더미 속 새 나오는 신음소리
외마디 단말마 되어 가물가물 들려온다

어두운 벽 후벼 후벼 미로 끝 저편으로
손과 손 맞잡으려 내젓는 기구의 시간
점액질 끈끈한 사랑, 껴안아라 깊은 상처를
단발머리 풀빛 소녀 인형 하나 끌어안고
혀끝 날름대는 불길, 그 불길에 휘감긴 채

가파른 구원의 팔을 허우허우 젓는다

매캐한 연기 틈에 더운 기운 번져온다
이윽고 꿈틀 하는 몸짓 햇살 한 입 베어 물고
"살았다" 터지는 함성, 가로수도 손뼉 친다

— 〈불타는 인형〉 전문

　30년간 소방관으로 몸담아오면서 출동하는 모든 과정을 글로 그리고 싶었다. 아파트화재 출동신고를 받고 불에 갇힌 사람을 구조하는 장면을 시조 그릇에 담아 보았다.

　몇 년 전만해도 소방관은 24시간 비상대기 근무했다. 지금이야 8시간씩 3교대 근무 체제로 바뀌었지만, 이 시를 발표할 때만 해도 그랬다. 하루에도 몇 번씩 출동했다. 그럴 때면 주차장으로 변한 도로에서 때론 역주행하며 달린다. 초를 다투는 판에 사거리 적색 신호등에 마냥 멈출 수는 없었다. 5분 이내로 현장에 도착해야 사람을 구조하고 불길을 초기에 잡을 수 있기 때문이다. 검은 연기가 치솟는 창문에서 손수건을 흔들며 살려 달라고 아우성이지만 현장에 도착해서도 주차된 차량으로 소방차 진입은 시간이 걸린다. 이런 것들을 시조로 담아내려고 하니 처음에는 막막했다. 초고를 썼으나 건조하고 기사 내용 같아 감동이 없었다. 여러 번 퇴고를 거듭했다. 화염 속에서 애타게 구조를 기다리는 소녀를 생각했다. 인형을 가지고 놀던 소녀는 화염 속에서 다행히 소방관에 의해 구조된다. 처음에는 제목을 구조현장에서 라고 했다가 최종적으로 불타는 인형으로 바꾸고 부제로 119 구조현장에서라고 했다. 주제를 정하고 시를 탈고하기까지

3개월이 걸렸다. 고심한 보람이 있어 공무원문예대전 최우수상을 차지했다. 이 시조는 돌에 새겨져 중앙소방학교 교정에 세워져 있다.

할머니는 하늘을 바라본다.
소나기 한 줄기 내렸으면 하는 눈치다.
그러나 하늘은 맑기만 하다
매미는 연신 뜨거운 울음을 뱉어낸다
잠자리는 즐겁게 하늘을 날아다닌다.
할머니는 우는 손자를 달래주려고
느티나무 밑에 있는 의자에 앉았다.
그늘과 놀기 시작했다.
손자는 그늘을 만지작거리며 웃었다
그늘은 할머니의 주름 구석구석에 맺힌
땀방울을 닦아 주었다
이따금 가지에 얹혔던 실바람이 내려와
할머니의 굽은 어깨를 만져주었다.
햇볕은 느티나무 주위를 빙 둘러서서
그늘 속으로 들어오려고 애를 썼다
해가 산 넘어 갈 무렵
할머니는 어깨의 그늘을 내려놓고
집으로 돌아갔다.

느티나무는 40년 전에 할머니가 심은 것이었다.
— 〈할머니와 느티나무〉 전문

송파에 있는 오금공원에 느티나무 한 그루를 10여 년 전에 심은 적이 있었다. 아내가 시아버지를 22년 모신 관계로 서울시장 효행상을 받았는데 부상으로 받은 상금으로 느티나무를 심은 것이었다. 자라는 나무를 보려고 가끔 아내와 함께 공원을 찾았다. 그럴 때면 푸른 잎사귀가 미풍에 나풀거리며 반겨주었다.

8월 어느 날 오금공원을 찾았다. 산자락에는 제법 키 큰 나무들이 있는데 무더운 여름이라 사람들이 그늘에 앉아 땀을 말리고 있었다. 문득 할머니의 모습이 떠올랐다. 손자를 등에 업고 느티나무 그늘을 찾았을 할머니, 손자들을 무척이나 대견해 하시던 할머니, 동시는 그렇게 시작 되었다. 할머니와 손자, 그리고 햇볕과 느티나무, 그늘과 실바람을 병치시켰다. 제목은 느티나무 그늘 아래서로 했다가 할머니와 느티나무로 바꾸었다. 주제를 정하고 나서 2주 만에 작품을 완성하였다. 이 동시는 고심한 덕분에 공무원문예대전 최우수상을 차지했다.

달빛에 젖은 어선들이 돌아와
싱싱한 파도를 선창에 부려놓고
밤새운 노동의 무게로 중심을 잡는다
흡반으로 먼 바다를 끌어당기는 문어의 몸부림은 필사적이다
대게는 긴 다리로 허공을 꼬집는다
뭉툭한 곰치의 주둥이가
마지막 호흡에 비장한 결심을 내뱉는다

동이 트는 항구 질펀하다
울컥 치미는 비린내

밤새 고기 마이 잡았니껴

날이 궂어 얼매 못잡았니더

구수한 사투리가 포말처럼 흩어진다
　수신호가 술렁이는 경매장
　도매금으로 떨이한 아침이 어디론가 실려가고
　어죽 한 그릇으로 채우는
　등 푸른 죽변항
　비로소 조였던 괄약근을 푼다

　출렁이는 햇살에
　몸을 녹인 어선들
　줄지어 포구에 눕는다

— 〈죽변항〉 전문

　죽변항은 고향의 면 소재지이다. 어부들의 삶을 시로 쓰고 싶었다. 오징어가 많이 잡힐 때면 어머니와 함께 항구를 찾았다. 그럴 때면 오징어가 선착장에 무더기로 널려 있었다. 그렇게 많던 오징어는 지금 잡히지 않고 문어, 곰치, 대게 등이 겨우 명맥을 유지할 뿐. 어민들의 삶도 예전 같지 않은 모양이다. 새벽 항구에서 벌어지는 일상을 그렸다. 마지막 호흡을 가다듬는 생선들, 경매장은 술렁이고 집으로 돌아간 어부는 밤새 파도와 싸운 노동의 피로도 잊어버린다. 그리고 목선은 휴식에 들어간다. 시의 초안을 잡았으나 구성이 탄탄하지 못해 잘 될 것 같지도 않았다. 좋은 시어가 생각나지 않아 책상 서랍에 넣어두었다가 6개월이 지나 퇴고를 거듭하던 중에 문득 어부들의 대화가 떠올랐다. 울진 사투리다. "밤새 고기 마이 잡았니껴 / 날이 궂어 얼매 못잡았니더"이다. 이재무 시인이 심사평에서 말한 것처럼 어부의 일상 세목을 세세히 다 다루지 않고 대상을 특화시켜 생동하게 전경화 시킨 것이다. 제목은 죽변항의 아침으로 했다가 최종적으로 죽변항으로 바꾸었다. 이 시로 울진문학대상을 차지했다.

이렇게 시를 쓰고 있지만 나는 유명한 시인이 되고자 하는 것은 아니다. 다만 나에게 주어진 생을 최선을 다해 살아봐야 한다는 생각이다. 시인으로서의 가치가 더욱 중요하게 다가온다. 부족한 대로 그 길을 가며 조금씩 향상되어 가는 내 삶의 모습을 본다.

프루스트 고백이
남다르게 내 가슴에

　내 고향은 죽변항에서 2km 떨어진 봉평리 바닷가다. 지금은 모래가 휩쓸려 나가 반으로 줄어들었지만, 마을 앞 백사장은 물장구치고 모래성 쌓던 악동들의 놀이터였다. 1960년대만 해도 동해안 일대에서는 오징어가 많이 잡혔다. 자연스럽게 마을 앞은 건조장이 되었다. 저녁이면 마루 가득 푸들푸들한 오징어를 쌓아 놓고 온 가족이 둘러앉아 귀를 늘려 반듯한 상품으로 만들던 일이 그리움처럼 떠오른다.

　바닷가의 밤은 잠들지 않았다. 먼바다 오징어잡이 배들은 불야성을 이루었다. 아침이면 만선으로 돌아온 배들이 부려놓은 오징어로 발 디딜 틈조차 없었다. 그리도 많던 오징어는 어디로 갔을까. 오징어와 함께 북적이던 사람들도 떠났다. 가끔 고향에 내려가 들러보는 항구가 쓸쓸해 보인다. 그때의 활기 넘치는 풍경은 볼 수 없어도 언제나 따뜻하게 품어주는 죽변항은 어머니 품속 같다.

　고향의 바다가 키워준 감성으로 나는 지금 글을 쓰는 작가로 살고 있다. 글을 쓴다는 것은 고된 일이지만 또 다른 삶의 의미이다. 작가로 살면서 나의 가치관이 바뀌었다. 땅 한 평 불리는 것보다 글 한 편

쓰는 것을 소중하다고 여기며 산다.

프랑스 소설가 프루스트의 말이 떠오른다. "방의 모든 창문을 밀봉하고 두꺼운 커튼을 드리운 채 지금까지는 살기만 했으니 이제부터는 쓰기만 하겠다."라고 선언을 했다. 나도 무작정 쓰기에 전념할 수 있을지 의문이지만 그의 고백이 내 가슴에 와 닿는다.

소설가 이경자씨의 울진문학상 산문 심사평에서 "일반부에선 아주 잘 쓴 글 한 편이 있었습니다. 〈자두〉를 응모하신 분인데, 흠잡을 데 없는 글쓰기 솜씨임에도 불구하고 선에 넣지 못했습니다. 글의 내용이 울진과 상관이 없어서였습니다." 〈자두〉는 대상 당선작인 시 '죽변항'과 함께 내가 응모한 수필임을 밝힌다.

내게 주어진 울진문학 대상은 더 멀리 시의 길을 걸어가라는 격려라고 생각한다. 부족한 만큼 더 부지런한 시인으로 살고자 다짐한다. 내 시에 단비를 내려주신 심사위원과 어려운 여건에서도 이 상을 제정하고 운영하는 분들께 감사드린다.

각 지방자치단체에서는 그 지역을 대표하는 문학상을 제정하고 있다. 문학의 저변을 확대하기 위함일 것이다. 기왕에 시작한 울진문학상이 대한민국에서 권위 있는 상으로 발전되었으면 하는 바람이다. 이를 계기로 문학창작 활동이 활발하게 일어나 노벨문학상 작가가 탄생하기를 간절히 기원한다.

수상의 기쁨을 사랑하는 울진군민과 함께 나누고자 한다.

- 울진문학 대상을 수상하며

'후정 · 매인만필' 발간에 붙여

나의 외가는 우리 집에서 5km 떨어진 매정이라는 곳이다. 행정구역상 명칭은 울진군 죽변면 후정 2리. 어릴 적 외갓집에 갈 때면 아버지는 앞서시고, 어머니는 시루떡을 해서 머리에 이고 내 손을 잡고 갔다. 시냇물을 건너고 논두렁길 지나 새들의 지저귐을 들으며 산길을 걸었다. 지금은 죽변 해양바이오농공단지가 조성되어 지형이 많이 변했지만, 매정 앞산에 이르면 동네가 한눈에 들어온다. 매정은 신안 주 씨들이 처마를 맞대고 살아가는 집성촌이기도 하다. 외갓집에 도착하면 누구보다도 외할머니가 따뜻하게 맞아주었다. 친척이 모여 윷놀이를 하던 외갓집 나들이는 나이가 들어도 가끔 꺼내보는 추억이다.

매인 주종빈 선생은 나의 작은 외삼촌이다. 외할아버지는 2남 1녀를 두셨는데 어머니가 장녀이고, 큰 외삼촌은 주종렬 선생으로 중학교 교장으로 퇴임하였다. 작은 외삼촌은 아버지가 살아계실 때 해가 바뀔 때마다 연하장을 보내왔다. 윗사람에 대한 예를 다하는 작은 외삼촌은 나의 멘토가 되어 인생의 길을 물을 때마다 안내를 해주었다.

외가는 학문을 하는 집안이다. 몇 해 전, 외고조부로부터 3대 문집을 한 질로 묶어 '매은세고'를 발간하였다. 매은 주경순, 창곡 주총조, 비암 주병례의 글들을 모은 것이다. 3대가 학문을 하면서 문집이 있다는 것은 예나 지금이나 드문 일이기도 하다.

주경순 외고조부는 한시 49편, 산문 23편을 남겼다. 시는 대부분 자연의 아름다움과 인생의 삶을 노래했다. 춘천의 소양강을 유람하고 소양정에 올라 감회를 읊은 시가 있고, 객지에서 벗들과 공부하는 여가에 가을의 회포를 읊은 시가 있다. 젊은 시절 부지런히 노력하여 학문에 힘쓰라는 뜻으로 어리석은 선비를 가르친다는 '훈몽사'를 읽고 남다른 감회를 가졌다.

> 齊家治國惟身本
> 圖遠升高必近卑
> 虛度少年當務節
> 及歎老大己過時
>
> 집안을 가지런히 하고 나라를 다스림은 오직 자신에게 근본하고
> 원대함을 도모하고 높은 곳에 오름은 반드시 가깝고 낮은데서 라네
> 소년시절 보낼 땐 반드시 마땅히 힘쓰고 절약하게
> 늙어서 탄식하나 이미 지나간 때라네

조선 후기 성리학자인 간재 전우 선생을 스승으로 모시고 수차례 서신 왕래로 학문을 토론한 흔적은 문집을 통해 엿볼 수 있었다. 산문 중에는 간재 선생께 올린 편지가 일곱 편이나 된다. 외고조부의 투철한 교육관은 맏아들 창곡과 장손자 비암, 사위인 무실 남진영을 간재 선생 곁에서 배우게 함으로써 학문이 승계되는 것을 볼 수 있었다. 아

마도 후손들이 대대로 학문의 길로 나아가길 간절히 바랐을 것이다.

학문하는 집안에서 자란 외삼촌은 자연스럽게 교직을 선택하였다. 그후 평생을 교육자로 봉직해 오시다가 도원중학교 교감으로 퇴임하였다. 고향인 죽변중학교 교사로 계실 때 가르침을 받은 제자들에게서 들은 이야기가 있다. 역사에 대해 강의를 할 때면 해박한 지식에 재미가 있고, 학생들에게도 인기가 많았다는 말을 듣고 조카로서 기분이 좋았던 기억도 남다르다.

32년 교직 생활을 명예퇴임하시고 다시 배움의 길로 들어섰다. 숭조사상과 동양철학을 공부하기 위해 대구 향교에 입학하고 성균관 명륜 대학에서 예절교육을 받기 시작하였다. 실버넷뉴스 기자로 활동하면서 매 주 글 2편씩을 집필한다는 말을 듣고 나는 놀라곤 했다. 10여 년을 꾸준히 기사와 칼럼을 기고한다는 일은 여간한 마음가짐이 아니고서는 어렵다. 그렇게 해서 모은 글이 500여 편이나 되니 존경스러운 일이다. 산문 수백 편이란 글은 쉽게 얻어지는 것은 아니다. 퇴직 후 남는 시간을 허송세월할 수 없다는 뚜렷한 소신이 있었기에 가능한 일 아니었을까.

이번에 탈고하는 '후정·매인 만필'은 실버기자의 눈으로 바라본 칼럼이다. 고향 일가친척들의 이야기와 국내의 정치·경제·문화·교육과 한국을 둘러싸고 있는 미·중·러·일·북한 관련 문제들을 언급하였다. 어느 한쪽 세계관에 치우치지 않는 세상 모두를 담고 있어 자료의 가치가 크다는 느낌이 들었다.

영국을 여행할 때의 일이다. 공원 벤치에서나 버스를 기다리면서 혹은 지하철 안에서 책 읽는 런던 시민의 모습을 보고 느낀 점이 많았다. 가이드는 영국 사람들은 문학하는 사람을 존경하고 최고로 대우한다고 했다. 재산이 많은 사람보다 문학하는 사람을 우대하는 사회, 책을 가까이하는 영국에 노벨문학상 수상자가 많다는 것은 당연지사다.

우리의 가치관이 언제부터인가 물질만능주의에 빠져 부작용으로 나타나고 있다. 돈이 있어야 힘이 되는 사회. 책 읽기보다는 명품을 즐겨 찾거나 밤세우며 오락을 즐긴다거나, 유흥문화가 확산하는 것을 볼 때 부끄러울 따름이다.

하버드대학 도서관 명문 30훈 중 이런 글귀가 있다.

"남보다 더 일찍 더 부지런히 노력해야 성공할 수 있다. 성공은 아무나 하는 것이 아니다. 철저한 자기 관리와 노력에서 비롯된다."

끊임없이 학문을 갈고닦던 외삼촌께서 2년 전 뇌경색으로 쓰러졌다. 그렇지만 칼럼 쓰는 일을 놓지 않았다. 하루 중 저녁노을이 더 붉게 빛나듯이 황혼역까지 삶을 철저하게 관리했기 때문에 후손들에게 빛이 되는 매인만필이 출간되었다.

우리가 살아가면서 반드시 알아야 할 것들이 있다. 잊어서는 안 되나 잊혀지는 기억들, 버려서는 안 되나 버림받는 가치들, 손상되어서는 안 되나 사정없이 파괴되는 자연에 대한 시대의 성찰이다. 이 책에 모아놓은 것이 그런 종류의 앎들이 아닐까.

바람이라면 한 시대의 성찬盛饌을 겸허한 마음으로 펼쳐 보았으면 한다.

단 한편만이라도

3년 전이었다. 고향 울진에 모셔져 있는 15대조 선영(북면 갈영)에 다녀오다 어릴 적 기억이 뇌리를 스치는 순간 그것을 글로 표현하고 싶었다. '그래 까맣게 잊혀가는 그 추억을 시로 남기자. 단 한편만이라도⋯⋯.' 나의 시 쓰기는 그렇게 시작되었다.

조선 후기 한은규는 〈쌍선기〉 20권을 펴내면서 세상에 이름을 유전케 함이라고 적고 있지 않은가! 그동안 문학은 나에게 동경의 대상이긴 하였으나 직접 글을 쓴다는 것은 결코 쉬운 일이 아니었다. 잡문처럼 늘어진 글을 다듬는 일이란 많은 날들이 필요했다. 끊임없는 내면의 성찰과 함께 소재에 비추어 자신을 삭이지 않고서는 결코 맑은소리가 될 수 없다는 것을 알게 되었다.

선배 시인들의 잘 정제된 작품을 읽을 때는 온몸에 전율을 느끼기도 했다. 참 멀고 아득한 문학의 길에 농민신문사에서 놓아준 다리는 주춤거리는 나를 위한 튼튼한 다리일 것이다. '남한산성'은 우리에게 뼈아픈 역사의 흔적이 남아있고 잊혀가는 과거에 대해 아쉬움이었다. 묵묵히 한강을 끼고 솟아오른 남한산성을 보고 있으면 시대의 흐름을 안고 해빙의 아침을 여는 수어장대를 볼 수 있을 것이다. 그래서 그곳을 오래도록 끌어안고 있었다. 부족한 작품을 뽑아주신 심사위원 선생님께 깊은 감사를 드리며, 기대에 어긋나지 않도록 노력할 것이다. 정형의 틀에서 핵심을 꿰뚫는 짧은 텍스트로, 창조와 논리의 서정을 담은 시조를 쓰는데 혼신의 힘을 다하고 싶다. 그간 함께 공부한 문우들, 직장동료들과 이 기쁨을 함께 나누고 싶다.

— 농미신문 신춘문예 시조가 당선되면서

공직을 퇴임하면서

수많은 재난 앞에서 위험에 처한 사람을 구조하고 불길을 초기에 잡았을 때는 감사했다. 그리고 사고 없이 하루를 무사히 보냈을 때 행복했다.

언제 제일 힘들었던가. 동료가 재난 현장에서 순직했을 때였다. 그리고 죽어가는 시민을 구하지 못했을 때 안타까웠다.

예고 없는 재난 앞에 모든 일은 안전이 우선되어야 한다는 것을 가슴에 새겼다.

오늘 저의 퇴임식을 겸한 조촐한 출판기념회에 많은 분이 시간을 내어 참석해 주셨습니다. 이기환 전 소방방재청장님, 전광로 대종회장님, 황인환 강동소방서장님, 동료소방관, 의용소방대원, 종친, 친구 그리고 모든 분에게 감사를 드립니다.

30여 년 소방관생활을 무사히 마치고 정년을 맞이할 수 있었던 것은 선배님들이 이끌어 주시고 동료분들이 협조해 주신 덕분입니다.

저는 삶의 흔적을 남기기 위해 글을 썼습니다. 50이 되어서야 글을 쓰기 시작하여 시집을 내고 수필집을 내었습니다만 사실 저는 글을 쓰는 것 자체가 고통스러웠습니다.

그러나 정년을 1년 앞두고 소방현장 이야기를 기록으로 남겨야 한다는 사명감으로 다시 붓을 들었습니다. 글을 1주일에 2편 씩 써서 1년 만에 100여 편을 썼습니다. 어느 한쪽의 이야기만 들어서는 안 되겠다는 생각에 출동대원뿐만 아니라 혜택을 받은 시민들과도 일일이 대화를 나누었습니다.

이런 과정을 통하여 제가 몰랐던 대원들의 마음도 알게 되었습니다. 혜택을 받은 시민이 보내온 감사의 편지는 정말 감동적이었습니다.

어느 소방관의 이야기를 쓰면서 느낀 점이 몇 가지 있었습니다. 많은 대형 사고를 보면서 사람은 허점투성이란 생각이 들었습니다.

71년도 대연각호텔 화재는 종업원의 실수로 LPG 가스가 누출되어 폭발한 사고로 22층 건물을 모두 태우면서 163명이 사망했습니다. 부끄럽게도 호텔 화재 중 세계 최악으로 기록되고 있습니다.

77년 익산역 폭발사고도 40여 톤의 다이너마이트를 실은 열차에서 술에 취한 호송원이 촛불을 켜고 자다가 불이 붙어 일어난 사고로 익산 시내를 폐허로 만들면서 59명이 사망했습니다.

501명이 사망한 삼풍백화점 붕괴도 무리하게 4층에서 5층으로 증축하여 붕괴하였습니다. 이 모두가 사람의 실수였습니다. 그래서 교육이 필요하고 훈련을 해야 하고 법규는 엄격해야 하며 그대로 집행되어야 한다는 것을 절실히 느꼈습니다.

또 한 가지 글을 쓰면서 느낀 점은 20년 이상 공직생활을 한 공무원이라면 자기 분야에 대한 서적은 한 권쯤은 집필해야 한다는 생각이 들었습니다. 그래야만 자신의 업무를 폭넓게 정리할 수 있다는 생가이 듭니다.

저는 소방에 들어와서 많은 혜택을 받았습니다. 공부를 더 했고 몇 권의 책을 내었습니다. 소방조직을 떠나더라도 안전칼럼을 기고하고 소방을 홍보하는데 일조하겠습니다.

오늘 이 자리에 참석하신 모든 분의 가정이 행복하고 행운이 깃들기를 기원하겠습니다.

시묘 살이

　부모님을 어떻게 모셔야 잘하는 일인가. "효도는 모든 행실의 근원이다"라는 말을 실천하기는 쉽지 않다. 어른의 뜻을 받듦은 마음에서 우러나오는 사랑이기 때문이다.

　1970년대만 해도 대부분 가정에서는 장남이 노부모를 모시고 살았다. 농경사회에서 산업사회로 발전하면서 젊은이들은 직장을 찾아 도시로 떠나고 노인들만 남아 시골을 지켰다. 핵가족화가 급속하게 진행되면서 젊은이들은 부모님과 함께 사는 것을 부담스럽게 생각하였다. 지금은 서로 불편하다 하여 따로 사는 것이 일반화되었다. 이런 가족의 풍속도가 빠르게 퍼지면서 혼자 사는 노인이 사망한 후 한참 만에 발견되었다는 소식을 접하게 된다. 그런가 하면 효도 관광을 갔다가 버려지는 노인도 있다고 한다. 효도는 어떻게 해야 옳은 일인지 다시 생각하게 된다.

　반표지효反哺之孝라는 말이 있다. 까마귀들은 어릴 때 어미 까마귀가 먹이를 물어다 주어 먹고 살고, 자식 까마귀가 커서는 늙은 부모 까마귀를 죽을 때까지 먹이를 물어다 주며 효도를 한다.

　동물도 부모를 생각하는 효심이 깊은데 사람이 어찌 이런 일을 저지를 수 있는가. 부모를 버리는 자식의 패륜 행위는 핵가족사회라는 시대를 앞세워 윤색되고 있지만 버림을 당하면서도 자식 생각을 하는 부모의 마음은 변함이 없다.

자식이 부모를 부양하는 것은 윤리적이면서 자연의 섭리이다. 부모들은 자식을 낳아 키우느라 몸이 늙어버리고, 마음의 기운도 소진돼 버린다. 모든 기운이 자식에게 옮겨졌으니 이제 자식이 부모 부양에 힘을 써야 하는 것은 너무나 당연한 이치다.

오래된 이야기이지만 효행을 온몸으로 보여준 분이 있으니 公의 이름은 전백현田伯賢이요 자는 공백恭伯이니 나의 10대조다. 1654년 울진 봉평리에서 출생, 1714년 9월 24일 돌아가시니 향년이 61세였다.

공은 어려서부터 부모님에 대한 효성이 지극하였는데, 조석朝夕으로 문안 인사를 올려 불편함이 없으신지 살폈다. 항상 어버이 마음을 즐겁게 해 드리고 그 뜻을 어기지 않았으며 마음을 편안케 해 드리며 좋은 음식으로 정성껏 모셨다. 공은 부모님이 돌아가신 후 애틋한 마음으로 무덤가에서 여막을 짓고 3년 동안 독서하며 슬퍼하였다. 묘소 바로 아래, 가뭄에도 마르지 않는 샘터에 몸과 마음을 정결하게 가다듬고 불효함을 사죄하였다.

나는 어릴 적에 아버지와 함께 혹은 집안 어른들과 벌초하러 다녔는데 마르지 않는 샘터라고 일러 주었다. 공이 돌아가신 지 300여 년이 다되어가는데도 대를 이어 집안에 효와 덕이 전하여지고 있는 것은 마르지 않는 샘물 같은 공의 가르침이라는 생각을 해본다.

공은 자연을 감상하고 사물을 보는 안목도 남달랐던 모양이다. 들판에 파릇파릇한 풀잎이 움트는 것에 감흥을 받아 봉평鳳坪이란 마을 이름을 초평草坪이라고 고쳐 부르고 마을 중앙으로 흐르는 냇가를 초평천이라 이름 지었는데, 울진군지에 기록되어 전해지고 있다.

공의 묘소는 울진 연지리 봉우산은 북쪽으로부터 치솟은 산맥이 내려앉은 양지바른 남향 자락에 있다. 어버이 묘소는 바로 아래에 모셔져 있는데, 조그만 비석에는 '處士 幸洲 田禹立 之墓'라 쓰여 있다. 경은선생이 고려 말 경기도 고양군에 살아서 당시 후손들이 행주幸洲를 본관으로 삼았다. 몇 발자국 왼쪽 위로는 공의 맏 아드님인 순기舜基, 손자 達齊 공의 묘소가 위아래로 모셔져 있어 4대가 자리하고 있다. 나는 한 편의 시를 지었다.

> 울진 연지리 아늑한 봉우산자락
> 십대 선조를 산이 끌어안았네
> 벌초하러 갈 때면 집안 어르신들이
> 3년 시묘侍墓자리 일러주었네
>
> 자자손손 지켜야할 도리, 잊혀 질까
> 대를 거듭하여 구전으로 전해 오네
>
> 산소 아래 효와 덕이 흐르는 샘물
> 여기서 거친 바람도 숨을 죽이네
>
> 그 행적 없어질까
> 두려워하는 나의 조바심은
> 족보 말미에 앉아 후손들에게
> 말을 잇고 있네
>
> ─ 〈시묘〉 전문

할아버지에 대한 기억

    나는 어릴 적 할아버지에 대한 이야기를 많이 듣고 자랐다. 할머니께서 말씀하시길 할아버지는 새벽마다 냉수마찰로 시작되는 규칙적인 생활, 규범적이고 검소하며 부지런하셨다고 한다. 돈이 생기면 부모님께 먼저 드려 처분을 기다렸고, 천자문을 붓으로 직접 쓰시어 자손들이 익히도록 하였다.

    할아버지는 높은 벼슬자리에 오른 것도 아니고, 학문이 뛰어난 것도 아니었지만 매사에 열심이셨다. 그런 인품을 잘 알고 있는 가암 선생이 묘비문을 지었다.

    "公의 심성이 순수醇粹하여 대인관계가 원만하고 모나지 않기 때문에 원근과 친족들이 모두 좋아하여 조금도 불평과 시비하는 사람이 없었다. 나같이 세상 사람들과 어울리기 싫어하는 사람도 나도 모르게 숨김없이 마음을 이야기할 수가 있었다. 처음에는 가난하여 끼니를 걱정할 정도였으나 公이 적고績苦 끝에 토지도 장만하고 집도 새롭게 단장하였다."라고 썼다. 묘비명에 이르기를 "향중鄉中 사람들과 교우할 제 환희와 인정이 함께하였지, 부지런하고 열심히 하여 가업을 번창하게 이룩하였네, 저 당녹골을 손짓하며 지나는 사람들이 아까워하였지, 공의 행장을 대략적어 후인들에게 법이 되게 하였네."
라고 노래했다.

내가 다섯 살 무렵 할아버지는 가족들 곁에 쓸쓸함만 남겨두고 먼
길을 떠났다. 1900년 5월 2일 울진 봉평리에서 태어나시어 1956년 8
월 1일 향년 56세로 아쉬운 이별을 하던 날 弔客이 산을 가득 메웠
다고 한다.

내 기억 속에는 할아버지의 모습이 어렴풋이 간직되어 있다. 온후
한 품성을 지녔던 할아버지의 자손에 대한 사랑은 남달랐다. 나는 그
런 할아버지를 무척이나 따랐다.

내가 네 살 때로 기억된다. 햇볕이 이글거리는 어느 여름날, 할아
버지는 마당에 톱밥을 널어 말리고 있었다. 나는 마루에 끝에 앉아
업어달라고 보챘다. 할아버지는 하던 일을 멈추고 나를 등에 업고 뒷
산으로 올라가 바람개비놀이를 하며 놀아주었다. 할아버지 등에 업
혀 있는 내 모습을 보고 고모는 고목나무에 매미가 붙어 있는 것 같
다고 박장대소를 했다.

할아버지는 가난한 집안에서 태어나 어릴 적부터 농사일에 매달렸
지만, 틈틈이 학문을 익혀 울진 재동학교를 졸업하였다. 바쁜 와중에
도 화초 가꾸기를 좋아해서 마당에 화단을 만들어 집안을 화사하게
꾸며 꽃 잔치를 벌였다. 뒤뜰에는 무궁화, 석류꽃, 배꽃, 국화꽃이 피
고 졌다. 나는 어릴 적 할아버지가 만든 화단의 꽃들을 감상하며 온
화한 정서를 키웠다. 내가 시를 짓고 문학 활동을 하는 것은 할아버
지 덕분이라는 생각이다.

내가 성인이 되었을 때였다. 어느 날 오촌 아저씨가 뜬금없이 이

사람아, 자네 할아버지는 똥장군일세 라고 말했다. 그 말에 처음에는 어안이 벙벙했지만, 같은 말을 동네 사람들도 말해 주어 확실히 알게 되었다. 아버지의 말씀도 있어 어느 정도 알고는 있었지만,

근면한 할아버지는 농사일에도 최선을 다하는 농부였다. 당시 시골에서는 대, 소변이 농작물의 밑거름이었다. 부지런한 할아버지는 새벽녘 5리쯤 떨어진 후정리와 죽변 마을까지 찾아가 인분을 퍼 나르곤 했다. 그런 할아버지는 '똥장군'이란 별명으로 통했다. 하지만 할아버지는 주위 시선을 아랑곳하지 않고 묵묵히 일하는 농부셨다. 그런 성실함은 집안을 일으켜 세우는데 톡톡히 한몫을 하였다.

어느 날 새벽, 할아버지가 이웃마을 인분을 퍼 담고 있는데 덜거덕거리는 소리에 놀란 주인이 "밖에 누구요"하고 물었다고 한다. 대답이 없자 다시 "밖에 누구요" 물으니 "나는 똥장군이요."라고 대답하였단다.

주인이 무안해하며 "좋은 이름을 놔두고 왜 '똥장군'이라고 하십니까."라는 말을 받아 할아버지는 "사람들도 그렇게 기억하고 있습니다."라고 웃으며 대답하였다. '똥장군'이라는 별명도 개의치 않는 대장부이셨던 모양이다.

내가 일곱 살 때였다. 우리 밭머리에는 인분을 저장하는 곳이 있었다. 마을로 들어오는 골목길 옆 종조부 집을 짓기 위해 대패질을 하고 있었다. 나는 장난삼아 나무 대패에서 나온 부스러기를 안경처럼 쓰고 집까지 가기로 마음먹었다. 집까지는 50m쯤 되었는데 눈을 가려서 앞이 잘 보이지 않아 인분을 모아 두는 똥통에 빠지고 말았다.

허우적거리는 나를 밭에서 일하던 사람들이 구해 주었다. 똥을 뒤

집어쓴 나의 몰골이 말이 아니었을 것이다. 할머니는 똥통에 빠진 아이는 일찍 죽는다면서 손자의 액운을 막아야 한다고 야단법석이었다. 농사일로 바쁜 중에도 시루에 떡을 해서 동네에 돌렸던 기억이 난다. 자손에 대한 남다른 애정을 지니셨던 할머니의 정성만큼 집안은 늘 정이 넘쳤다. 샤마니즘적인 사고가 생활 깊숙이 자리를 잡고 있어서 오늘날 과학적 사고와 대별되는 풍습을 보며 자랐다.

산업화가 일어나고 삶의 질이 높아지면서 할아버지의 똥지게가 사라졌다. 내 기억 속 할아버지는 그저 가족을 위해서 피곤함도 마다치 않고 열심히 일만 하는 일개미였지만 이웃도 살폈다. 시골 마을 20가구에 전기가 일제시대에 먼저 들어온 것도 할아버지의 노력이었다.

지금 내 나이가 그때의 할아버지 나이를 훌쩍 넘어섰다. 지금 눈부신 경제성장을 이루고 세계가 인정하는 대한민국에 나는 살고 있다. 하지만 이런 나라가 되도록 밑바탕이 된 것은 바로 할아버지와 같이 최선을 다해 삶을 개척한 사람들 때문이라는 생각을 지니고 있다.

문득 할아버지의 목소리가 내 귓가에 머문다.

"세중아! 화단에 작약 꽃이 망우리를 터트렸다. 우리 뒷산에 올라 시원한 바람을 맞이하자."라는 음성이 들리는 듯하다.

인생의 좌표

나의 어머니는 집안의 대를 잇는 것이 여자의 본분이라는 생각을 하고 사셨다. 내가 결혼한 지 얼마 되지 않아 어머니는 아내에게 손자를 빨리 보고 싶다고 하셨다. 30세에 결혼을 했으니 당시로써는 만혼이었다.

결혼한 지 얼마 되지 않아 아내의 배가 불러오기 시작했다. 배가 둥글면 아들이라는 말을 생각하며 아내의 배를 보았더니 둥글다. 태몽이 생각난다. 고향집 앞 공터에 용이 빠르게 주위를 몇 바퀴 도는 것을 보고 깜짝 놀라 깼다. 용을 본 적은 없으나 뱀이 허공을 날아다닐 일은 없고, 사내아이라는 느낌이었다. 어릴 때 재미삼아 보았던 사주 점괘로는 아들이 다섯은 생길 것이라 하였다. 집안 내력을 보더라도 짐작이 되었다. 할아버지 형제는 4남 1녀이고, 우리 형제도 다섯이다.

출산 예정일이 다 되어서 어머니와 아내는 병원으로 갔다. 병원에서 진통이 시작되었지만 분만은 쉽지 않았다. 의사 선생님은 아이가 나올 생각은 안하고 둥둥 떠다닌다고 하였다. 얼마나 기다렸을까. 자정이 넘어서 제왕절개수술을 해야겠다고 수술 준비를 서둘렀다.

부모님과 함께 저자(1978년 서울 삼성동 서울무역전시장)

진통하는 아내 앞에서 어머니는 칼을 대는 것은 좋지 않다고 자연 분만을 고집하였다. 만약의 경우를 대비해서 의사가 수술 준비는 하되 기다려 보자고 했다. 어머니가 밤을 새워 기도한 탓인지 아침이 밝아 오면서 산통을 느껴 아내는 자연분만을 하였다. 나는 야간근무 중이라 병원에 갈 수 없었다. 전화상으로 산모와 아기의 건강에 이상이 없다는 소식을 듣고 세상을 다 가진 느낌이었다.

근무를 마치고, 오전 9시가 되어서야 병원에 도착하였다. 어머니는 간밤에 일어났던 이야기를 소상하게 들려주셨다. 만면에 웃음을 지으시며 "네가 아들을 낳으려고 결혼을 했나 보다"라고 하셨다. 간호사들이 아이가 건강하고 깨끗하다며 아들 얼굴을 보여 주었다. 이 세상에 나를 똑닮은 생명이 있다는 것이 신기하여 눈을 뗄 수가 없었다.

어머니는 병실에 들어가서 아이를 낳느라고 고생한 아내 곁에 있으라고 하셨다. 이 세상에 손자 보는 재미만 한 것도 없는 모양이다. 어머니는 복도에서 출산을 기다리는 다른 사람들에게 "우리 며느리가 아들을 낳았잖소, 아들을 낳았어요."하며 큰소리로 자랑하였다. 나는 무엇보다 아들이 건강하게 태어나줘서 고마웠고 아내가 난산이었으나 건강해서 고마웠다.

손자를 본 후 어머니는 우리 집으로 매일 두부 한 모씩을 사오셨다. 어쩌면 손자를 보고 싶은 마음에 핑계 삼아 들르지 않았을까 싶다. 오실 때마다 꼭 손자 목욕을 시켰는데, 엉덩이를 쓰다듬으며 하루가 다르게 자란다고 좋아하셨다.

대를 잇는 생명 탄생은 어느 가정이나 축복을 받을 일이다. 요즘 농촌에는 아기 울음소리가 끊긴 지 오래라고 한다. 젊은 사람들이 직장을 잡아 도회지로 나온 탓도 있지만, 젊은 부부들이 아기를 낳지 않는 데에도 그 원인이 있다. 가족과 자녀에 대한 가치관이 변화하고 있는 게 분명하다. 젊은 여성들은 결혼해도 그만 안 해도 그만이라는 인식을 하고 있다. 배우자의 조건과 직장에 대한 기대치가 너무 높아지고 있는 것도 저출산의 원인이다. 옛날과 다르게 결혼을 해도 아이 낳는 것을 미루는 듯하다. 자식이 결혼해서 대를 잇기 바라는 부모의 마음을 젊은이들이 얼마나 알고 있을까.

문득 어머니께서 옛날이야기처럼 들려주시던 예기禮記의 삼종지
도三從之道란 말이 떠오른다. '어려서는 아버지를, 결혼해서는 남편을,
남편이 죽은 후에는 자식을 따라야 한다.' 이 말은 어머니 당신이 지
켜야 할 덕목이라 생각하셨던 것 같기도 하다.

그렇게도 화목한 가정을 원하셨던 어머니께서는 손자의 재롱도 못
보고 2년 후 돌아가셨다. 어머니를 여의고 난 후, 좀 더 살아 계셨으
면 하는 아쉬움으로 가슴이 사무쳤다. 한 생명이 오고 가는 것은 자
연의 이치가 아니던가.

요즘 들어 아들이 결혼할 때가 된 탓인지 나도 빨리 손자를 보고 싶
다. 큰아들이 결혼해서 손자를 낳게 되면, 나도 어머니처럼 행복할
까. 설레는 그 날을 기다려 본다.

살면서 기억하다

우리가 살면서 기억해야 할 것은 무엇인가?
더 나은 사람이 되도록 성장하는 삶이다.
성장은 끊임없는 생각과 실천이다.
생각은 자신의 능력과 한계를 넘는 힘이요.
실천이란 현실을 보다 아름답게 꾸며주는 힘이다

인생의 뒤안길에는 상처도 슬픔도 고뇌도 있다.
이루어지지 않는 욕망 배신 좌절도 있다.
모든 것을 받아들이고 순응할 때 성장하는 것이다.

최고의 행복은
사람들의 가치를 인정하고 어우러져 공감하며 사는 것이다.
우리에게 기쁨을 주는 것은
진리에 도달하기 위해 기울이는 노력이다.

누구나 죽음을 피할 수 없다.
죽음에 이르러 죽음을 안다는 것은 불행한 일이다.
살면서 죽음을 생각한다면
현재의 삶에 충실하게 될 것이다.

지은이 **전세중**

경북 울진군 죽변면 봉평리 출생, 한양대학교 행정자치대학원 졸업

2002 공무원 문예대전 시조부문 최우수상 수상
2003 강남소방서 구조진압과장
2004 농민신문 신춘문예 시조부문 당선
2007 공무원 문예대전 동시부문 최우수상 수상
2009 「안전체험프로그램을 활용한 외국 관광객 유치 증대 방안」이 서울시정 우수 연구논문으로 선정
2010 동시집 『걸어오길 잘했어요』 발간
2011 수필집 『아름다운 도전』 발간
2006 서울소방재난본부 광나루안전체험관장
2012 보라매안전체험관장
2012 기행수필집 『인도여행-7박 8일간의 여정』 발간
2013 시조집 『봄이 오는 소리』 발간
2013 『어느 소방관의 이야기』 발간
2014 울진문학상 대상수상
KBS, MBC, SBS 등 150회 인터뷰 및 조선일보, 매일경제신문 등 안전칼럼 100회 기고

인생 시간표

초판인쇄 2015년 9월 15일
초판발행 2015년 9월 21일

지은이 전세중
펴낸이 한신규
펴낸곳 글앤북
주소 138-210 서울특별시 송파구 동남로 11길 19(가락동)
전화 070-7613-9110 **팩스** 02-443-0212
이메일 geul2013@naver.com
출판등록 2013년 4월 12일(제25100-2013-000041호)

ISBN 979-11-955266-1-1 03810
정가 16,000원